KiWi 107

Gabriel García Márquez
Zwischen Karibik und Moskau

Gabriel García Márquez

Zwischen Karibik und Moskau

Journalistische Arbeiten 1955 – 1959

Deutsch von Hildegard Moral

Kiepenheuer & Witsch

Titel der Originalausgabe
Obra periodística Vol. 4: De Europa y América
Recopilación y prólogo de Jacques Gilard

Deutsch von Hildegard Moral

Umschlag Hannes Jähn, Köln
Gesamtherstellung Clausen & Bosse, Leck
ISBN 3-462-01790-x

Inhalt

Vorwort

Im Juli 1955 schickte die Tageszeitung *El Espectador* ihren Starreporter Gabriel García Márquez als Berichterstatter zur Konferenz der Großen (damals noch) Vier. An den Ufern des Genfer Sees muß Gabriel García Márquez auf jene journalistische Infrastruktur verzichten, die ihm bisher stets, sowohl in Barranquilla wie in Bogotá, zur Verfügung stand, und er kann auch nicht mit den internationalen Nachrichtenagenturen konkurrieren – nicht einmal daran denken, es zu versuchen. Nur einige seiner Berichte vermag er über Kabel durchzugeben, der Rest folgt per Luftpost, und es ist ein Wunder, daß sie nicht verlorengegangen sind. Bei aufmerksamer Durchsicht der Texte stellt man fest, daß der kolumbianische Reporter über die Konferenz selbst nur ein paar magere Informationen gibt; um wenigstens den Schein zu wahren, muß er auf seinen gutentwickelten Sinn für Humor zurückgreifen und die kleine Chronik der Ereignisse schreiben. Notgedrungen wird der Reporter zum Glossenschreiber. »Für uns«, beendet er vielsagend seinen vorletzten Artikel aus Genf, ohne näher zu bezeichnen, wen er mit diesem Pluralis majestatis *uns* meint, »wird Genf immer dieses Irrenhaus La Maison de la Presse sein.«

Zwei Monate später auf der Biennale in Venedig ist das Informationsmaterial, das er im Pressezentrum der Festspiele erhält, sehr viel umfangreicher, und García Márquez nutzt es intensiv. Er ist der berufene Glossenschreiber, der die aufschlußreichen Chroniken über das Festival unterbricht, um ein Bild vom Lido einzuschieben. Neben seinen reichlich aus den Pressemappen schöpfenden Berichten über die im Festspielpalast gesehenen Filme läßt GGM sich keine Gelegenheit entgehen, wo er nur kann, seinen beißenden Humor zu demonstrieren. Zum Beispiel zitiert oder erfindet er den Kommentar eines italienischen Kollegen über den argentinischen Film *Das Feuerland erlischt*: »Spanisch ist eine seltsame Sprache; wenn ein Schauspieler ein Glas Wasser bestellt, hört es sich an, als ob er Corneille rezitiert.«

Kurz nach der Biennale von Venedig kommt es zum Wilma-Montesi-Skandal – inzwischen im Dickicht der politisch-mafiosen Verstrickungen vergessen, die für das öffentliche Leben in Italien seit dem 2. Weltkrieg bezeichnend zu sein scheinen –, und García Márquez geht nach Rom, um über jenes Ereignis zu berichten, das damals »der Skandal des Jahrhunderts« genannt wurde, bevor Watergate, Banca Ambrosiana und die Versenkung der *Rainbow Warrior* so viel Naivität nach und nach ein Ende setzten. Wie in Genf ist er in Rom auf sich selbst angewiesen – und auf die italienische Tagespresse, deren Seiten er ausschlachtet, um seine manchmal noch etwas unsichere Prosa durch zusammengeschriebene Passagen, die deutlich nach eiliger Übersetzung aus dem Italienischen riechen, anzureichern. Das gleiche geschieht Monate später in Paris während des ebenfalls in jenen Tagen berühmten Prozesses über Infiltrationen im französischen Kabinett, nun allerdings mit sprachlichen Anleihen aus dem Französischen. Und außerdem hat der Glossenschreiber hier weder Zeit noch Lust, ein »Sittenbild« einzufügen, es sei denn einen Kommentar wie den folgenden, der aus der Beschreibung einer Sitzung des Nationalen Verteidigungsausschusses Frankreichs stammt: »Um einen Tisch von zwölf Meter Länge standen zwanzig Stühle, die nur von Personen eingenommen werden konnten, die fähig waren, das geheimste Geheimnis der Welt zu hüten. Auf keinem einzigen dieser Stühle hat je eine Frau gesessen.«

Diese Artikelserie erscheint schon nicht mehr in *El Espectador*, der unter dem Diktator Rojas Pinilla gezwungen ist, das Erscheinen einzustellen, sondern in *El Independiente*, einem getarnten *Espectador*, der ebenfalls nach zwei Monaten die Druckerpressen anhalten muß. Womit Gabriel García Márquez sich ohne festes Einkommen in Europa festsitzen sieht.

Die Früchte dieses Europaaufenthaltes in tatsächlicher finanzieller Bedrängnis sind zwei kurze Romane, von denen der zweite sehr wohl als eines seiner Meisterwerke angesehen werden kann: *Die böse Stunde* (deutsch 1979) und *Der Oberst hat niemand, der ihm schreibt* (deutsch 1976).

Um diese Zeit unternimmt er zusammen mit seinem Freund Plinio Apuleyo Mendoza zwei Reisen, die ihn in das Ungarn nach dem Aufstand und in die Sowjetunion führen. Die Reportagen, die bei diesen Reisen geschrieben wurden, müssen allerdings noch ein paar Jahre warten, ehe sie veröffentlicht werden können. In Kolumbien ist das damals nicht möglich, und García Márquez hat ansonsten noch keinen neuen Arbeitgeber für sein journalistisches Talent gefunden. Der Bericht über die Reise nach Ungarn wird kurz vor seiner Rückkehr nach Lateinamerika in Venezuela veröffentlicht, und zwar dort und nicht in Kolumbien, weil Plinio Apuleyo inzwischen in Caracas eine Zeitschrift leitet und seinem Freund dort Arbeitsmöglichkeiten bieten kann. Nur wenig später, nach Fidel Castros Sieg und der Gründung der kubanischen Nachrichtenagentur *Prensa Latina*, bietet sich ihnen die größte berufliche Chance, von der sie nur träumen konnten: das Büro dieser Agentur in Bogotá einzurichten, wo Rojas Pinilla schon gestürzt und das alte System der traditionellen kolumbianischen Parteien wiederhergestellt ist. Mit García Márquez' Eintritt in eine Nachrichtenagentur beginnt ein neuer Abschnitt seines Lebens, der nicht mehr in den chronologischen Rahmen der sorgfältigen Zusammenstellung seines journalistischen Werkes durch Jacques Gilard wie auch der vor *Hundert Jahre Einsamkeit* entstandenen Werke gehört.

Bei der Auswahl des Materials für die beiden vorangegangenen Bände, *Die Giraffe aus Barranquilla* und *Der Beobachter aus Bogotá*, gab es nicht so spezifische Schwierigkeiten wie bei diesem dritten Auswahlband. Allein die Reportagen über den Montesi-Skandal und über die Infiltrationen im französischen Kabinett sind jeweils länger als *Der Oberst hat niemand, der ihm schreibt*. Ähnlich verhält es sich bei den übrigen Artikelserien aus *De Europa y América*, dem vierten Band der von Jacques Gilard herausgegebenen Reportagen. Von ca. 700 »nutzbaren« Seiten des Originalbandes entspricht etwa die Hälfte acht thematischen Einheiten, von denen eine mit 84 Seiten *Neunzig Tage hinter dem Eisernen Vorhang*, die Erweiterung einer Folge von früheren Reportagen von nicht mehr als 26 Seiten ist. Weitere 52 Seiten werden García Márquez nur zugeschrieben. Von den verbleibenden Texten sind zwei (*Die kolumbianische Literatur, ein Betrug an der Nation* und *Zwei oder drei Dinge über den Roman der »violencia«*) schon auf deutsch in dem Band *Mythos und Wirklichkeit* (Kiepenheuer & Witsch, 1985) veröffentlicht worden, ein weiterer Teil ist unauflöslich an bestimmte zeitliche und örtliche Umstände gebunden und deshalb für einen Leser, der nicht Kolumbianer, Venezolaner oder bestenfalls Lateinamerikaner ist, nicht sehr ergiebig.

Bei der Auswahl für diesen dritten Band kam es also darauf an, sich für die thematischen Einheiten zu entscheiden, die für García Márquez' persönliche wie auch berufliche Entwicklung am interessantesten schienen, und sie mit einigen für sich stehenden Artikeln zu vervollständigen, wie die köstliche Erinnerung an einen Samstag in London und drei Reportagen aus Caracas, eine davon glänzend verpackt als Zukunftsbericht. In diesem Zusammenhang muß gesagt werden, daß es für den Herausgeber – auch er Journalist – nicht in Frage kam, auch nur im entferntesten jene Reportagen in Betracht zu ziehen, die (Wilma Montesi und die Infiltrationen im französischen Kabinett) seiner Meinung nach, und wie in den italienischen und französischen Zeitungsarchiven leicht nachweisbar wäre, von García Márquez nur aus gesammelten Informationen zusammengeschrieben wurden und mit Italienismen und Gallizismen durchsetzt sind. Natürlich läßt sich darüber streiten, daß diese beiden Einheiten nicht aufgenommen wurden. Auch Jacques Gilard hebt positiv hervor, die genannten Reportagen seien ein Beweis für die entscheidende Bedeutung, die der kunstvolle Aufbau einer Erzählung für Gabriel García Márquez habe. Doch tritt diese Bedeutung noch deutlicher hervor, wenn man sie an Texten analysiert, die wie die Berichte aus Wien, Ungarn und der UdSSR eindeutig das Ergebnis eigener Beobachtung und Untersuchungen sind. Und auch die Italienismen und Gallizismen sind aus seiner Prosa verschwunden, sobald GGM die Dinge aus seiner Perspektive erzählt, vor allem, nachdem er nach Lateinamerika zurückgekehrt ist. Somit blieben als vollständige thematische Einheiten für die deutsche Auswahl nur die drei schon erwähnten: die Reisen nach Wien, Ungarn und in die Sowjetunion, letztere über die DDR, die Tschechoslowakei und Polen. Reiseberichte, in denen, wie ihr Autor offen zugibt, seine »Schwäche, Ähnlichkeiten zwischen den europäischen Dingen und meinen Dörfern in Kolumbien zu finden«, auffallend ist. Hier zeigt sich, wie Jacques Gilard folgert, »ein aggressiver Rückgriff auf die archetypische Haltung des edlen Wilden, eine entfernte Wiederholung der Art und Weise, wie die Ureinwohner Amerikas die Europäer sahen. (...) García Márquez nimmt mit anderer Absicht die Kunstgriffe wieder auf, die die Europäer selbst aus jener Realität ableiteten und zur Kritik ihrer eigenen sozialen Organisation gebrauchten. Die Perser von Montesquieu, die Marokkaner von Cadalso, der Hurone von Voltaire waren die Maske des kritischen europäischen Gewissens, als man noch an die Möglichkeit einer Besserung glaubte. (...) Wenn García Márquez mehr oder weniger auf dieses Verfahren zurückgreift, ist es in dem Maße, wie er vorgibt, die Dinge von außen zu sehen und zu beschreiben, wie er auch vortäuscht, daß er sie nicht versteht und im Vergleich mit seinen eigenen Wertmaßstäben merkwürdig findet. Die humoristischen und komischen Effekte bleiben nicht aus, sind aber vor allem niederschmetternd, weil die Naivität verlorenging, jene zweifelhafte, von den Europäern benutzte Ingredienz, wenn sie mit keineswegs domestizierenden Absichten den Kunstgriff vom edlen Wilden handhabten. Die Zeiten der Prosopopöie sind vergangen, der Mensch der Dritten Welt ergreift das Wort, und zwar nicht mehr als edler Wilder.«

Dieses lange Zitat soll die grundsätzliche Übereinstimmung zwischen Jacques Gilard und dem Herausgeber betonen, die noch unterstrichen wird durch die Aufnahme des hervorragenden Artikels *Ist Bevans Stunde gekommen?*. Bevan ist der einzige britische Politiker dieses Jahrhunderts, den wir Romanen alle vorbehaltlos bewundert haben, ein Politiker von außerordentlicher Aktualität, wenn man sich an seinen Ausspruch von 1951 erinnert, den García Márquez schon vor drei Jahrzehnten festgehalten hat: »Der eigentliche Kampf zwischen Ost und West ist wirtschaftlicher und nicht militärischer Natur ... Die Hilfe für die unterentwickelten Länder ist im Kampf gegen die Sowjetunion wirksamer als die Aufrüstungsprogramme.«

Mit *Zwischen Karibik und Moskau* wird die dreibändige deutsche Auswahl aus der »Obra periodística« abgeschlossen, eine Auswahl, die neben dem großen Romancier, dem Autor von *Hundert Jahre Einsamkeit,* nun auch den Journalisten Gabriel García Márquez vorstellen soll, der noch heute regelmäßig seine Zeitungskolumnen schreibt und Reportagen veröffentlicht. Die Bedeutung des journalistischen Werkes arbeitete der kubanische Essayist Víctor Rodríguez Núñez, Gewinner des Preises der Casa de las Américas (Havanna 1985) in einem Buch heraus mit dem Titel *Hundert Jahre Solidarität*. Der Titel dieses Buches (im Spanischen sind *solidaridad* = Solidarität und *soledad* = Einsamkeit nahezu gleichlautend) entspricht, wie Rodríguez Núñez sagt, »einer der grundsätzlichen Hypothesen, die ich aufstellen will: Das erzählerische Werk des kolumbianischen Autors ist eine erschütternde Frage über die Einsamkeit des Menschen angesichts der Welt, aber seine journalistischen Arbeiten geben in beträchtlichem Maße eine Antwort auf eben diese Frage.«

Eine mögliche Korrektur noch zum Vorwort des ersten Bandes. Dort wagte ich, wie mir auch von anderen Kolumbianern immer wieder bestätigt wurde – trotz der Vorbehalte meines verstorbenen Freundes und Mitherausgebers José Moral –, die Hypothese, das Pseudonym *Septimus*, mit dem GGM seine Kolumne *Die Giraffe* in *El Heraldo* von Barranquilla zeichnete, könne eine indirekte Ehrung des liberalen Führers Jorge Eliecer Gaitán sein, der in der Carrera Séptima in Bogotá ermordet wurde. Plinio Apuleyo Mendoza wies mich darauf hin, daß er aus erster Hand wisse, daß jener *Septimus* nicht mehr, aber auch nicht weniger ist als eine Ehrung für Virginia Woolf. Septimus ist der Name des Protagonisten eines Buches, das GGM damals und vielleicht auch heute noch sehr bewunderte: *Mrs. Dalloway*.

Ricardo Bada
Ziegelhausen / Heidelberg 1986

Sonntag am Lido von Venedig. Ein gewaltiges Drama von Reichen und Armen

Venedig, September 1955

»Wo es einen Reichen gibt und einen Armen, gibt es immer einen guten Film«, hat Cesare Zavattini gesagt, einer der drei Großen des italienischen Films. Unter diesem Gesichtspunkt gibt es am Lido von Venedig, und besonders sonntags, an den Stränden tausend gute Themen für tausend gute Filme, die besser wären als die im Filmpalast vorgeführten.

Vor sechzig Jahren lebte niemand am Lido. Er war eine verlassene, kahle Insel zwischen dem großen Kanal von San Marco und der Adria. Die Armen von Venedig, die in einer im Wasser zusammengedrängten Stadt keinen Platz mehr fanden, kamen auf die Idee, an den Sommertagen an den Lido zu gehen, um sich zu sonnen, ohne eine Lira auszugeben. Aber die Reichen erfuhren, daß weder Sonne noch Boden am Lido eine Lira kosteten, und bauten dort eine Stadt, um ihre Freunde einzuladen, die allesamt die Reichsten der Reichen der Welt sind.

Wie in den Filmen von Zavattini zogen die Armen den kürzeren. Aber sie taten es frohen Mutes, auf ihre Weise. Diese italienische Art, wie die Armen verlieren, ist der sogenannte Realismus des italienischen Films, der der Realismus des Lebens in Italien und besonders am Lido ist, wo die Reichen so

überaus reich sind, daß man nicht allzu arm zu sein braucht, zum bettelarm zu sein.
An den zwölf Sommersonntagen finden am Lido von Venedig zwölf soziale Revolutionen ohne Schüsse und ohne Blutvergießen statt. Jeden Sonntag eine Revolution, die die Reichen nicht bemerken, weil sie vollauf damit beschäftigt sind, wie Kaimane am Strand in der Sonne zu schmoren oder fünf Millionen Lire beim Roulette zu verlieren.
Ein Millionär aus Manhattan muß sich in der letzten Woche gesagt haben: »Ich werde einen Sonntag in Venedig verbringen.« Ein Majordomus im Cutaway öffnete nach genauen Anweisungen eine Schreibtischschublade und holte daraus die riesige weiße Jacht hervor, die vor dem Fenster im grünen Wasser der Adria vor Anker liegt. Es ist Sonntag, und der Millionär aus Manhattan, der um die halbe Welt gefahren ist, um in dieselbe Lake zu steigen, in die das Herzogspaar von Windsor und Ali Khan gestiegen sind, bemerkt nicht einmal, daß er von allen Armen Venedigs umgeben ist, die für fünfzig Lire den Kanal von San Marco überquert haben. Wenn er es wüßte, wäre der Millionär mit seiner Perücke und seinem der Sonne preisgegebenen runden Bauch vielleicht nicht so gelassen. Denn die zweite Bedingung, um Millionär zu sein – wenn man erstmal mehrere Millionen Dollar und eine Jacht hat –, ist zu glauben, die Kommunisten hätten den Armen gesagt, sie sollten die Millionäre ermorden.
Reizvoll an diesem Film, den man an den Sommersonntagen an den Lidostränden sieht, ist, daß die Armen bemerken, daß die Reichen dort sind, es ihnen aber völlig egal ist, während die Reichen glauben, daß jeder, der in der Adria badet, so reich ist wie sie. Sonst würden sie keine Schublade voll Dollars ausgeben, um, nachdem sie sich angestrengt haben, reich zu werden, um die halbe Welt zu fahren und dann am Ende im selben Wasser zu baden, in dem die Armen für fünfzig Lire baden. Das ist ein Streich der Armen, ein Streich der Gesellschaft, ein Streich des Kapitalismus, der den Kapitalisten ge-

spielt wird. Denn es ist leichter und angenehmer, nur fünfzig Lire und nicht eine Million Dollar und eine Jacht aufbringen zu müssen, um an genau denselben Ort zu gehen und dann genau dasselbe zu tun.

Die ganze Woche über, während die Millionäre ein Magengeschwür mästen, um am Sonntag an den Lido kommen zu können, verkaufen die Armen von Venedig Krimskrams an die Touristen. Sie spielen fair: Sie kaufen einen in Mailand hergestellten Strohhut und versehen ihn mit einem in Turin hergestellten roten Band. »Das ist genau so ein Hut, wie ihn die Venezianer der Serenissima trugen«, sagen sie zu den Touristen, und die kaufen ihn mit einem in New York hergestellten Geldschein. Dann gehen sie mit dem Hut auf dem Kopf davon, machen sich in dem teuflischen Gewirr von Brücken lächerlich und behängen sich mit noch einem ganzen Haufen Sachen, die an allen möglichen Orten hergestellt worden sind. Am Samstagabend, wenn die Touristen schon nicht mehr wissen, wohin mit ihren drei Kilo Andenken der Serenissima, zählen die Armen ihr Geld, verzehren einen Teller Makkaroni mit einem Liter Wein und legen fünfzig Lire beiseite, um den Sonntag am Lido zu verbringen. Wenn der Millionär aus Manhattan wüßte, daß das Leben so einfach und leicht ist, käme er sicher nach Venedig, um Hüte zu verkaufen, anstatt im 183. Stockwerk Magnesiummilch zu trinken. Aber dann könnte nicht jeden Sonntag dieser Film von Armen und Reichen ablaufen, der ein gewaltiges Drama zum Totlachen ist.

Um acht Uhr morgens beginnt der Lido sich mit Armen zu bevölkern. Es ist ein Erdbeben von dicken, geschwätzigen und schwitzenden Leuten, unter denen man, inmitten der Gondolieri und der Kinder der Gondolieri, drei oder vier der schönsten Frauen der Welt sehen kann. Alle kommen als Arme gekleidet, mit geflickten Kleidern und zerrissenen Schuhen, jenen verworrenen und überschwenglichen venezianischen Dialekt sprechend, den sie womöglich selbst erfunden haben, um sich über die Reichen lustig zu machen, ohne daß die Reichen es merken. Jede Kabine am von den Reichen urbanisierten Strand kostet viertausend Lire. Soviel, wie der Arme an einem Arbeitstag verdient. Und da die Armen nicht so dumm sind wie die Reichen, lassen sie sich in den engen Quergängen nieder und fangen an, sich auszuziehen. Das ist ein weiterer Streich: Unter den geflickten Kleidern tragen sie auch einen geflickten Badeanzug. Sie lassen einen Haufen Kleidung unter einem Baum zurück und gehen 200 Meter bis zum Strand. Dort legen sie sich auf den Rükken, während die kleinen Armen – nämlich die Kinder der Armen – den Kindern der Reichen Schimpfwörter beibringen. Vielleicht wiederholen abends beide dieselben Wörter vor ihren Eltern. Dem armen Kind gibt der Papa eine Maulschelle und schlägt ihm zwei Zähne aus, um das Geld für den Zahnarzt zu sparen. Das reiche Kind wird zum Psychiater geschickt. Das ist der Unterschied.

Um den italienischen Neorealismus zu verstehen, um zu begreifen, daß Cesare Zavattini einer der großen Männer dieses Jahrhunderts ist, muß man ein Mittagessen der Armen von Venedig an einem Sonntag in den Quergängen des Lido sehen. Unter den riesigen Bäumen breiten sie eine geflickte Tischdecke aus und darauf ein Paket mit zwei Pfund kalten Makkaroni, einem Stück Brot und einem Liter Wein. Um die Decke herum sitzt die typische italienische Familie: der Vater, dick und behaart, die Mutter, dick und autoritär, dazu neun Kinder und ein Hund. In Italien herrscht wie in Amerika das Matriarchat. Der Vater schlägt die kleinen Kinder nicht: Er verflucht sie lauthals, während er sich mit Wein und Makkaroni vollschlägt. Die Mutter dagegen, die zusammen mit dem Hund als letzte ißt, verpaßt den Kindern jede Menge Kopfnüsse, wie man sie nur in den guten italienischen Filmen sieht.

Aber man mache sich keine Illusionen; die Armen bringen zwei Pfund Makkaroni mit zum Strand, und sie essen zwei

Pfund Makkaroni. Aber das sind nicht die, die sie mitgebracht haben: Es sind zwei Pfund, die sich aus Kostproben von den zwei Pfund Makkaroni eines jeden Nachbarn zusammensetzen. Wenn sie ihr Paket aufmacht, gibt die Mutter von hier ein bißchen von ihren Makkaroni der Mutter von dort ab. Und jene gibt ihr ein bißchen von ihren Makkaroni. So findet beim Öffnen der Pakete ein allgemeiner Austausch von Brotstücken und Makkaroni statt. Am Ende haben alle gut gegessen. Aber niemand hat seine eigenen Makkaroni gegessen, sondern die der Nachbarn. Das ist eine Eigenart des italienischen Volkes: In den Zügen, aber nur in den Waggons dritter Klasse, muß man sich jeweils mit Kostproben des Essens vollstopfen, die einem alle Nachbarn abgeben.

Die Reichen kommen mit ihrer Ehefrau an den Strand, die sie mehr kosten als die Jacht. Oder mit ihren Geliebten, die sie mindestens fünfmal mehr kosten als die Ehefrau. Die Armen kommen mit ihrer Ehefrau oder mit ihrer Braut. Und wahrscheinlich lieben die Verliebten sich an keinem Ort der Welt mehr, zärtlicher und öffentlicher als in Italien. In Paris – alle Welt weiß es – küssen die Verliebten sich auf der Straße. In Italien küssen sie sich nicht, aber sie lieben sich auf eine so überzeugende, innige und natürliche Weise auf der Straße, daß sie sich vielleicht deswegen nicht zu küssen brauchen.

In Italien muß man genau auf die Hände der Verliebten achten. Denn sie sprechen nicht miteinander, aber sie haben so viele zärtliche und geheime Handbewegungen erfunden, daß niemand wirklich weiß, was für Dinge die Verliebten auf der Straße zueinander sagen und was sie tun. Das Geheimnis besteht darin, einander fest an den Händen zu halten, komme, was da will. Und wenn die armen Verliebten an den Lido kommen, bringen sie ein Köfferchen mit Kleidung und Essen mit. Ein dreijähriges Kind könnte dieses Köfferchen tragen. Aber die Verliebten tragen es gemeinsam, um sich an den Händen zu halten, die um den Griff geschlungen sind. Heutzutage glaubt niemand, daß jemand vor Liebe sterben könnte. Aber wenn man die italienischen Verliebten sieht, die ein Verkehrsproblem darstellen, weil sie, nur mit sich selbst beschäftigt, überall über die Straße laufen, fängt man an zu glauben, daß man wirklich vor Liebe sterben kann. Das Gute an der Geschichte ist, daß sie nicht sterben. Eines schönen Tages packen sie einander mitten auf der Straße bei den Haaren, blockieren den Verkehr, geben einander sechzehn Ohrfeigen, und jeder geht zu sich nach Hause. Und sie sterben nicht, natürlich nicht.

13-9-55

In der Stadt des »dritten Mannes«. Ein Zug, der nach Wien fährt

Es gibt etwas, das noch amüsanter ist, als Deutsch zu können: nicht Deutsch zu können. Wir, die wir jene tote Sprache sprechen, die in Europa das Spanische ist, finden immer eine Möglichkeit, uns mit den Franzosen oder Italienern zu verständigen. Oder mit den Rumänen, die eine erstaunliche Ähnlichkeit mit unseren Onkeln haben und etwas außerordentlich Menschliches sprechen: ein Spanisch ohne Präpositionen. Wenn man einmal davon ausgeht, daß Portugiesisch, Französisch und Italienisch ein entstelltes Spanisch sind, kann man in einem europäischen Zug einige sehr nützliche Schlüsse ziehen: Portugiesisch ist ein durch die Nase gesprochenes Spanisch; Französisch ein nach innen gesprochenes Spanisch und Italienisch ein mit den Händen gesprochenes Spanisch.

Ich halte es für ganz unmöglich, daß die italienische Sprache so viele Nuancen hat, wie die Italiener sie mit den Händen ausdrücken können. Deshalb ist es für uns eine täuschend leichte Sprache, die in Wirklichkeit äußerst schwierig ist. Man ist erst kurze Zeit in Italien und schon davon überzeugt, daß man Italienisch versteht. Aber man braucht nur Radio zu hören oder sich in der Straßenbahn neben einen Kriegsversehrten zu setzen, schon stellt man fest, daß das, was man versteht, die Sprache der Gebärden ist.

Wo das Problem beginnt

Wenn man mit einem Franzosen oder Italiener zusammen im Zug sitzt, kann man wahrscheinlich nicht über viele Dinge reden, aber es gibt gewiß kein unlösbares Problem. Wenn alle Stricke reißen, verständigt man sich durch Zeichen. Bei den Rumänen hat man allerdings damit schon Schwierigkeiten, weil die Rumänen den Kopf von oben nach unten bewegen, um zu verneinen. Und von links nach rechts, um zu bejahen. Als ich von Triest nach Wien fuhr, brauchte ich eine halbe Stunde, um das zu entdecken, nachdem ich schon angefangen hatte zu glauben, der liebenswürdige und sehr freundliche Rumäne, der mit mir zusammen reiste, sei ein Mensch, mit dem ich niemals zur selben Meinung gelangen könnte.

Das wirkliche Problem beginnt, sobald die Zollbeamten von Tarvisio die letzten Anweisungen in einem steifen Italienisch geben, das kaum noch Gebärden hat, und der Zug in die schöne österreichische Hochebene einläuft, wo das einzige, was man versteht, die Landschaft ist.

Zwei und zwei sind nicht vier

Der Haken bei den Deutschen und Österreichern ist, daß sie sehr wenig gestikulieren. Und noch schlimmer: Die Gesten, die Handzeichen sind ganz anders als bei den romanischen Völkern. Sogar bei etwas so Elementarem und scheinbar Ökumenischen wie den einstelligen Zahlen. Wir fangen mit dem Zeigefinger an zu zählen: eins. Dann kommen der Mittelfinger, der Ringfinger, der kleine Finger: vier. Um fünf zu sagen, heben wir den Daumen, der strategisch in die Handfläche abgewinkelt war. Die Deutschen – und mit ihnen anscheinend auch alle slawischen Völker – fangen mit dem Daumen an zu zählen. »Das ist ganz bedeutungslos«, denkt man. Aber sobald man zwei Stunden in Wien gewesen ist, entdeckt man, daß der Unterschied mehr Bedeutung hat, als es scheint. Wenn man den Fahrstuhl betritt, brummelt der Fahrstuhlführer ein Wort; und man selbst, der in den dritten Stock will, gibt nach unserer Zählweise die Zahl drei an: Zeigefinger, Mittelfinger, Ringfinger. Natürlich hält der Fahrstuhl im vierten Stock, weil die Deutschen die Zahl des Daumens als selbstverständlich voraussetzen. So muß man denn zwei Schachteln Zigaretten mitnehmen, wenn man nur eine kaufen will, oder fünf Äpfel, wenn man vier kaufen möchte.

Wie sind die Deutschen?

Soeben ist mein erster Deutschunterricht zu Ende gegangen. Eine Lektion von vielen Stunden in einem Eisenbahnwaggon von Triest nach Wien. Natürlich lernte ich kein einziges Wort Deutsch, aber statt dessen viele interessante Dinge über die Deutschen. Von dem Augenblick an, da man österreichisches Gebiet erreicht, steigen die Leute anders in den Zug. Die Bahnhöfe in Österreich sind still. Die italienischen sind wie ein öffentlicher Markt. Immer scheint es, ein Minister reise in dem Zug und die ganze Bevölkerung sei gekommen, um ihn zu empfangen. Auf jedem italienischen Bahnhof spielt sich zwei Minuten lang ein fürchterliches Drama ab. Die Leute nehmen laut weinend voneinander Abschied. Eine Flut von Stimmen und unförmigen, nicht recht definierbaren monströsen Dingen bricht wie ein Erdbeben ins Abteil. Es herrscht ein gewaltiges, ohrenbetäubendes Geschrei. Die Kinder weinen verängstigt, so wie italienische Kinder weinen, wenn sie verängstigt sind. »Wie entsetzlich, das ganze Volk geht auf Reisen«, denkt man und sucht seinen Kopf vor den riesigen Koffern zu schützen, die sich überall auftürmen. In einer halben Minute verändert sich dreimal der Geruch im Abteil. Aber der ganze Aufruhr dauert nur eine Minute. Als der Zug sich wieder in Bewegung setzt, durch eine Menge, die aus vollem Halse Ratschläge gibt (»non dimenticare quella roba«, »abbiate cura dei bambini perché ci sono tante mochine«), kehrt plötzlich im Waggon wieder Frieden ein, und die dicken und herzlichen Frauen wischen sich mit dem Rock die Tränen ab. Danach wickeln sie ein Paket Brot mit Schinken und Käse aus und fangen an, ringsum Essen zu verteilen, ohne jemand zu kennen.

Das ganze Haus in den Taschen

In Österreich dagegen gehen nur die Reisenden auf die Bahnhöfe. Sie tragen gewöhnlich keine Koffer. Sie tragen einen riesigen Rucksack auf dem Rücken. Einen Rucksack, in den alles hineingeht: von der Zahnbürste bis zum Klappbett. Kurioserweise tragen die Österreicherinnen den Rucksack genauso wie die Indianerinnen von Boyacá ihre kleinen Kinder.

Bevor sie hereinkommen, fragen die Teutonen, ob der Platz frei ist. Das ist selbstverständlich, aber der Unterschied ist, daß die Italiener die Frage stellen, nachdem sie sich hingesetzt haben. Dann müssen sie sich ihre Koffer und ihre riesigen Pakete wieder aufladen und in ein anderes Abteil umziehen. Die Teutonen verlieren keine Zeit: Es mag nur eine Person im Abteil sein, sie fragen immer, ob die übrigen sieben Plätze frei sind. Erst dann nehmen sie ihren Rucksack ab und entledigen sich weiterer Dinge. Der Zug ist mindestens einen Kilometer weit gefahren, bevor die Teutonen sich hingesetzt haben, weil sie viel Zeit brauchen, um sich der umgehängten Dinge zu entledigen und ihre Taschen zu leeren. Am Ende dieser komplizierten Leerung weiß man, warum sie kein Gepäck bei sich haben: weil nichts mehr übriggeblieben war, um es im Koffer zu transportieren, denn alle nützlichen Dinge, die im Hause waren, hatten sie sich umgehängt oder in die Taschen gesteckt.

Die Haut, die uns umgibt

Es gibt noch einen weiteren Grund, weshalb die Teutonen ohne Gepäck reisen: die Lederkleidung. Die Italiener, die uns so ähnlich sind, machen die Reise regelrecht zu einem Ereignis. Wahrscheinlich gibt es auf der Welt keine besser gekleidete menschliche Gemeinschaft als Italiener in einem Zug. »Sie hängen sich ihren ganzen Kleiderschrank über«, wie wir sagen. Und sie ziehen sich ihre besten Schuhe an, was von fast patriotischer Wichtigkeit ist, denn die Schuhe – und besonders die Schuhe der Männer – sind in Italien eine nationale Institution. Vielleicht teilt man nicht ihren Geschmack, was den Herrenschuh betrifft, aber die Italiener sind immer überzeugt und werden immer Argumente parat haben, einen davon zu überzeugen, daß die italienischen Schuhe die schönsten der Welt sind. Nicht die besten, denn das ist ihnen egal: die schönsten.

Die Schuhe der Italiener haben einen melancholisch romantischen Zuschnitt. In der Form ähneln sie nur einer anderen, ebenso italienischen Sache: den Gondeln Venedigs. Und es ist möglich, daß ein Italiener seine besten Schuhe und seine beste Kleidung nicht anzieht, um auf ein Fest zu gehen, aber zweifellos verzichtet er um nichts in der Welt darauf, sie zu tragen, wenn er mit dem Zug reist.

Die Teutonen dagegen tragen etwas so ungeheuer Praktisches wie Lederkleidung. Es ist kein synthetisches Leder: Es ist echtes Rohleder, aus dem man beinahe noch den Stier brüllen hört. Lederhose, Lederhemd und Lederschuhe. Und um sich gegen den Regen zu schützen, ein gewaltiger Regenmantel aus Leder, der gewiß aus einem ganzen Stier gemacht ist. Die teutonischen Kinderchen, die mit zehn Jahren schon dasselbe Gesicht haben, das sie als Erwachsene haben werden, tragen ihre kurzen Lederhöschen. Die Erwachsenen, die im Alter noch dasselbe Gesicht haben, das sie als Kinder hatten, tragen auch ihre kurzen Lederhöschen. Da kann man nicht umhin, sich an die Tunika des Jesuskindes zu erinnern, von der es heißt, daß sie zusammen mit ihrem Besitzer wuchs.

Die Geschichte von dem Hund

Ich habe immer geglaubt, daß der Schlaf etwas absolut Privates ist. Das heißt: Wenn man schlafen möchte, muß man allein schlafen. Und man schläft allein. In einem Zugabteil, in das genau acht Personen hineingehen und in dem genau acht Personen reisen, ist der Schlaf als gemeinsames Unternehmen sehr schwer zu verwirklichen. Die Sache ist die, daß man den anderen helfen muß, daß sie schlafen, um selbst schlafen zu können. Aber gleichzeitig hat man das eigenartige Gefühl, daß die anderen sieben Personen, um schlafen zu können, einem zu helfen versuchen, daß man schläft. Jeder macht es sich, wenn in einem bestimmten Moment die Unterhaltung aufhört und man nur das metallische Rattern des Zuges durch die nächtliche Landschaft hört, so bequem, wie er kann. Dann kommt ein Augenblick von Verdruß, Unbehaglichkeit und auch ein wenig Haß auf den Nachbarn, aber danach schlafen die acht Reisenden, und man hat das unbegreifliche Gefühl, daß man ein wenig mit dem Schlaf der anderen schläft.

Bevor es hell wird, nach fast zwanzig Stunden Fahrt und nur vier bis fünf Stunden Schlaf, fängt die Geschichte des Abteils wieder von vorne und ebenso wie am Vortag an. Aber auf dieser Reise war es anders. Kurz vor Wien bestieg eine frische, strahlende Frau mit dem unverwechselbaren Ausdruck von jemand, der ordentlich geschlafen hat, den Zug. Sie trug ein Schoßhündchen, sauber und etwas unwirklich, wie ein Hündchen aus Watte. Ich weiß nicht, ob es wegen des Hündchens oder der Ausstrahlung seiner Besitzerin war oder weil mein unseliger Stern mir einen Streich spielte, daß ich dachte, jene Frau sei Italienerin. Sie hätschelte den Hund derart, und der Hund ließ sich derart hätscheln, daß ich bei der ersten Gelegenheit, nur um zu wissen, ob sie Italienisch spräche, zu ihr sagte:

»Sembra proprio un bambino.«

Da hatte ich mir den Mund verbrannt. Die Frau begann irgendwie seltsam zu strahlen, stieß einen hieroglyphischen deutschen Satz aus, setzte mir den Hund auf den Schoß und schlief ein. Ich hatte niemals davon geträumt, nach Wien zu kommen. Aber wenn jemand vor einer Glaskugel vorausgesagt hätte, daß ich früher oder später mit einem Schoßhündchen in Wien eintreffen würde, hätte ich schlichtweg gedacht, jene Person sei total verrückt. Deshalb sagte ich anfangs, daß es nichts Amüsanteres gibt, als nicht Deutsch zu können.

13-11-55

In der Stadt des »dritten Mannes«. Das Hotel des buckligen Zwerges

Schuld hatte Carol Reed, weil er den Film *Der dritte Mann* nach Graham Greenes kriminalistischer Phantasie gedreht hatte. Aber Schuld hatten zum Teil auch die Umstände, daß es zwölf Uhr nachts war, daß es anhaltend regnete und keiner der Chauffeure am Wiener Bahnhof ein Wort Englisch verstand. Die Züge aus Italien kommen am Südbahnhof an, einem Bahnhof, der nach Katastrophe riecht, einem Abstellplatz gespenstischer Waggons, wo es so aussieht, als ob der Krieg noch nicht zu Ende wäre. Es ist ein zerbombter Bahnhof voller Scharten, der von einem wirren Holzskelett zusammengehalten wird. »Dies ist die Stadt des dritten Mannes«, dachte ich, während ich den Koffer zur Gepäckaufbewahrung schleppte und mich anschickte, im Wartesaal die lange Hotelliste durchzulesen. Das war der erste Reinfall: Im Wartesaal des Wiener Bahnhofs gibt es keine Hotelliste, und zwar deshalb, weil es keinen Wartesaal gibt. Es war gerade der 21. September, der erste Herbsttag mit dem ersten Herbstgewitter und dem ersten eisigen Wind, der heulend durch die zerlöcherten Mauern drang. Fünf Minuten lang prallten die Reisenden auf den Treppen und im Labyrinth der düsteren Gänge gegeneinander. Danach blieb nur noch das dumpfe Geräusch des Regens. Da tat ich, was man immer tut:

Ich ging auf den Bahnhofsvorplatz, um ein Taxi zu suchen, das mich in ein Hotel bringen würde.

Notstandsenglisch

In Genf sprechen die Chauffeure der öffentlichen Verkehrsmittel im allgemeinen vier Sprachen. In Paris sprechen sie mindestens zwei. In Rom sprechen sie ein Italienisch, das nur die »Römer von Rom« verstehen, und vier Worte Englisch, die jeder kennt. Im allgemeinen kennt jeder in Europa seit dem Krieg diese vier Worte Englisch, die nichts nützen, wenn man sprechen will, wohl aber, wenn man etwas essen will. Ich glaube nicht, daß ein Oxfordianer bis zur nächsten Ecke käme, wenn er sich mit einem Taxichauffeur zu verständigen suchte. Denn das Geheimnis liegt nicht darin, Englisch zu können, sondern so wenig Englisch zu können wie sie und es ebenso schlecht auszusprechen. Wenn man in perfektem oder einigermaßen akzeptablem Englisch mit ihnen spricht, verstehen die Chauffeure nichts. Und man selbst würde sie auch nicht verstehen, denn schließlich und endlich ist es nicht Englisch, sondern eine internationale Sprache, die eigens von den Leuten erfunden wurde, die es auch nicht können. Es ist genau das Englisch, das ich spreche und verstehe. Und deshalb hatte ich bis zum Abend des 21. September nirgendwo Schwierigkeiten irgendwelcher Art mit den Chauffeuren gehabt. An diesem Abend hatte ich sie, weil die Chauffeure vom Wiener Bahnhof nur Deutsch können. Ein hartes und undurchdringliches Deutsch, in dem sie mir fünfzig Mal sagten, daß alle Hotels belegt seien, weil eine internationale Messe stattfinde.

Ein Telegramm an Escalona

Nach einer Viertelstunde albernen Getues vor den Chauffeuren sah ich ein, daß nichts zu machen war: Es regnete unerbittlich, der Wind wurde immer schneidender und eisiger, und der Bahnhof war leer. Im Unterschied zu anderen europäischen Städten gibt es auf dem Südbahnhof keine Treppen, wo die Bettler schlafen können, die so tun, als ob sie auf die Abfahrt eines Zuges warteten. In so einem Augenblick gibt es nur zwei empfehlenswerte Lösungen: Entweder fängt man an zu weinen, oder man steckt die Hände in die Taschen. Ich steckte die Hände in die Taschen, und dann tat ich genau dasselbe, als wenn ich angefangen hätte zu weinen: Ich pfiff einen Merengue aus Valledapur. Einen Merengue aus Valledapur um ein Uhr nachts und in strömendem Regen auf dem Wiener Bahnhof!

Hans und Franz

In dem Augenblick bemerkte ich, daß ein Tscheche einem Deutschen zu erklären versuchte, wie man zu einem Hotel kommen könne. Wenn mich jetzt jemand fragte, woher ich wußte, daß der Mann, der sprach, ein Tscheche war und der, der zuhörte, ein Deutscher, könnte ich es nicht erklären. Aber die Kombination war genau so, wie ich sie jetzt erzähle: Der Tscheche in einem Regenmantel aus gelbem Drillich und mit einem Segeltuchkoffer in der Hand sprach Tschechisch mit dem Deutschen. Der Deutsche mit einer Rohlederjacke, einem Rucksack, einem papageiengrünen Hut und Brillengläsern wie Flaschenböden hörte ihm aufmerksam deutsch zu. Nach zwei Minuten waren sie sich einig. Der Deutsche – klein, fett und mit einem Tomatengesicht – rief einen der Chauffeure und sagte auf deutsch zu ihm, was der Tscheche ihm auf tschechisch gesagt hatte. Das war nicht die geeignete Situation, um Sprichwörter zu machen. Trotzdem war ich in jenem Augenblick zu jedem Unsinn bereit und erfand ein absurdes, aber effektvolles Sprichwort: »Wo zwei schlafen, schlafen auch drei.«

Das Ballett der Verzweiflung

In einer extremen Situation helfen nur extreme Mittel. Und in diesen Breiten ist die extremste aller Situationen, Spanisch zu sprechen. So daß ich den Deutschen am Ärmel packte und in einem Spanisch, das, ohne falsche Bescheidenheit, ein perfektes Spanisch war, zu ihm sagte: »Bitte seien Sie so liebenswürdig, mich auch mitzunehmen.« Natürlich hätte er mich nun fragen müssen: »Wohin?« Aber da er nicht ein einziges Wort verstand, sah er mich eine Sekunde lang verblüfft an und schrie mir dann einen Satz auf deutsch zu. Danach brüllte er den Chauffeur an, brüllte den Tschechen an und brüllte wieder mich an, als ob er Befehle erteilte, um eine Revolution zu machen. Wir gehorchten aufs Wort, bildeten eine eiserne, unverwundbare, solidarische Gruppe und begaben uns entschlossen ins Innere des Bahnhofs. Ich war in jenem Moment überzeugt, daß der Deutsche eine Maschinenpistole herausziehen, den Schalterbeamten der österreichischen Eisenbahnen mit Schüssen durchlöchern und den Geldschrank mit einer Ladung Dynamit sprengen würde. Aber ich wurde enttäuscht: Der Chauffeur ging in eine Telefonzelle und begann ins Telefon zu bellen.

Wir sind alle Gringos

Eine Sache ist es, Deutsch zu sprechen, eine ganz andere jedoch, auf deutsch zu telefonieren. Alle Welt ist sich darin einig, daß Telefone keine Leber haben. Ich war auch dieser Meinung. Aber jetzt bin ich vom Gegenteil überzeugt, weil jenem bombardierten Telefon im Wiener Bahnhof die Leber entsetzlich weh tat, während der Chauffeur sprach. Außerdem war das eine willkürliche Grausamkeit, ein unnötiges Opfer, weil der Gesprächspartner, an welchem Ende der Stadt er sich auch befinden mochte, die Schreie des Chauffeurs verstanden hätte, ohne dafür ein Telefon zu benötigen. Der Chauffeur schrie derart, daß nur ein Kretin nicht verstanden hätte, was er sagte. Er sagte schlicht, daß er drei schmutzige Gringos aufgelesen habe, die für ein Bett bezahlen würden, was man von ihnen verlangte.

So beginnen die Tragödien

Ich stieg in das Taxi, weil ich erstens entschlossen war, ganz gleich wo zu schlafen. Aber zweitens stieg ich ein, weil ich jene Szene aus dem *Dritten Mann* vergessen hatte, in der Joseph Cotten mit dem Taxi fuhr, um einen Vortrag zu halten. Das ist eine schaurig realistische Szene: Ich sage das aus eigener Erfahrung.

Als der Chauffeur aus der Telefonzelle kam, triefte er vor Schweiß; der Regen sickerte durch die Decke aus zersplitterten Brettern. Dann packte er mit einem Arm den Tschechen und mit dem anderen mich, schleifte uns mit, schob uns durch das Holzlabyrinth und stieß uns mit dem Kopf voran in das Taxi. Wegen des Motorengeräuschs weiß ich, daß es ein Taxi war. Ich saß kaum, als wir schon mit hundert Stundenkilometern losrasten. Der Tscheche prallte gegen den Vordersitz und griff mir an den Hals. Ich fühlte, wie mein Magen zu Eis wurde. Dann sagte er höflich etwas zu mir, und ich bemerkte aufatmend, daß er sich entschuldigte. Da erst schloß der Deutsche, der auf der anderen Seite saß, die Tür mit einem Knall, der wie ein Pistolenschuß klang. Während wir in einem Auto, das sich bei hundert Stundenkilometern in seine einzelnen Teile aufzulösen schien, durch die Sintflut brausten, tat ich vorsichtshalber das einzig Vernünftige: Ich beugte mich vor, um mich zu überzeugen, ob wirklich jemand das Auto lenkte.

Die Straße ohne Regen

Wir fuhren durch eine endlose Straße mit dunklen, grauen Gebäuden. Es schien eine evakuierte Stadt zu sein. Ich bewegte mich nicht, saß artig da wie ein Kind in der Schule, nicht so sehr, weil ich Angst vor dem Tschechen hatte, son-

dern weil ich dachte, daß der Tscheche Angst vor dem Deutschen und der Deutsche seinerseits Angst vor uns beiden haben mußte. Das war der geeignete Moment, in dem drei redliche und harmlose Bürger die Pistolen ziehen und sich gegenseitig in einem Taxi umbringen können, ohne ein Wort zu sagen.
Die Sache wurde noch unheimlicher, weil Graham Greenes Genialität dafür gesorgt hatte, daß in Wien endlose Tunnel gebaut wurden, durch die die Autos rasen. Ich hatte die Tunnel nicht bemerkt und glaubte deshalb, an der Grenze angelangt zu sein, wo die Wirklichkeit phantastischer ist als die Phantasie. Gerade noch prasselte der Regen wütend gegen die Scheiben. Plötzlich, wie von einer automatischen Schleuse unterbrochen, hörte er auf. Da dachte ich, daß es in Wien besondere Straßen geben müsse, in denen es niemals regnete.

Die Wahrheit über alles

Das Hotel, zu dem wir gefahren wurden, liegt genau unter einer Brücke, über die alle fünf Minuten ein Hochbahnzug fährt. Der Deutsche donnerte zweimal mit dem Türklopfer, und während er laut rief, ging die Tür auf. Und genau hier ist es, wo ich die Geschichte nicht weitererzählen möchte, weil alle meine Freunde wissen, daß ich gern aufschneide und fertigbringe zu sagen, daß die Tür von einem buckligen Zwerg geöffnet wurde. Aber obwohl ich Gefahr laufe, daß meine Freunde ein für allemal davon überzeugt sein werden und von nun an niemand mehr bezweifeln wird, daß ich ein Aufschneider bin, will ich unbedingt die Wahrheit erzählen. Und die Wahrheit ist diese: Die Tür wurde von einem buckligen Zwerg geöffnet.
Er sah Quasimodo nicht ähnlich. Er war ein alltäglicher und gewöhnlicher Zwerg mit einem alltäglichen und gewöhnlichen Buckel, ohne irgend etwas Besonderes. Ein umsichtiger, rechtschaffener Verwalter, der von jedem von uns 25 Schil-

linge kassierte, uns über eine Treppe führte, ein Vorhängeschloß öffnete, den Riegel zurückschob und uns eintreten ließ. Dann machte er die Tür zu und legte außen das Vorhängeschloß wieder vor.

Der Hofstaat der Bettler

Es war ein fünfzig Meter langer und zehn Meter breiter Raum mit einer Doppelreihe Betten wie in Krankenhäusern. Die meisten Betten waren belegt. Ich bezweifle sehr, daß die Wiener Bettler 25 Schillinge (genau ein Dollar) für ein Bett in einem Schlafsaal bezahlen können. Aber wie auch immer, die schmutzigen, zerlumpten und übelriechenden Männer, die dort schliefen, waren die Bettler, sämtliche Bettler von Wien. In der Mitte des Raumes hing eine fahle und staubige Glühbirne. Ohne ein Wort zu sagen, sehr würdevoll, zog der Deutsche seine Lederjacke aus, rollte sie zusammen und legte sie sich als Kissen unter den Kopf. Ich setzte mich auf den Rand eines anderen freien Bettes und zündete mir eine Zigarette an. Der Tscheche zündete sich ebenfalls eine Zigarette an, blickte geheimnisvoll über die Doppelreihe menschlicher Wracks, und dann, ebenso würdevoll wie der Deutsche, drehte er sich um, ließ sich die Tür öffnen und verschwand auf Nimmerwiedersehen.

Ich saß weiter rauchend auf dem Bettrand, aber ich dachte an nichts. Alle fünf Minuten erzitterte das Gebäude unter dem Hochbahnzug. Um fünf Uhr morgens waren meine Zigaretten alle. Da zündete ich eine Kippe an. In diesem Augenblick drang die Helligkeit durchs Fenster, und der erste Lichtstrahl fiel genau auf das Gesicht eines Mannes mit fürchterlichen Zähnen, der mich mit drohenden, glotzenden Augen ansah. Alle fünf Minuten erbebte das Gebäude von oben bis unten unter dem Hochbahnzug. Aber der Mann zuckte nicht mit der Wimper. Er war doppelt so groß wie ein normaler Mensch und hing am anderen Ende des Ganges. Mir kam es völlig normal vor, daß es ein Erhängter war, daß einer der

Bettler 25 Schillinge für einen Balken bezahlt haben könnte, um sich daran zu erhängen. Aber als die Sonne aufging, merkte ich, daß es kein Erhängter war: Es war ein riesiges Porträt von Kaiser Franz I.

20-11-55

Ist Bevans Stunde gekommen?

Gegen eine konservative Partei, die in England Wunder zu vollbringen sucht, um an der Macht zu bleiben, erhebt sich ein drohendes, aggressives, brillantes, unbeherrschtes Gespenst, das sich nie in seinem Leben kämmen konnte: Aneurin Bevan. Besonders fundierte Prognosen versichern, daß Sir Anthony Eden aus Jamaika zurückkehren wird, um seine Memoiren zu schreiben; daß die konservative Regierung – über die Folgen der unklugen Suezaffäre gestolpert – sich gezwungen sehen wird, Wahlen auszurufen, und die Labourpartei an die Macht zurückkehren wird, aber nicht mit Hugh Gaitskell – dem Labourführer im Parlament –, sondern mit Aneurin Bevan an der Spitze.
Wenn es dazu käme, hätten die jetzigen Prognosen durchaus nichts Originelles an sich. Daß dieses politische Monstrum, von dem niemand genau weiß, woher es kam, unvermeidlich an die Macht gelangen würde, kündigte kein Geringerer als Lloyd George – vielleicht mit mehr Ironie als politischem Weitblick – vor sechsundzwanzig Jahren an, als der Vertreter der englischen Bergarbeiter, direkt aus der Mine gefördert und noch mit kohlschwarzem Gesicht, wie ein Erdbeben in den strengen und aristokratischen Bereich des Unterhauses einbrach.

Das war am 5. Februar 1930. Man untersuchte gerade die Probleme der Kohleindustrie. Damals konnte Aneurin – Nye – Bevan sicher nicht über viele Dinge sprechen, weil er erstens nie in die Schule gegangen war und zweitens stotterte, aber über eine Sache konnte er, ohne zu stottern, besser sprechen als jeder andere im Unterhaus: über Kohle. Er mußte es wissen: Mit dreizehn Jahren hatte man ihn mit einer Spitzhacke und einer Karbidlampe zum Arbeiten auf die Sohle einer Mine hinuntergelassen, und da lernte er nicht nur die Probleme der englischen Kohle, sondern vor allem die Probleme der Bergarbeiter kennen. Bevan sprach bei seiner ersten parlamentarischen Intervention über all diese Dinge. Er sprach sechs Stunden hintereinander, stotternd, mit den Worten kämpfend. Voll mitreißender Leidenschaft sprach er zuerst von den Bergarbeitern, aber dann gegen Sir Winston Churchill und Lloyd George – die Unantastbaren des Regimes – und zuletzt gegen fast alle unantastbaren Dinge des britischen Imperiums. Er sprach aus einer unbändigen Überzeugung, ohne sich um die Rhetorik zu kümmern, mit dem zornigen, vernichtenden und echten Glauben des Bergarbeiters. Er war vierunddreißig Jahre alt. Jetzt gilt er als der beste Redner des Unterhauses, einschließlich Sir Winston Churchill.
Von dem Augenblick an, da er in die Politik eingebrochen war, schrieb man Nye Bevan das Privileg zu, die schlechten Manieren in die englische Politik eingeführt zu haben, gerade in die englische Politik, die immer von den besterzogenen Männern der Welt gelenkt wurde. In einem Parlament, wo jedes Mitglied eine im Laub seines Stammbaums verlorene Frucht ist, war er wie eine Erscheinung aus dem Zirkus. Dagegen konnte Bevan seinen Stammbaum nicht über seinen Großvater hinaus verfolgen, der Bergarbeiter war wie sein Vater, in einem Bergwerk starb und unter einem namenlosen Stein auf einem eisigen Friedhof von Wales begraben liegt.
Trotzdem machten seine schlechten Manieren, seine Aggressivität, seine Art, sich zu kleiden, über die Sir Anthony Eden

sich aufzuregen pflegte, und seine entschlossene Methode, direkt und ohne Umschweife zum Kern der Probleme vorzustoßen, ihn im Unterhaus zu einem ungewöhnlichen Symbol: Er war das englische Volk, das Niedrige und Urwüchsige des Systems, fast der Untergrund des britischen Imperiums, der da zwischen den Doktoren saß. Sie akzeptierten ihn nicht ohne weiteres. Er zwang sie, ihn zu akzeptieren, denn er wurde von der Masse der Kohlegewerkschaften getragen. Er wiederholte nicht hundertmal am Strand mit einem Stein im Mund seine Reden, wie es ein anderer historischer Stotterer, Demosthenes, getan hatte, sondern er kämpfte hart auf hart mit den Wörtern, bis er sich ein persönliches Wörterbuch zum Gebrauch für alle englischen Stotterer geschaffen hatte. Mit einem Ehrgeiz, den seine Feinde mit Machtstreben verwechseln, eignete er sich Bildung an, um sie seinen fast alle aus Oxford und Eton kommenden Kollegen entgegenzustellen, und heute ist er Shakespeareexperte und einer der in Volkswirtschaft bestinformierten Männer im ganzen britischen Imperium. Er spricht eine klare, einfache, direkte und unangreifbare Prosa, die den Aristokraten die Dinge mit aller Deutlichkeit klarmacht und bei den Bergarbeitern Stolz, Ergriffenheit und Hoffnung aufkommen läßt.

Aber seine Bildung hat seinen Kampfgeist, seine überstürzte Art, Probleme und politische Gegner anzugreifen, nicht verzerren können. Seine Feinde sagen: »Er ist ein Demagoge«, weil seine Sätze heute genauso sind wie damals, als er ein einfacher Bergarbeiter war, knapp und für alle Bereiche verständlich. Am 4. November, als er die Londoner Vororte von unten nach oben kehrte und mit einer Demonstration von 30000 Menschen zum Trafalgar Square kam, faßte er das Problem der englischen Intervention am Suez in einem typischen Satz seiner unkomplizierten Redekunst zusammen: »Die Regierung hat uns gesagt, daß die englischen Truppen in Ägypten an Land gehen, um der UNO zu Hilfe

zu kommen. Das ist das gleiche, wie wenn man sagt, die Diebe brechen die Schlösser auf, damit die Polizei etwas zu tun hat.«
Die Aristokraten mit Melone und gestreiften Hosen gehen in ihrer Charakterisierung Bevans noch weiter. »Er ist schlicht eine Drecksau«, sagen sie, weil er 1946 – als er Gesundheitsminister der Regierung Attlee war – an einem Empfang Ihrer Majestät nicht mit weißen Strümpfen und Schnallenschuhen teilnahm, sondern in einem einfachen marineblauen Straßenanzug. Aber trotz eines derartigen Verstoßes gegen das starrste Protokoll der Welt gewähren ihm die Bergarbeiter immer mehr Unterstützung. Von den 1200000 Stimmen, über die die Militanten der Basis im englischen Parlament verfügen, gehören 1100000 Bevan.
Er kämpfte nicht nur gegen die seit tausend Jahren in der englischen Politik üblichen Fehler, sondern auch – und vielleicht noch härter – gegen seine eigenen Parteiführer. Bevan, ein Mann von fast beispielloser Disziplin, brachte Unordnung in die Reihen seiner Partei, die seine Thesen bei mehreren historischen Anlässen nicht gelten lassen wollte. 1937 – als das Gespenst des Krieges die Welt bedrohte – warnte er vor dem Krieg und den Gefahren des Faschismus, was ihm den ersten Ausschluß aus der Labourbewegung einbrachte. Er kämpfte in der Öffentlichkeit weiter, bis nicht nur seine Partei, sondern das britische Imperium und die ganze Welt merkten, daß er recht hatte.
Seine phantastische kämpferische Fähigkeit ging weiter, als seine Freunde oder seine Gegner vorhersehen konnten. Während des Krieges nahm er das gewaltige politische Risiko auf sich, gewisse Einstellungen Winston Churchills zu kritisieren, der trotz seiner Fehler die Schlacht gegen den Nazismus und mit Schwindeleien die Schlacht um die öffentliche Meinung gewann. Als Bevans Partei 1951 an der Macht und er selbst Regierungsmitglied war, versetzte er der inneren Disziplin seiner Partei einen Schlag, indem er auf das Gesundheits-

ministerium verzichtete. Damals lancierte er ein Manifest, das nicht unbemerkt blieb, von den Westmächten aber nicht berücksichtigt wurde. »Der eigentliche Kampf zwischen Ost und West« – hieß es in dem Manifest im wesentlichen – »ist wirtschaftlicher und nicht militärischer Natur ... Die Hilfe für die unterentwickelten Länder ist im Kampf gegen die Sowjetunion wirksamer als die Wiederaufrüstungsprogramme.« Die Westmächte zogen den Atlantikpakt und den Marshallplan vor. Die letzten Ereignisse haben gezeigt, daß der zurückgetretene Bevan recht hatte. Das Rezept, den unterentwickelten Ländern zu helfen, ist in der internationalen Politik in Mode gekommen.

Das war das letzte Mal, daß die Labourbewegung es zulassen konnte, den kämpferischsten und konfliktfreudigsten, den einfallsreichsten und wirklich großen Politiker unter ihren Mitgliedern draußen zu lassen. Heute wäre das ein gefährlicher Luxus für die Labourbewegung. Obwohl ihre Führer sich dessen erst im vergangenen Jahr recht bewußt wurden, als sie Bevan zum dritten Mal auszuschließen suchten. Die vier mächtigsten Gewerkschaften in England – Eisenbahner, Bergarbeiter, Metallarbeiter und Bauarbeiter – widersetzten sich rundweg der Maßnahme. Schon mit den Stimmen dieser Gewerkschaften hätte Nye Bevan eine neue Partei gründen können, die in einer Situation wie der gegenwärtigen die Macht übernähme. Sein eigner Kampfgefährte, der gleichzeitig intern sein erbittertster Gegner ist – Hugh Gaitskell –, wird es im geeigneten Moment einsehen, abtreten und ihm den Weg freigeben müssen.

Das Privatleben dieses Streiters, nun wohlinstalliert in seiner Wohnung in einem Londoner Vorort, unterscheidet sich anscheinend ziemlich von seinem öffentlichen Leben. Ein Mann, der beschuldigt wird, in der Politik nicht die jahrhundertealten Spielregeln, das englische *fair play*, zu achten, ist in seinem Privatleben ganz britischer Gentleman, der die Gesellschaften im Hause des britischen Pressezaren, Lord-

Beaverbrook, belebt. Seine Bildung – die er sich in der einsamen Umgebung der Bibliothek erarbeitet hat – ist ebenso profund wie umfassend.
Er ist weit davon entfernt, nachtragend zu sein. Die Erinnerung an seine ärmliche Kindheit, an seine in Wales vor Elend gestorbenen vier Geschwister hat ihm nicht den Blick getrübt, um genau unterscheiden zu können, wo die Politik aufhört und das private Leben anfängt. Sein Haus ist mehrmals pro Woche ein turbulenter Hof, wo die Bergarbeiter sich versammeln, um über ihre Probleme zu diskutieren. Aber es ist auch mehrmals der Treffpunkt der anspruchsvollsten Aristokraten, die dieses seltsame Produkt der britischen Gesellschaft mit Vaseline – oder ohne – herunterschlucken mußten. Trotzdem erlebten die dürren Frauen, die erwartet hatten, Bevan würde eine Dame des *high life* heiraten, eine Überraschung, von der man noch nicht weiß, ob sie eine Lektion oder eine Enttäuschung für sie war. Nye heiratete eine Schottin, die eine mehr oder weniger ähnliche Laufbahn hinter sich hatte wie er. Sie heißt Jenny Lee und ist eine kleine, rundliche Frau, Mitglied des Unterhauses, die Schwierigkeiten mit den Galaroben hat und wie ein Wasserfall redet, aber immer mit ebensoviel Verstand und ebenso viel (...)* wie ihr Mann. Sie sind schlichtweg ein maßgeschneidertes Ehepaar, um die Organisationen und Gewohnheiten der Briten zu revolutionieren.

8-12-56

* Lücke im Original

»Ich besuchte Ungarn«

Janos Kadar – Ministerpräsident von Ungarn – erschien am 20. August in der Öffentlichkeit, und zwar vor den 6000 Bauern, die sich anläßlich des Jahrestages der sozialistischen Verfassung auf dem Fußballfeld von Ujpest, 132 Kilometer von Budapest entfernt, versammelt hatten. Ich war dort, auf derselben Bühne wie Kadar, zusammen mit der ersten Delegation westlicher Beobachter, die nach den Oktoberereignissen nach Ungarn gekommen war.

Zehn Monate lang war Budapest eine verbotene Stadt gewesen. Das letzte westliche Flugzeug, das den Flughafen – am 6. November 1956 – verlassen hatte, war eine zweimotorige österreichische Maschine gewesen, die die Zeitschrift *Match* gechartert hatte, um ihren Sonderkorrespondenten Jean Charles Pedrazzini auszufliegen, der in der Schlacht von Budapest tödlich verwundet worden war. Seitdem war Ungarn geschlossen gewesen und wurde erst zehn Monate später wieder für uns geöffnet, nachdem das Komitee zur Vorbereitung des Moskauer Festivals von der ungarischen Regierung für eine Delegation von achtzehn Beobachtern eine Einladung nach Budapest erwirkt hatte. Da waren zwei Architekten, ein deutscher Rechtsanwalt, ein norwegischer Schachmeister und nur noch ein weiterer Journalist: Maurice Mayer, ein Belgier mit rotem Schnurrbart, ungeheuer sympathisch, ein großer Biertrinker und Erzähler blöder Witze, der seine Laufbahn im spanischen Bürgerkrieg begonnen hatte und während der deutschen Besetzung in Lüttich verwundet worden war. Ich kannte keinen von ihnen. An der ungarischen Grenze führte uns ein Dolmetscher, nachdem die Zollbehörden drei Stunden lang unsere Papiere geprüft hatten, im Speisewagen zusammen, machte uns untereinander bekannt und hielt eine kurze Willkommensansprache. Dann las er das Programm für die nächsten vierzehn Tage vor: Museen, Mittagessen mit Jugendorganisationen, Sportveranstaltungen und eine Woche Erholung am Plattensee.

Maurice Mayer dankte im Namen aller für die Einladung, gab aber zu verstehen, daß uns touristische Erfahrungen herzlich wenig interessierten. Wir wollten etwas anderes: wollten genau und ohne politische Mystifikationen wissen, was in Ungarn passiert war, und die gegenwärtige Situation des Landes kennenlernen. Der Dolmetscher erwiderte, daß die Regierung Kadar alles mögliche tun werde, um uns entgegenzukommen. Es war der 4. August um drei Uhr nachmittags. Um halb elf abends kamen wir auf dem leeren Bahnhof von Budapest an, wo uns eine Gruppe nervöser, kräftiger Männer erwartete, die uns vierzehn Tage lang begleiteten und alles nur Mögliche taten, um zu verhindern, daß wir uns ein konkretes Bild von der Situation machen konnten.

Wir hatten die Koffer noch nicht alle ausgeladen, als einer der Männer – der sich als Dolmetscher vorstellte – die offizielle Liste mit unseren Namen und Nationalitäten vorlas, auf die wir wie die Kinder in der Schule antworten mußten. Dann forderte er uns auf, in den Autobus zu steigen. Mir fielen zwei Details auf: die Zahl unserer Begleiter – elf für eine so kleine Delegation – und die Tatsache, daß sich alle als Dolmetscher vorstellten, obwohl die meisten von ihnen nur Ungarisch sprachen. Wir fuhren durch die Stadt mit ihren dunklen, verlassenen, im Nieselregen traurig wirkenden Straßen. Kurz darauf saßen wir im Hotel Libertad – einem der besten von Budapest – an einem Eßtisch, der den ganzen Speisesaal einnahm. Auf der anderen Seite aßen schweigend und finster die Dolmetscher. Einigen von ihnen fiel es schwer, die Bestecke zu handhaben. Der Speisesaal mit Spiegeln, großen Kronleuchtern und mit rotem Samt bezogenen Möbeln schien mit neuen Gegenständen, aber altmodischem Geschmack eingerichtet worden zu sein.

Während des Essens hielt ein Mann mit zerzaustem Haar und einer gewissen romantischen Verachtung im Blick eine Rede auf ungarisch, die gleichzeitig in drei Sprachen übersetzt wurde. Es war eine kurze, absolut konventionelle Begrüßung, und dann folgte eine Reihe konkreter Anweisungen. Man empfahl uns, nicht allein auszugehen, immer den Paß bei uns zu tragen, nicht mit Unbekannten zu sprechen, jedesmal, wenn wir das Hotel verließen, den Schlüssel beim Empfang abzugeben und daran zu denken, daß »Budapest im Kriegszustand ist und es deshalb verboten ist, zu fotografieren«. In dem Augenblick waren sieben weitere Dolmetscher anwesend. Sie bewegten sich ohne jeden Zweck um den Tisch herum, unterhielten sich ganz leise auf ungarisch, und ich hatte den Eindruck, daß sie Angst hatten. Nicht nur ich glaubte das. Einen Augenblick später beugte Maurice Mayer sich zu mir herüber und sagte: »Diese Leute sterben vor Angst.«

Bevor wir ins Bett gingen, nahm man uns die Pässe ab. Müde von der Reise, schlaflos und etwas deprimiert versuchte ich, von meinem Zimmerfenster aus ein Stück Nachtleben der Stadt zu sehen. Die grauen und beschädigten Gebäude der Rakoczi-Allee schienen unbewohnt. Die schwachbeleuchtete einsame Straße im Nieselregen, die Straßenbahn, die unter blauen Funken quietschend vorbeifuhr, das alles trug zu der traurigen Atmosphäre bei. Als ich mich ins Bett legte, bemerkte ich, daß die Innenwände meines Zimmers noch Einschüsse von Kugeln aufwiesen. Ich konnte nicht einschlafen, weil mich der Gedanke schaudern ließ, daß jenes Zimmer mit gelben Tapeten, altmodischen Möbeln und einem starken Geruch nach Desinfektionsmitteln im Oktober eine Barrikade gewesen war. So endete mein erster Abend in Budapest.

Mehr Schlangen bei der Lotterie als beim Brot

Am Morgen war der Anblick weniger düster. Entschlossen, die Wachsamkeit der Dolmetscher zu hintergehen – die nicht vor zehn Uhr ankommen würden –, steckte ich mir die Schlüssel in die Tasche und ging die Treppe hinunter in die Eingangshalle. Ich benutzte nicht den Fahrstuhl, weil er sich genau gegenüber vom Empfang befand und ich nicht hinausgehen konnte, ohne vom Geschäftsführer gesehen zu werden. Die gläserne Drehtür führte direkt auf die Rakoczi-Allee. Nicht nur das Hotel, auch alle anderen Gebäude in der Straße – vom blumenverzierten Giebel des Bahnhofs bis zu den Ufern der Donau – waren mit Gerüsten bedeckt. Was für einen Eindruck eine Geschäftsstraße macht, auf der die Leute zwischen Holzgerüsten herumlaufen, läßt sich nicht beschreiben. Ein flüchtiger Eindruck, denn ich war wohl noch keine zwei Schritte aus dem Hotel heraus, als mir jemand eine Hand auf die Schulter legte. Es war einer der Dolmetscher. Freundlich, aber ohne meinen Arm loszulassen, führte er mich ins Hotel zurück.

Der Rest der Delegation kam, wie vorgesehen, um zehn herunter. Maurice Mayer war der Letzte. Er betrat den Speisesaal in einem prächtigen Sportjackett, die Arme ausgebreitet, die internationale Jugendhymne singend. Mit übertriebener Herzlichkeit umarmte er, ohne aufzuhören zu singen, nacheinander alle Dolmetscher, die die Umarmung verwirrend überschwenglich erwiderten. Dann setzte er sich neben mich, befestigte sich die Serviette am Hals und stieß mich unter dem Tisch mit dem Knie an.

»Gestern abend bin ich darauf gekommen«, sagte er zwischen den Zähnen, »die Kerle sind alle bewaffnet.«

Von dem Augenblick an wußten wir, woran wir uns zu halten hatten. Unsere Schutzengel begleiteten uns in die Museen, zu den historischen Denkmälern, zu den öffentlichen Empfängen und verhinderten eifrig, daß wir mit den Leuten auf der Straße in Kontakt kamen. Eines Nachmittags – dem vierten in Budapest – gingen wir zur Fischerbastei, um uns das schöne Stadtpanorama anzusehen. Dort in der Nähe ist eine alte Kirche, die von den Türken in eine Moschee umgewandelt wurde und noch heute mit Arabesken verziert ist. Nur Delegierte in einer Gruppe trennten wir uns von den Dolmetschern und betraten die Kirche. Sie war riesig und verwahrlost, mit kleinen hochliegenden Fenstern, durch die grell das gelbe Sommerlicht eindrang. Auf einem der vorderen Kirchenstühle saß in versunkener Haltung eine schwarzgekleidete alte Frau und aß ein Wurstbrot. Einen Augenblick später betraten zwei Dolmetscher die Kirche. Sie folgten uns schweigend durch die Kirchenschiffe, ohne etwas zu uns zu sagen, schickten aber die Frau hinaus.

Am fünften Tag war die Situation unerträglich geworden. Wir hatten es satt, alte Sachen, historisches Gerümpel zu besichtigen und das Gefühl zu haben, daß die Stadt, die Leute, die Schlange standen, um Brot zu kaufen, mit der Straßenbahn, unerreichbare Dinge jenseits der Autobusfenster waren. Nach dem Mittagessen entschloß ich mich. Ich verlangte am Empfang die Schlüssel und sagte, daß ich sehr müde sei und vorhabe, den ganzen Nachmittag zu schlafen, dann fuhr ich mit dem Fahrstuhl hinauf und kam sofort über die Treppe wieder herunter.

An der ersten Haltestelle nahm ich ziellos eine Straßenbahn. Die im Wagen zusammengedrängten Menschen sahen mich wie einen Emigranten von einem anderen Planeten an, aber in ihren Blicken lag weder Neugier noch Erstaunen, sondern mißtrauische Verschlossenheit. Neben mir las eine Greisin mit einem alten Hut aus künstlichen Früchten auf ungarisch einen Roman von Jack London. Ich sprach sie auf englisch an, dann auf französisch, aber sie blickte mich nicht einmal an. Sie stieg an der nächsten Haltestelle aus, wobei sie sich mit den Ellbogen den Weg bahnte, und ich hatte den Eindruck, daß sie dort eigentlich nicht hatte aussteigen wollen. Auch sie hatte Angst.

Der Wagenführer sagte etwas auf ungarisch zu mir. Ich gab ihm zu verstehen, daß ich die Sprache nicht könne, und er fragte mich seinerseits, ob ich Deutsch spräche. Er war ein dicker alter Mann mit einer Schnapsnase, der eine mit Drähten geflickte Brille trug. Als ich ihm sagte, daß ich Englisch spräche, wiederholte er mehrmals einen Satz, den ich nicht verstehen konnte. Er schien verzweifelt. An der Endstation gab er mir, als ich ausstieg, im Vorbeigehen einen Zettel mit dem auf englisch geschriebenen Satz: »Gott schütze Ungarn.«

Fast ein Jahr nach den Ereignissen, die die Welt bewegten, war Budapest noch immer eine provisorische Stadt. Ich sah weitläufige Bezirke, wo die Straßenbahnlinien nicht wieder in Ordnung gebracht und weiterhin für den Verkehr gesperrt waren. Die schlechtgekleidete, triste und verschlossene Menschenmenge bildete endlose Schlangen, um Artikel des täglichen Bedarfs zu kaufen. Die zerstörten und geplünderten Kaufhäuser waren noch im Wiederaufbau.

Trotz der geräuschvollen Publizität, mit der die westlichen Zeitungen die Ereignisse von Budapest bedacht hatten, hatte ich nicht geglaubt, daß die Verheerungen so gewaltig seien. Nur wenige Gebäude im Zentrum hatten unversehrte Fassaden. Später erfuhr ich, daß das Volk von Budapest in ihnen Zuflucht gesucht und vier Tage und vier Nächte lang gegen die russischen Panzer gekämpft hatte. Die sowjetischen Truppen – 80 000 Mann mit dem Befehl, die Revolte niederzuschlagen – wandten die einfache und wirksame Taktik an, die Panzer vor den Gebäuden aufzufahren und die Fassaden zu zerstören. Aber der Widerstand war heldenhaft. Kinder gingen auf die Straße, kletterten auf die Panzer und warfen brennende

Benzinflaschen hinein. Laut offiziellen Informationen gab es in jenen vier Tagen fünftausend Tote und zwanzigtausend Verletzte, aber der Umfang der Verheerungen läßt vermuten, daß die Zahl der Opfer viel höher war. Die Sowjetunion hat die Höhe ihrer Verluste nicht bekanntgegeben.

Die Morgenröte des 5. November fiel auf eine verwüstete Stadt. Das Land war buchstäblich fünf Monate lang gelähmt gewesen. Die Bevölkerung überlebte diese Zeit dank der Versorgungszüge, die die Sowjetunion und die Volksdemokratien schickten. Jetzt sind die Schlangen weniger lang, die Lebensmittelgeschäfte öffnen nach und nach ihre Türen, aber das Volk von Budapest leidet noch unter den Folgen der Katastrophe. Vor den Lotteriegeschäften – die eine Einnahmequelle des Kadarregimes sind – und den Pfandhäusern – die dem Staat gehören – sind die Schlangen länger als vor den Bäckereien. Ein Staatsbeamter sagte mir, daß die Lotterie in der Tat in einem sozialistischen Regime eine unzulässige Institution sei. »Aber wir kommen ohne sie nicht aus«, erklärte er. »Sie löst jeden Samstag ein Problem für uns.« Das gleiche gilt für die Pfandhäuser. Ich sah vor einem von ihnen eine Frau, die mit einem Kinderwagen voller Küchengeräte Schlange stand.

Mißtrauen und Angst tauchen überall auf, in der Regierung ebenso wie in der Bevölkerung. Es gibt eine Menge Ungarn, die bis 1948 im Ausland lebten, und sie wie auch ihre Kinder sprechen alle Sprachen der Welt. Aber sie sprechen kaum mit den Ausländern. Sie glauben, daß es jetzt in Budapest keinen Ausländer geben kann, der nicht ein offizieller Gast ist, und deshalb wagen sie nicht, sich mit ihm zu unterhalten. Jeder auf der Straße, in den Cafés, in den stillen Gärten der Margaretheninsel mißtraut der Regierung und ihren Gästen.

Die Regierung ihrerseits spürt, daß die Ablehnung anhält. An den Mauern von Budapest steht mit breiten Pinselstrichen geschrieben: »Versteckter Konterrevolutionär: Fürchte die Macht des Volkes.« Andere Inschriften machen Imre Nagy für die Oktoberkatastrophe verantwortlich. Davon ist das Regime besessen. Während Imre Nagy in rumänischer Verbannung lebt, beschmiert die Regierung Kadar die Wände, gibt Broschüren heraus und organisiert Demonstrationen gegen ihn. Aber alle Personen, mit denen wir zu sprechen vermochten – Arbeiter, Angestellte, Studenten und sogar einige Kommunisten –, warten auf Nagys Rückkehr. Gegen Abend – nachdem ich durch die ganze Stadt gefahren war – befand ich mich an der Donau vor den Ruinen der Elisabethbrücke, die von den Deutschen gesprengt wurde. Dort steht die Statue des Dichters Petöfi, durch einen mit Blumen bepflanzten Platz von der Universität getrennt. Vor zehn Monaten – am 28. Oktober – überquerte eine Gruppe Studenten den Platz und forderte mit lauten Rufen die Ausweisung der sowjetischen Truppen. Einer von ihnen kletterte mit der ungarischen Fahne auf die Statue und hielt eine zweistündige Rede. Als er herunterstieg, war der Platz gedrängt voll mit Männern und Frauen aus dem Volk von Budapest, die unter den herbstkahlen Bäumen die Hymne des Dichters Petöfi sangen. So begann der Aufstand.

Einen Kilometer von der Margaretheninsel donauabwärts liegt ein dichtbevölkertes Proletarierviertel, wo die Arbeiter von Budapest zusammengedrängt leben und sterben. Es gibt einige geschlossene, überhitzte und verrauchte Schenken, deren Kundschaft riesige Gläser Bier mitten in jenem anhaltenden Maschinengewehrgeknatter, das Unterhaltung in ungarischer Sprache ist, konsumiert. Am Nachmittag des 28. Okober waren jene Leute dort, als die Kunde kam, die Studenten hätten den Aufstand begonnen. Da ließen sie ihre Biergläser stehen, gingen am Donauufer entlang zum Platz des Dichters Petöfi und schlossen sich der Bewegung an. Am Abend besuchte ich jene Schenken und stellte fest, daß trotz des Gewaltregimes, der sowjetischen Intervention und der scheinbar im Lande herrschenden Ruhe der Keim des Aufstandes weiterlebt. Wenn ich die Schenken betrat, verwandelte sich das Geknatter in dumpfes Gemurmel. Niemand wollte sprechen. Aber wenn die Leute schweigen – aus Angst oder weil sie voreingenommen sind –, muß man auf die Toiletten gehen, um zu erfahren, was sie denken. Dort fand ich, was ich suchte: Zwischen pornographischen Zeichnungen, die in allen Toiletten der Welt Tradition sind, standen Aufschriften mit Kadars Namen als anonymer, aber außerordentlich vielsagender Protest. Jene Aufschriften sind ein gültiges Zeugnis für die ungarische Situation: »Kadar, Mörder des Volkes«, »Kadar, Verräter«, »Kadar, Bluthund der Russen«.

15-11-57

Ein Samstag in London

Ein Mann mit Giraffenfüßen, Zylinderhut und Regenschirm und einer verwelkten Nelke im Knopfloch seines Cutaway stieg am Samstag auf eine freie Tribüne in Hyde Park Corner, um zu protestieren, weil ein Düsenflugzeug Telefonnummern an Londons Himmel schrieb. Es gab noch vier weitere Redner, jeder mit seinem persönlichen Publikum, unter dem gleichgültigen Blick von vier Polizeibeamten, die nicht so taub gewesen sein dürften, wie sie schienen. Einer der Redner war ein offizieller Berichterstatter der konservativen Partei, mit einem Kamelhaarmantel und einem Schal aus gelber Seide, der mit der Zuhörerschaft über die Maßnahmen diskutierte, die die Regierung getroffen hatte, um die Währung zu stärken. Ein anderer forderte die Bildung eines englischsprachigen Blockes, der von den Vereinigten Staaten und England angeführt werden sollte. »Die Amerikaner haben das Geld«, sagte er. »Wir haben die Intelligenz.« Der andere war Bob. Auf einer öffentlichen Tribüne im Hyde Park, wo samstags und sonntags jedermann sagen kann, was er will, ist Bob der einzige Redner der Erde, der nicht will, daß man weiß, was er sagt. Seine Tribüne gleicht einem Beichtstuhl: Vor ihr steht eine lange Schlange von Leuten, die darauf warten, daß sie an die Reihe kommen und Bob ihnen ins Ohr sagt, was er denkt.

Zu mir sprach er fünf Minuten über die Notwendigkeit, sich auf das ewige Leben vorzubereiten. Dann klopfte er mir leicht auf die Schulter und sagte: »Achte auf deine Nieren.« Nach mir kam eine Frau dran, die Auskunft über die Erhöhung der Bankrate haben wollte.
Wenige Meter entfernt spielte eine Militärkapelle eine Trauerhymne. Eine Gruppe von Kindern spielte Hockey unter der Aufsicht von ein paar mit zwei Nadeln im Takt der Musik strickenden Frauen mit sehr großen Schuhen. Es war ein prächtiger Tag. Ein Dezembersamstag ohne Nebel und Kälte. Normalerweise ist es in London jederzeit fünf Uhr morgens. Der Nebel riecht stark nach Kohle. Die Leute, die von der Arbeit kommen, sehen aus, als ob sie zur Arbeit gingen, und auf den Treppenstufen der stets gleichen, stets schweigenden, stets geschlossenen Häuser steht ein halbes Dutzend Milchflaschen.
Der Flugplatz ist sehr nahe bei der Stadt. Den ganzen Tag über hört man das Heulen der Flugzeuge, die durch einen trüben Himmel die Piste suchen. Man hat das Gefühl, als ob sie im Zimmer landeten. Aber in dieser Woche – die eine Frühlingswoche im Herbst war – wurde der Himmel südländisch. Eine ziegelsteinfarbene Sonne ging im Hyde Park auf, sehr überlegt, ohne allzuviel zu wagen, mit jenem schrecklichen Minderwertigkeitskomplex, den die Sonne in London hat. Die Engländer blieben am Oxford Circus stehen, um die Flugzeuge zu sehen. Die kleinsten, mit gebogenen Flügeln wie Schwalben aus Aluminium, zogen eine Kurve aus weißem und glänzendem Rauch. Eines von ihnen schrieb eine Telefonnummer über den Trafalgar Square. Die Menge, die bei den Ansprachen zugehört hatte, verließ die anderen Redner und versammelte sich um den Mann, der gegen die Leichtfertigkeit der Piloten protestierte.

Das britische Imperium vergißt die Kunst des Frühstückens nicht

Als ich in London ankam, hatte ich den Eindruck, daß die Engländer auf der Straße mit sich selber sprechen. Dann fand ich heraus, was sie sagen: »*Sorry.*« Am Samstag, wenn ganz London auf den Piccadilly Circus strömt, kann man keinen Schritt tun, ohne mit jemand zusammenzustoßen. Dann hört man ein allgemeines Gemurmel, einen eintönigen Straßenchor: »*Sorry.*« Wegen des Nebels war das einzige, was ich von den Engländern kannte, die Stimme. Ich hörte sie, wie sie sich im Halbdunkel des Mittags entschuldigten, während sie wie die Flugzeuge mit Radar durch die dunkle Watte des Nebels gingen. Am letzten Samstag konnte ich sie – im Sonnenlicht – zum ersten Mal sehen. Sie gingen essend durch die Straßen.

Die erhabenen Funktionen der Verdauung der Engländer sind auf das Frühstück beschränkt: Cornflakes, Spiegeleier, Räucherspeck, Würstchen, Brot mit Butter und Marmelade und die zweite Tasse Tee. Die erste trinken sie um sieben Uhr morgens. Im Laufe des Tages trinken sie acht weitere. Zu der Stunde, da der Kontinent zu Mittag ißt, die Franzosen vor einem Stück Leberpastete, Beefsteak mit Pommes frites, Salat, Käse, einem Liter Wein und einem Meter Brot sitzen, lesen die Engländer in den Restaurants die Zeitung. Beim Mittag- und Abendessen begnügen sie sich mit einer Tasse Tee und einem Keks. Die Franzosen können nicht allein essen, weil sie – wie Pierre Daninos anmerkt – nicht essen können, ohne über das Essen zu sprechen. Die Engländer essen allein, auch wenn sie in Gesellschaft sind, weil sie die Zeitung lesen müssen.

In dem Maße, wie sich das Britische Imperium allmählich auf die Insel reduziert hat, hat sich die Ernährung der Engländer allmählich auf den Tee reduziert. Das ist das Wesen und die Größe der berühmten Genügsamkeit des britischen Volkes. In den Schaufenstern der Fleischerläden hängt trockenes, bräunliches Fleisch, das drei Monate im Kühlraum eines Schiffes verbracht hat. Es ist aus Argentinien importiertes Fleisch. In den riesigen Kühlhäusern von Smithfield, dem Londoner Zentralmarkt, wird das Fleisch für die nächsten drei Jahre aufbewahrt. Die Genügsamkeit des britischen Volkes läßt vermuten, daß diese Vorräte zehn Jahre reichen werden.

Den Rest des Tages verbringen sie, indem sie happenweise essen. Die Studenten betreten die Ein-Schilling-Kinos mit einer Tüte Honig-Popcorn und kommen gegen Abend heraus, um die Vorstellung mit einer Tasse Tee zu vervollständigen. Es ist eindrucksvoll zu sehen, wie die feierlichen und gutgekleideten Bürger der City sich den Honig mit dem Jakkettärmel vom Mund wischen.

Am Samstag dagegen nehmen sie eine Hauptmahlzeit ein. Es ist ein Festtag, vor allem zu der Zeit, wenn die Weihnachtseinkäufe beginnen und in den Schaufenstern von Piccadilly ein künstlicher Schneesturm stattfindet. Die alten Frauen von London – die an die dreihundertsechsundfünfzig Jahre alt sein müssen – mischten sich unter die Menge, stolpernd, sich mit den Ellbogen den Weg bahnend, und betrachteten mit der echtesten Rührung der zweiten Kindheit die Spielsachen. Abends in der Untergrundbahn suchten sie mit einer Art unheimlicher Naivität in den Abendzeitungen nach blutigen Verbrechen. Aber sie wurden enttäuscht. An diesem Samstag beschäftigten sich die Abendzeitungen – sogar die von Lord Beaverbrook, von denen bis zu 4000100 verkauft werden – vor allem mit dem Skandal der Woche: mit den Flugzeugen, die Telefonnummern in den Londoner Himmel schrieben.

Aneurin Bevan brachte das Flugzeugproblem im Parlament zur Sprache

Eine Frage, die die öffentliche Meinung so sehr interessierte, konnte im Unterhaus nicht unerwähnt bleiben. Aneurin Beven, Labourabgeordneter, benutzte die Anwesenheit des Au-

ßenministers, Selwin Lloyd, um das Flugzeugproblem anzuschneiden. Genauer gesagt, ging es um folgendes Problem: Die Flugzeuge, die Telefonnummern über dem Trafalgar Square schrieben, waren mit Wasserstoffbomben beladen. Selwin Lloyd dementierte die Nachricht: Es war ein Werbeflugzeug. Aber er gab zu, daß über Großbritannien in der Tat Flugzeuge fliegen, die mit Wasserstoffbomben beladen sind. Es sind die Flugzeuge der amerikanischen Basen in England, die jetzt ständig in der Luft sind, um zu vermeiden, daß sie durch einen Überraschungsangriff auf ihren Basen zerstört werden. Selwin Lloyd gab eine technische Erklärung: Die Wasserstoffbomben, die diese Flugzeuge transportieren, können nicht explodieren, weil die Zündvorrichtung erst in dem Augenblick angebracht wird, wenn sie abgeworfen werden. Sie können bei einem Unfall nicht explodieren. »Es mag ja sein, daß sie nicht explodieren«, schrieb eine Zeitung, »aber wenn das Flugzeug in Brand gerät, lädt sich die Atmosphäre mit Radioakvitität auf.« Diese Möglichkeit – die nicht dementiert wurde – beunruhigt die Engländer.
Es ist eine psychologische Frage. Die alten Frauen, die im Hyde Park den Trauermärschen zuhören, haben angefangen, dem vertrauten Geräusch der Flugzeuge zu mißtrauen. Sie hören, wie sie über ihren Köpfen vibrieren, wie sie mit ihrer Ladung guter Bürger tastend den Flughafen suchen, und automatisch unterbrechen die Frauen das Handschuhstricken. Es ist, als ob ihnen plötzlich bewußt würde, daß jenes Vibrieren auch das letzte in Gefahr bringt, was noch vom Britischen Imperium übrig ist, eine Insel, wo alles anders ist, wo die Autos nicht rechts fahren, wo man einen Schilling in die Heizung stecken muß, wo das Währungssystem nicht dezimal ist und die Preise in Münzwerten angegeben werden, die es nicht gibt, wo die gute Erziehung nicht ein Kodex guter Manieren, sondern ein bedingter Reflex ist, und wo man nur dann *»My Dear«* sagt, wenn man jemanden beschimpft. Womöglich

akzeptieren die Engländer es mit Eleganz und Würde, daß die Geschichte all dem ein Ende macht. Aber sie können nicht akzeptieren, daß das durch ein Flugzeugunglück geschieht.

6-1-58

Nur zwölf Stunden, um ihn zu retten

Es war ein schlechter Samstagnachmittag gewesen. In Caracas wurde es heiß. Die Avenida Los Illustres, wo der Verkehr gewöhnlich fließend ist, war unerträglich durch das Hupen der Autos, das Geknatter der Motorroller, den unter der heißen Februarsonne flimmernden Asphalt und die Masse von Frauen und Kindern, die vergeblich die Abendkühle suchten. Eine von ihnen, die um halb vier ihr Haus verlassen hatte, um einen kurzen Spaziergang zu machen, kehrte mißmutig wenig später wieder um. Sie sollte in der nächsten Woche niederkommen. Wegen ihres Zustands, des Lärms und der Hitze hatte sie Kopfschmerzen. Ihr ältestes Kind, ein Junge von achtzehn Monaten, der mit ihr zusammen spazierengegangen war, weinte noch immer, weil ein verspielter, kleiner und allzu zutraulicher Hund ihn leicht in die rechte Wange gebissen hatte. Am Abend behandelten sie die Wunde mit Chromquecksilber. Der Junge aß normal und ging gutgelaunt ins Bett.

In ihrem behaglichen Penthouse im Gebäude Emma erfuhr Frau Ana de Guillén am selben Abend, daß ihr Hund in der Avenida Los Illustres ein Kind gebissen hatte. Sie kannte Tony sehr gut, hatte das Tier selbst aufgezogen und abgerichtet und wußte, daß es lieb und harmlos war. Sie nahm den

Vorfall nicht wichtig. Am Montag, als ihr Mann von der Arbeit zurückkehrte, lief der Hund ihm entgegen. Anstatt mit dem Schwanz zu wedeln, zerriß er ihm mit ungewohnter Aggressivität die Hose. Jemand kam herauf, um ihr zu sagen, daß Tony während der Woche versucht habe, auf der Treppe einen Nachbarn zu beißen. Frau de Guillén schrieb das Verhalten ihres Hundes der Hitze zu. Sie sperrte ihn am Tage im Schlafzimmer ein, um Unannehmlichkeiten mit ihren Nachbarn zu vermeiden. Am Freitag versuchte der Hund, ohne daß er irgendwie gereizt worden war, sie selbst zu beißen. Bevor sie sich schlafen legte, sperrte sie den Hund erst einmal in die Küche, bis ihr eine bessere Lösung einfiel. Das Tier jaulte und kratzte die ganze Nacht an der Tür. Aber als das Dienstmädchen am nächsten Morgen in die Küche kam, fand sie ihn schlaff und friedlich vor, die Zähne gebleckt und voller Schaum. Er war tot.

Sechs Uhr morgens. Ein toter Hund in der Küche

Der 1. März war für die meisten Bewohner von Caracas ein Samstag wie jeder andere. Aber für eine Gruppe von Personen, die sich nicht einmal untereinander kannten, die nicht am Samstagsaberglauben leiden und an jenem Morgen mit dem Vorsatz aufwachten, ihr gewöhnliches Tagewerk zu verrichten, in Caracas, Chicago, Maracaibo, New York und sogar in 12000 Fuß Höhe in einem Frachtflugzeug, das die Karibik in Richtung Miami überquerte, sollte jenes Datum zu einem der aufregendsten, angstvollsten und angespanntesten werden. Die Eheleute Guillén, die sich durch die Entdeckung des Dienstmädchens mit dem wahren Sachverhalt konfrontiert sahen, kleideten sich in aller Eile an und verließen, ohne zu frühstücken, das Haus. Der Ehemann ging zum Krämer an der Ecke, suchte hastig im Telefonbuch und rief das Hygieneinstitut in der Ciudad Universitaria an, wo man, wie er gehört hatte, das Gehirn der aus unbekannten Gründen gestorbenen Hunde untersuchte, um festzustellen, ob sie Tollwut hatten. Es war noch sehr früh. Ein Nachtwächter mit schläfriger Stimme antwortete ihm, daß vor halb acht niemand da wäre.

Frau Guillén hatte einen langen und komplizierten Weg zurückzulegen, bevor sie ihr Ziel erreichte. Zunächst einmal mußte sie sich in der Avenida Los Illustres, wo der Verkehr der braven und arbeitsamen Bürger begann, die mit ihrer Angst nichts zu tun hatten, daran erinnern, wer ihr am Samstag voriger Woche gesagt hatte, daß ihr Hund ein Kind gebissen habe. Noch vor acht Uhr traf sie in einem Lebensmittelladen ein portugiesisches Dienstmädchen, das die Geschichte von dem Hund von einer Nachbarin gehört zu haben glaubte. Es war eine falsche Fährte. Aber später erhielt sie die ungefähre Auskunft, daß das gebissene Kind ganz in der Nähe der Kirche San Pedro in Chaguaramos wohne. Um neun Uhr vormittags holte ein Lieferwagen des nächsten Sanitätspostens die Hundeleiche zur Untersuchung ab. Um zehn, als Frau Guillén sich eins ums andere durch die Wohnhäuser an der Kirche San Pedro gefragt hatte, ob jemand von einem Kind wisse, das von einem Hund gebissen worden sei, erhielt sie einen weiteren Hinweis. Die italienischen Maurer auf einem Bau in der Avenida Ciudad Universitaria hatten während der Woche davon gehört. Die Familie des Kindes lebte hundert Meter von der Stelle entfernt, die die angsterfüllte Frau Guillén den ganzen Morgen Zentimeter um Zentimeter abgesucht hatte: Haus Macuto, Appartement Nr. 8. An der Tür war die Karte einer Klavierlehrerin. Man mußte auf den Klingelknopf rechts von der Tür drücken und das galicische Dienstmädchen nach Herrn Reverón fragen.

Carmelo Reverón war an jenem Samstag, wie jeden Tag außer sonntags, um fünf nach halb acht fortgegangen. In seinem hellblauen Chevrolet, den er vor der Haustür zu parken pflegte, war er zur Ecke Velázquez gefahren. Dort befand sich die Fabrik für Milchprodukte, in der er seit vier Jahren arbeitete. Reverón ist ein zweiunddreißigjähriger Mann von den Kanarischen Inseln, der vom ersten Augenblick an durch sein spontanes Wesen und seine guten Manieren auffällt. An jenem Samstagmorgen hatte er keinen Anlaß zur Beunruhigung. Er hatte eine sichere Stellung und wurde von seinen Arbeitskollegen geschätzt. Vor zwei Jahren hatte er geheiratet. Sein ältestes Kind, Roberto, war achtzehn Monate alt und gesund. Am vergangenen Mittwoch war ihm weiteres Glück zuteil geworden: Seine Frau hatte ein Mädchen geboren.

In seiner Eigenschaft als wissenschaftlicher Vertreter ist er den größten Teil des Tages unterwegs, um die Kundschaft zu besuchen. Um acht Uhr morgens kommt er im Labor an, erledigt die dringendsten Angelegenheiten und kommt erst am nächsten Tag zur selben Stunde wieder. An jenem Samstag kehrte er, weil Samstag war, ausnahmsweise um elf Uhr vormittags ins Labor zurück. Fünf Minuten später erhielt er einen Telefonanruf.

Eine Stimme, die er nie gehört hatte, die aber die Stimme einer angsterfüllten Frau war, verwandelte für ihn jenen friedlichen Tag mit vier Worten in den verzweiflungsvollsten Samstag seines Lebens. Es war Frau Guillén. Das Gehirn des Hundes war untersucht worden, und das Ergebnis ließ keinen Zweifel zu: positiv. Das Kind war sieben Tage vorher gebissen worden. Das bedeutete, daß das Tollwutvirus sich in seinem Körper weiterentwickelt hatte. Es hatte Zeit zur Inkubation. Um so mehr im Falle seines Sohnes, der an der gefährlichsten Stelle gebissen worden war: im Gesicht.

Reverón erinnerte sich wie an einen Alptraum an alles, was er von dem Augenblick an unternommen hat, seit er das Telefon aufgelegt hatte. Um 11.35 untersuchte Doktor Rodríguez Fuentes vom Gesundheitsamt das Kind, impfte es gegen Tollwut, aber wenig zuversichtlich. Der Impfstoff gegen Tollwut, der in Venezuela hergestellt wird und stets sehr gute Erfolge erzielt hat, beginnt erst sieben Tage nach der Impfung zu wirken. Es bestand die Gefahr, daß das Kind in den nächsten vierundzwanzig Stunden an Tollwut sterben würde, einer Krankheit, die so alt ist wie die Menschheit, für die die Wissenschaft aber noch kein Heilmittel gefunden hat. So bleibt als einziges die Verabreichung von Morphium, um die entsetzlichen Schmerzen zu lindern, während der Tod naht.

Doktor Rodríguez Fuentes war deutlich: Die Impfung könnte vergeblich sein. Es blieb die Möglichkeit, vor Ablauf von vierundzwanzig Stunden 3000 Einheiten Iperimune aufzutreiben, ein Tollwutserum, das in den Vereinigten Staaten hergestellt wurde. Im Unterschied zum Impfstoff beginnt das Tollwutserum vom Augenblick der Verabreichung an zu wirken. 3000 Einheiten sind nicht voluminöser und wiegen nicht mehr als eine Schachtel Zigaretten. Sie dürften nicht mehr als 30 Bolívar kosten. Aber die meisten Apotheken von Caracas, in denen nachgefragt wurde, gaben dieselbe Auskunft: »Nicht vorhanden.« Einige Ärzte kannten das Mittel nicht einmal, obwohl es 1947 zum ersten Mal in den Katalogen der Herstellerfirma erschienen war. Reverón hatte eine Frist von zwölf Stunden, um seinen Sohn zu retten. Die rettende Medizin war 5000 Kilometer entfernt in den Vereinigten Staaten, wo man sich in den Büros anschickte, bis Montag zu schließen.

12 Uhr mittags. Victor Saume ruft SOS

Auf seine ungezwungene Art unterbrach Victor Saume die 12-Uhr-Show in Radio Caracas-Television, um eine dringende Meldung durchzugeben. »Jeder, der Ampullen mit dem Tollwutserum Iperimune besitzt«, sagte er, »wird dringend gebeten anzurufen. Es geht darum, das Leben eines 18 Monate alten Kindes zu retten.« Im selben Augenblick schickte ein Bruder von Carmelo Reverón ein Kabel an seinen Freund Justo Gómez in Maracaibo, weil er dachte, daß eine der Erdölgesellschaften über das Medikament verfügen könnte. Ein anderer Bruder erinnerte sich an einen in New York lebenden Freund – Mister Robert Hester – und sandte

ihm um 12.05 Ortszeit Caracas ein Blitztelegramm auf englisch. Mister Robert Hester wollte gerade die düstere Atmosphäre des New Yorker Winters verlassen, um auf Einladung einer befreundeten Familie das Wochenende in einem Vorort zu verbringen. Er war dabei, das Büro zu schließen, als ein Angestellter von All American Cable ihm telefonisch das Telegramm durchgab, das in diesem Augenblick aus Caracas eingegangen war. Der Zeitunterschied von einer halben Stunde zwischen den beiden Städten begünstigte jenen Wettlauf mit der Zeit.
Ein Fernsehzuschauer in La Guaira, der vor dem Apparat zu Mittag aß, sprang vom Stuhl auf und setzte sich mit einem ihm bekannten Arzt in Verbindung. Zwei Minuten später verlangte er eine Verbindung mit Radio Caracas, und jene Nachricht löste in den nächsten fünf Minuten vier eilige Telefonate aus. Carmelo Reverón, der zu Hause kein Telefon hatte, war mit dem Kind ins Haus Nr. 37 in der Calle Lecuna, Country Club, übergesiedelt, wo einer seiner Brüder lebte. Dort erhielt er um 12.32 die Nachricht aus La Guaira: Das Krankenhaus jener Stadt teilte mit, daß man Iperimune habe. Ein Funkstreifenwagen, der spontan kam, brachte Carmelo Reverón durch das mittägliche Verkehrschaos mit 100 Stundenkilometern und ohne Rücksicht auf Verkehrsampeln in zwölf Minuten dorthin. Es waren zwölf verlorene Minuten. Eine träge Krankenschwester, die vor dem elektrischen Ventilator döste, teilte ihm mit, es handle sich um einen ungewollten Irrtum.
»Iperimune haben wir nicht«, sagte sie. »Aber wir haben große Mengen Impfstoff gegen Tollwut.«
Das war die einzige konkrete Antwort auf die Fernsehdurchsage. Es war unglaublich, daß es in Venezuela kein Tollwutserum gab. Ein Fall wie der des Kindes Reverón, dessen Stunden gezählt waren, konnte jeder Zeit passieren. Die Statistiken zeigen, daß jedes Jahr Fälle von Personen verzeichnet werden, die an den Bissen tollwütiger Hunde

sterben. Von 1950 bis 1952 bissen über 5000 Hunde 8000 Einwohner von Caracas. Von 2000 in Beobachtung genommenen Tieren waren 500 infiziert.
In den letzten Monaten haben die Gesundheitsbehörden, beunruhigt wegen der Häufigkeit der Tollwutfälle, die Impfkampagnen verstärkt. Offiziell werden monatlich 500 Impfungen vorgenommen. Doktor Briceño Rossi, Direktor des Hygieneinstituts und eine internationale Autorität auf diesem Gebiet, läßt die verdächtigen Hunde vierzehn Tage lang unter strengste Beobachtung stellen. Zehn Prozent stellen sich als verseucht heraus. In Europa und den Vereinigten Staaten brauchen Hunde wie Autos eine Lizenz. Man impft sie gegen Tollwut und hängt ihnen eine Aluminiummarke an den Hals, in die das Datum eingraviert ist, an dem die Immunität endet. In Caracas gibt es trotz der Bemühungen von Doktor Briceño Rossi keine derartige Regelung. Die herrenlosen Hunde balgen sich auf der Straße und infizieren sich gegenseitig mit dem Virus, das sie dann auf die Menschen übertragen. Es war unglaublich, daß es unter derartigen Umständen kein Tollwutserum in den Apotheken gab und daß Reverón, um seinen Sohn zu retten, auf die Solidarität von Leuten angewiesen war, die er nicht einmal kannte und auch jetzt noch nicht kennt.

»Am Montag wird es zu spät sein«

Justo Gómez in Maracaibo erhielt das Telegramm fast zur selben Zeit wie Mister Hester in New York. Nur ein Mitglied der Familie Reverón aß an jenem Tage ruhig zu Mittag: das Kind. Bislang war es scheinbar völlig gesund. In der Klinik hatte seine Mutter nicht die geringste Ahnung, was vor sich ging. Aber sie wurde zur üblichen Besuchszeit unruhig, weil ihr Mann nicht eintraf. Eine Stunde später kam einer ihrer Schwäger, der eine nicht vorhandene Ruhe zur Schau trug, um ihr zu sagen, daß Carmelo Reverón später kommen werde.

Sechs Telefongespräche brachten Justo Gómez in Maracaibo auf die Spur des Medikaments. Eine Erdölgesellschaft, die vor einem Monat für einen ihrer Angestellten Iperimune aus den Vereinigten Staaten kommen lassen mußte, hatte 1000 Einheiten. Das war eine nicht ausreichende Dosis. Das Serum war entsprechend dem Gewicht der Person und der Schwere des Falles zu verabreichen. Für ein Kind von vierzig Pfund genügen 1000 Einheiten vierundzwanzig Stunden nach dem Biß. Aber das Kind Reverón, 35 Pfund schwer, war sieben Tage vorher und nicht ins Bein, sondern ins Gesicht gebissen worden. Der Arzt hielt es für nötig, 3000 Einheiten zu spritzen. Unter normalen Bedingungen ist das die Dosis für einen Erwachsenen von 120 Pfund Gewicht. Aber es war nicht der Moment, 1000 Einheiten zurückzuweisen, die gratis von der Erdölgesellschaft überlassen wurden, sondern sie auf schnellstem Wege nach Caracas kommen zu lassen. Um 13.45 teilte Justo Gómez telefonisch mit, daß er zum Flughafen Grano de Oro, Maracaibo, fahre, um die Ampulle zu schicken. Einer von Reveróns Brüdern informierte sich über die an jenem Nachmittag eintreffenden Flugzeuge und erfuhr, daß um 17.10 ein Flugzeug L7 aus Maracaibo landen würde. Justo Gómez fuhr mit 80 Stundenkilometern zum Flughafen, suchte jemand, den er kannte und der nach Caracas reiste, fand aber niemanden. Da Platz im Flugzeug war und nicht eine Minute verloren werden durfte, kaufte er auf dem Flughafen eine Flugkarte und brachte die Ampulle selbst.
Mister Hester in New York schloß sein Büro nicht. Er strich das Wochenende, verlangte eine Telefonverbindung mit der obersten Autorität auf diesem Gebiet in den Vereinigten Staaten, in Chicago, und holte alle notwendigen Auskünfte über Iperimune ein. Auch dort war das Serum nicht leicht zu bekommen. In den Vereinigten Staaten ist die Tollwut dank der Kontrolle der Behörden über die Hunde im Begriff, völlig zu verschwinden. Seit vielen Jahren wurde kein Fall von Tollwut bei Menschen registriert. Im letzten Jahr wurden nur zwanzig

Fälle tollwütiger Hunde im ganzen Territorium verzeichnet, und zwar in zwei Staaten der Peripherie an der mexikanischen Grenze: Texas und Arizona. Da es ein Medikament ist, das sich nicht verkauft, haben die Apotheken es nicht auf Lager. Man kann es in den Laboratorien erhalten, die das Serum herstellen. Aber die Laboratorien hatten um zwölf Uhr geschlossen. Von Chicago aus wurde Mister Hester in einem weiteren Telefonanruf gesagt, wo er in New York Iperimune finden könne. Er bekam die 3000 Einheiten, aber das direkte Flugzeug nach Caracas war eine Viertelstunde vorher abgeflogen. Der nächste Linienflug – Delta 751 – würde Sonntagnacht abgehen und erst am Montag in Maiquetía eintreffen. Dennoch ließ Hester die Ampullen dem Kapitän persönlich übergeben und schickte Reverón ein Telegramm mit allen Einzelheiten, sogar der Telefonnummer von Delta in Caracas – 55 84 88 –, damit man sich mit deren Agenten in Verbindung setzen und am Montagmorgen das Medikament in Empfang nehmen könnte. Aber dann konnte es zu spät sein.
Carmelo Reverón hatte zwei wertvolle Stunden verloren, als er keuchend das Büro von Pan American in der Avenida Urdaneta betrat. Der diensttuende Angestellte der Passageabteilung, Carlos Llorente, nahm sich seiner an. Es war 14.35. Als Llorente erfuhr, um was es sich handelte, machte er sich den Fall zu eigen und nahm sich fest vor, das Serum in weniger als zwölf Stunden von Miami oder New York herbeizuschaffen. Er konsultierte die Flugpläne. Er besprach den Fall mit dem Leiter der Verkehrsabteilung der Gesellschaft, Mister Roger Jarman, der zu Hause seine Siesta machte und um 16.00 nach La Guaira hinunterfahren wollte. Auch Mister Jarman machte sich das Problem zu eigen, beriet sich telefonisch mit dem Arzt von PAA in Caracas, Doktor Herbig – Avenida Caurimare, Colinas de Bello Monte –, und in einer dreiminütigen Unterhaltung auf englisch erfuhr er alles, was man über Iperimune erfahren kann. Doktor Herbig, ein typischer europäischer Arzt, der sich mit seinen Sekretärinnen auf

deutsch verständigt, hatte sich schon Sorgen wegen des Tollwutproblems in Caracas gemacht, bevor er von dem Fall des Kindes Reverón erfuhr. Im vergangenen Monat hatte er zwei Fälle von Personen gehabt, die von Tieren gebissen worden waren. Vor vierzehn Tagen war ein Hund vor der Tür seiner Praxis verendet. Doktor Herbig hatte ihn aus reiner wissenschaftlicher Neugier untersucht und nicht den geringsten Zweifel, daß er an Tollwut gestorben war.
Mister Jarman setzte sich telefonisch mit Carlos Llorente in Verbindung und sagte ihm: »Schöpfen Sie alle Möglichkeiten aus, das Serum herzubringen.« Das war die Anweisung, auf die Llorente gewartet hatte. Über einen Sonderkanal, der für Flugzeuge in Gefahr reserviert war, sandte er um 14.50 ein Kabel nach Miami, New York und Maiquetía. Llorente ging mit absoluter Kenntnis der Flugpläne vor. Jeden Abend außer sonntags fliegt ein Frachtflugzeug von Miami nach Caracas, das am nächsten Morgen um 4.50 in Maiquetía eintrifft. Es ist der Flug 339. Dreimal wöchentlich – montags, donnerstags und samstags – verläßt der Flug 207 New York, der am nächsten Tag um 6.30 in Caracas ankommt. In Miami wie in New York standen sechs Stunden zur Verfügung, um das Serum zu beschaffen. Maiquetía wurde unterrichtet, damit man dort die Aktion verfolgte. Alle Angestellten von Pan American erhielten die Anweisung, auf die Meldungen zu achten, die an jenem Nachmittag aus New York und Miami eintreffen würden. Ein Frachtflugzeug, das in die Vereinigten Staaten flog, fing die Meldung in 12000 Fuß Höhe auf und gab sie an alle Flughäfen der Karibik weiter. Ganz und gar seiner Sache sicher, schickte Carlos Llorente, der bis 16 Uhr Dienst hatte, Reverón mit einer einzigen Anweisung nach Hause:
»Rufen Sie mich um 22.30 unter der Nummer 71 87 50 an. Das ist meine Privatnummer.«
In Miami erhielt R. H. Steward, der diensttuende Angestellte der Passageabteilung, nahezu umgehend die Meldung aus Caracas über die Fernschreiber des Büros. Er rief Doktor Martin

Mangels, den medizinischen Direktor der Lateinamerikanischen Abteilung der Gesellschaft, zu Hause an, mußte aber zwei weitere Anrufe machen, bis er ihn fand. Doktor Mangels nahm sich des Falles an. In New York trieb man zehn Minuten nach Empfang der Meldung eine Ampulle mit 1000 Einheiten auf, aber um 20.35 hatte man alle Hoffnung aufgegeben, den Rest zu finden. Doktor Mangels in Miami wandte sich, als fast alle Mittel erschöpft waren, an das Krankenhaus Jackson Memorial, das sich sofort mit allen Krankenhäusern der Region in Verbindung setzte. Um sieben Uhr abends hatte Doktor Mangels, der zu Hause wartete, noch keine Antwort aus dem Krankenhaus Jackson Memorial erhalten. Der Flug 339 sollte in zweieinhalb Stunden abgehen. Der Flughafen war zwanzig Minuten entfernt.

Letzte Minute: 38,5° Fieber

Carlos Llorente, ein achtundzwanzigjähriger Venezolaner, Junggeselle, wurde um 16 Uhr von Rafael Carrillo abgelöst und hinterließ ihm genaue Anweisungen über das, was er zu tun hatte, wenn die Kabel aus den Vereinigten Staaten eingingen. Er brachte sein Auto, Baujahr 55, grünschwarz, zum Waschen und nahm an, daß um diese Zeit in New York und Miami eine ganze Maschinerie in Bewegung sei, um das Kind Reverón zu retten. Von der Tankstelle, wo das Auto gewaschen wurde, rief er Carrillo an, und dieser sagte ihm, daß noch keine Nachricht eingetroffen sei. Llorente begann, sich Sorgen zu machen. Er fuhr nach Hause in die Avenida La Floresta, La Florida, wo er mit seinen Eltern wohnte, und aß ohne Appetit, weil er daran dachte, daß Reverón in wenigen Stunden anrufen würde und er ihm keine Antwort geben könnte. Aber um 20.35 rief Carrillo ihn aus dem Büro an, um ihm ein Kabel vorzulesen, das gerade aus New York eingegangen war: Mit Flug 207, der am Sonntagmorgen um 6.30 in Maiquetía eintreffen würde, waren 1000 Einheiten Iperimune unterwegs. Zu dieser Stunde hatte ein Bruder Reveróns Justo

Gómez in Empfang genommen, der mit den ersten 1000 Einheiten aus dem Flugzeug heraussprang, die dem Kind am selben Abend gespritzt wurden. Es fehlten 1000 Einheiten außer den 1000, die mit absoluter Gewißheit aus New York unterwegs waren. Da Reverón keine Telefonnummer hinterlassen hatte, unterrichtete Llorente ihn nicht über den Stand der Dinge, ging aber schon etwas beruhigter um 21 Uhr in einer persönlichen Sache fort. Seiner Mutter hinterließ er eine schriftliche Anweisung:
»Herr Reverón wird um 22.30 anrufen. Er soll sofort Herrn Carrillo im Büro der PAA anrufen.«
Bevor er fortging, rief er selbst Carrillo an und sagte ihm, daß er möglichst nach 22.15 die Hauptleitung freihalten solle, damit Herr Reverón durchkomme. Aber zu der Stunde hatte Reverón das Gefühl, daß die Welt über ihm zusammenstürzte. Das Kind wollte, nachdem ihm die erste Dosis des Serums gespritzt worden war, nicht essen. An diesem Abend war es nicht so lebhaft wie sonst. Als es ins Bett gebracht wurde, hatte es etwas Fieber. In einigen, sehr seltenen Fällen ist die Verabreichung des Tollwutserums mit gewissen Risiken verbunden. Doktor Briceño Rossi vom Hygieneinstitut ist nicht bereit, das Serum herzustellen, solange er nicht absolut sicher ist, daß die damit behandelte Person keine Gefahr läuft. Die Herstellung des gewöhnlichen Impfstoffes bietet keine Schwierigkeiten: Für Tiere ist er ein lebender Virus aus Hühnerembryonen, und eine einzige Dosis immunisiert drei Jahre. Für Menschen wird er auf der Basis von Lammhirn hergestellt. Die Serumerzeugung ist heikler. Reverón wußte das. Als er bemerkte, daß sein Kind Fieber hatte, gab er alle Hoffnung auf. Aber sein Arzt beruhigte ihn. Er sagte, es könne eine natürliche Reaktion sein.
Entschlossen, sich nicht von den Umständen bezwingen zu lassen, rief Reverón um 22.25 bei Llorente zu Hause an. Er hätte es nicht getan, wenn er gewußt hätte, daß um die Zeit noch keine Antwort aus Miami eingetroffen war. Aber das

Jackson-Krankenhaus hatte Doktor Mangels um 20.30 mitgeteilt, daß nach einer Blitzaktion in einem Nachbarort 5000 Einheiten beschafft worden seien. Doktor Mangels nahm die Ampullen persönlich in Empfang und eilte damit zum Flughafen, wo eine DC-6 für den Nachtflug startbereit gemacht wurde. Am nächsten Tag gab es keinen Flug nach Caracas. Wenn Doktor Mangels nicht rechtzeitig ankäme, mußte er bis Montagabend warten. Dann würde es zu spät sein. Kapitän Gillis, Korea-Veteran und Vater von zwei Kindern, erhielt persönlich die Ampullen und Doktor Mangels' handschriftliche Anweisungen. Sie wechselten einen Händedruck. Das Flugzeug startete um 21.30, in dem Augenblick, als das Kind 38,5 ° Fieber hatte. Doktor Mangels sah von der eisigen Flughafenterrasse aus den perfekten Start des Flugzeugs. Dann stieg er, zwei Stufen zugleich nehmend, zum Kontrollturm hinauf und diktierte eine Nachricht, die über den Sonderkanal nach Caracas durchgegeben werden sollte. In der Avenida Urdaneta, in einem einsamen Büro, das in die Farbreflexe der Neonreklame eingetaucht war, sah Carrillo auf die Uhr: 22.20. Ihm blieb keine Zeit zu verzweifeln. Fast im gleichen Augenblick begann der Fernschreiber, stoßweise zu rattern, und Carrillo las Buchstaben für Buchstaben, im Geist den internen Code der Gesellschaft dechiffrierend, das Kabel von Doktor Mangels: »Wir schicken via Kapitän Gillis Flug 339 fünf Ampullen Serum unter Begleitschein Nummer 26-12-596787 stop erhalten von Jackson Memorial Hospital stop wenn mehr Serum benötigt wird, muß es sofort bei Laboratorien Lederle in Atlanta, Georgia, bestellt werden.« Carrillo riß das Fernschreiben heraus, lief zum Telefon und wählte 71 87 50, Llorentes Privatnummer, aber das Telefon war besetzt. Es war Carmelo Reverón, der mit Llorentes Mutter sprach. Carrillo legte auf. Eine Minute später wählte Reverón in einem Lebensmittelladen in La Florida Carrillos Nummer. Die Verbindung kam augenblicklich zustande.

»Hallo«, sagte Carrillo.

Mit der Ruhe, die der nervlichen Erschöpfung vorausgeht, stellte Reverón eine Frage, an die er sich nicht mehr wörtlich erinnert. Carrillo las ihm Wort für Wort das Fernschreiben vor. Das Flugzeug würde um 4.50 morgen eintreffen. Die Zeit kam genau hin. Es würde nicht zu spät sein. Ein kurzes Schweigen entstand. »Ich finde keine Worte, um Ihnen allen zu danken«, murmelte Reverón am anderen Ende der Leitung. Carrillo wußte nicht, was er sagen sollte. Als er den Hörer auflegte, fühlte er, wie ihm die Knie schwach wurden. Er wurde von einer heftigen Erregung geschüttelt, als ob soeben das Leben seines eigenen Kindes gerettet worden sei. Die Mutter des Kindes dagegen schlief friedlich: Sie wußte nichts von dem Drama, das ihre Familie an dem Tage durchlebt hat. Sie weiß es noch heute nicht.

14-2-58

6. Juni 1958: Caracas ohne Wasser

Wenn morgen ein Regenschauer fällt,
erzählt diese Reportage eine Lüge.
Aber wenn es nicht vor Juni regnet,
lesen Sie weiter …

Nachdem er um sieben Uhr im Radio die Morgennachrichten gehört hatte, ging Samuel Burkart, ein deutscher Ingenieur, der allein in einem Penthouse der Avenida Caracas in San Bernardino wohnte, zum Lebensmittelladen an der Ecke, um eine Flasche Mineralwasser zum Rasieren zu kaufen. Es war der 6. Juni 1958. Anders als bisher immer, seit Samuel Burkart vor zehn Jahren in Caracas angekommen war, schien jener Montagmorgen totenstill. Von der nahen Avenida Urdaneta drang weder der Lärm der Autos noch das Geknatter der Motorroller herüber. Caracas schien eine Geisterstadt. Die glühende Hitze der letzten Tage hatte ein wenig nachgelassen, aber am hohen, tiefblauen Himmel bewegte sich keine einzige Wolke. In den Gärten der Landhäuser, auf der Grüninsel des Platzes La Estrella waren die Sträucher tot. Die Bäume in den Alleen, sonst um diese Jahreszeit mit roten und gelben Blüten bedeckt, streckten ihre kahlen Äste zum Himmel.

Samuel Burkart mußte im Lebensmittelladen anstehen, um von den beiden portugiesischen Händlern bedient zu werden, die mit der aufgeschreckten Kundschaft über ein und dasselbe Thema, das einzige Thema der letzten vierzig Tage, sprachen, das an diesem Morgen im Radio und in den Zeitungen wie eine dramatische Explosion hochgegangen war: In Caracas war das Wasser alle. Am Vorabend waren die drastischen Einschränkungen bekanntgegeben worden, die das Nationale Institut für soziale Angelegenheiten für die letzten 100 000, im Stausee von La Mariposa gespeicherten Kubikmeter auferlegt hatte. Von diesem Morgen an war als Folge des härtesten Sommers, den Caracas seit neunundsiebzig Jahren erlitt, die Wasserversorgung eingestellt worden. Die letzten Reserven waren für die absolut lebenswichtigen Dienstleistungen bestimmt. Seit vierundzwanzig Stunden traf die Regierung Vorkehrungen von äußerster Dringlichkeit, um zu vermeiden, daß die Bevölkerung verdurstete. Um die öffentliche Ordnung zu sichern, waren Notmaßnahmen veranlaßt worden, deren Einhaltung Zivilbrigaden von Studenten und Berufstätigen überwachen sollten. Die auf vier Seiten reduzierten Ausgaben der Zeitungen wurden dazu bestimmt, die amtlichen Anweisungen unter der Zivilbevölkerung zu verbreiten, wie vorzugehen sei, um die Krise zu überwinden und Panik zu vermeiden.

Burkart hatte eines nicht bedacht: Seine Nachbarn mußten sich ihren Kaffee mit Mineralwasser zubereiten und hatten in einer Stunde den Vorrat im Lebensmittelladen erschöpft. In Voraussicht dessen, was in den nächsten Tagen geschehen konnte, beschloß er, sich mit Fruchtsäften einzudecken. Aber der Portugiese teilte ihm mit, daß der Verkauf von Fruchtsäften und Limonaden auf Anordnung der Regierung rationiert sei. Jeder Kunde hatte bis auf neue Weisung Anrecht auf nicht mehr als eine Dose Fruchtsaft und eine Limonade pro Tag. Burkart kaufte eine Dose Orangensaft und entschied sich für eine Flasche Limonade zum Rasieren. Erst als er sich ans Rasieren machte, entdeckte er, daß Limonade die Seife flockig werden läßt und sich kein Schaum bildet. So daß er endgültig den Notstand erklärte und sich mit Pfirsichsaft rasierte.

Erste Ankündigung der Katastrophe: Eine Frau sprengt den Garten

Mit seinem perfekt organisierten deutschen Gehirn und seinen Kriegserfahrungen wußte Samuel Burkart rechtzeitig im voraus die Tragweite einer Meldung einzuschätzen. Das hatte er schon vor drei Monaten, genau am 28. März, getan, als er in einer Zeitung die folgende Nachricht gelesen hatte: »In La Mariposa ist nur noch für vierzig Tage Wasser.«

Der Stausee La Mariposa, der Caracas mit Wasser versorgt, faßt 9 500 000 Kubikmeter. Zu jenem Zeitpunkt waren trotz der wiederholten Empfehlungen des Nationalen Instituts für soziale Angelegenheiten, Wasser zu sparen, die Vorräte auf 5 221 854 Kubikmeter gesunken. Ein Meteorologe erklärte der Presse in einem nichtoffiziellen Interview, daß es vor Juni nicht regnen würde. Wenige Wochen später wurde die Wasserversorgung auf eine Menge reduziert, die schon beunruhigend war, was aber von der Bevölkerung nicht hinreichend beachtet wurde: 130 000 Kubikmeter täglich.

Als er zur Arbeit ging, grüßte Samuel Burkart eine Nachbarin, die sich von acht Uhr morgens an in ihren Garten setzte, um den Rasen zu sprengen. Bei irgendeiner Gelegenheit sprach er davon, daß man Wasser sparen müsse. In einen rotgeblümten seidenen Morgenrock gezwängt, zuckte sie nur die Schultern. »Das sind Lügen der Zeitungen, um uns Angst zu machen«, sagte sie. »Solange es Wasser gibt, werde ich meine Blumen begießen.« Der Deutsche dachte, daß er es der Polizei melden müßte, wie er es zu Hause getan hätte, aber er wagte es nicht, weil er meinte, die Mentalität der Venezolaner sei ganz anders als seine. Ihm war immer aufgefallen, daß die venezolanischen Münzen die einzigen sind, auf denen ihr

Wert nicht geschrieben steht, und er glaubte, daß das einer Logik entsprechen könne, die einem Deutschen nicht zugänglich sei. Er sah sich darin bestätigt, als er beobachtete, daß einige öffentliche Springbrunnen, wenn auch nicht die wichtigsten, weiter funktionierten, nachdem die Zeitungen im April gemeldet hatten, daß die Wasservorräte alle vierundzwanzig Stunden um 150000 Kubikmeter zurückgingen. Eine Woche später wurde bekanntgegeben, an den Oberläufen des Tuy – der Lebensquelle von Caracas – erzeuge man künstliche Regenschauer, und das habe bei den Behörden einen gewissen Optimismus hervorgerufen. Aber Ende April hatte es noch nicht geregnet. Die Armenviertel bekamen kein Wasser mehr. In den besseren Wohnvierteln wurde das Wasser auf eine Stunde pro Tag beschränkt. In seinem Büro stellte Samuel Burkart, weil er nichts zu tun hatte, mit seinem Rechenschieber fest, daß das Wasser, wenn es so weiterginge wie bisher, bis zum 22. Mai reichen würde. Er irrte sich, vielleicht wegen eines Fehlers in den Angaben, die die Zeitungen veröffentlicht hatten. Ende Mai war das Wasser weiter rationiert, aber einige Hausfrauen begossen beharrlich ihre Pflanzen. Er sah sogar in einem Garten unter Sträuchern versteckt einen winzigen Springbrunnen, der während der Stunde in Betrieb war, in der es Wasser gab. In demselben Gebäude, in dem er wohnte, brüstete eine Frau sich damit, kein einziges Mal auf ihr tägliches Bad verzichtet zu haben. Jeden Morgen speicherte sie Wasser in allen verfügbaren Behältern. Durch sämtliche Zeitungen schlug nun die Nachricht, obwohl gebührend vorgewarnt worden war, unversehens weit und breit ein. Die Reserven von La Mariposa reichten für vierundzwanzig Stunden. Burkart, der den Komplex hatte, sich jeden Tag rasieren zu müssen, konnte sich nicht einmal die Zähne putzen. Er ging ins Büro und dachte, daß er sich wohl niemals während des Krieges, nicht einmal mitten in der Wüste beim Rückzug des Afrikakorps, derart von Durst bedroht gefühlt habe.

In den Straßen verenden die Ratten vor Durst. Die Regierung mahnt zur Besonnenheit

Zum ersten Mal in zehn Jahren ging Burkart zu Fuß ins Büro, das wenige Schritte vom Verkehrsministerium entfernt war. Er wagte nicht, sein Auto zu benutzen, weil er fürchtete, es könnte sich überhitzen. Nicht alle Einwohner von Caracas waren so vorsichtig. An der ersten Tankstelle, an der er vorbeikam, stand eine Autoschlange, und eine herumschreiende Gruppe von Autofahrern zankte sich mit dem Eigentümer. Sie hatten ihre Tanks mit Benzin gefüllt, in der Hoffnung, daß man ihnen wie in normalen Zeiten auch Wasser geben würde. Aber es war nichts zu machen. Es gab einfach kein Wasser für Autos. Die Avenida Urdaneta war nicht wiederzuerkennen: nicht mehr als zehn Autos um neun Uhr morgens. Mitten auf der Straße standen einige überhitzte, von ihren Besitzern verlassene Autos. Die Bars und Restaurants machten nicht auf. Sie hängten ein Schild an ihre Metallrolläden: »Wegen Wassermangel geschlossen.« Am Morgen war bekanntgegeben worden, daß die Autobusse in den Stunden der größten Verkehrsdichte regulär verkehren würden. An den Haltestellen waren die Schlangen seit sieben Uhr morgens mehrere Häuserblöcke lang. Ansonsten sah die Avenida Urdaneta, was die Bürgersteige anging, normal aus, aber in den Gebäuden wurde nicht gearbeitet: Alle Welt stand an den Fenstern. Burkart fragte einen venezolanischen Kollegen, was all die Leute an den Fenstern machten, und dieser antwortete: »Sie sehen sich den Wassermangel an.«

Um zwölf Uhr brach die Hitze über Caracas herein. Da erst begann die Unruhe. Den ganzen Vormittag verteilten Lastwagen des Nationalen Instituts für soziale Angelegenheiten mit einer Kapazität von bis zu 20000 Litern in den Wohnvierteln Wasser. Mit den eigens dafür hergerichteten Tankwagen der Erdölgesellschaften verfügte man über 300 Fahrzeuge, um Wasser zur Hauptstadt zu transportieren. Jedes von ihnen konnte nach offiziellen Berechnungen sieben Fahrten täglich machen. Aber eine unvorhergesehene Schwierigkeit behinderte die Pläne: Die Zufahrtswege waren von zehn Uhr morgens an verstopft. Die durstige Bevölkerung, vor allem aus den Armenvierteln, stürzte sich auf die Tankwagen, und die Polizei mußte eingreifen, um die Ordnung wiederherzustellen. Die verzweifelten Bewohner der Hügel, die sicher waren, daß die Versorgungswagen nicht bis zu ihren Häusern gelangen würden, kamen herunter, um sich Wasser zu holen. Den Lieferwagen der Universitätsbrigaden gelang es mit ihren Lautsprechern, die Panik zu vermeiden. Um 12.30 forderte der Präsident der Regierungsjunta in einer vierminütigen Rede über Radio Nacional, den einzigen Sender, dessen Programme nicht eingeschränkt worden waren, die Bevölkerung zur Besonnenheit auf. Sofort darauf sprachen, jeweils sehr kurz, die politischen Führer, ein Vertreter der Studentenfront und der Präsident der Patriotischen Junta. Burkart, der fünf Monate zuvor den Volksaufstand gegen Pérez Jiménez miterlebt hatte, wußte aus jener Erfahrung: Die Bevölkerung von Caracas ist außerordentlich diszipliniert. Sie ist vor allem sehr empfänglich für koordinierte Kampagnen in Rundfunk, Presse, Fernsehen und Flugblättern. Er hatte nicht den geringsten Zweifel, daß diese Bevölkerung auch in einer solchen Notlage wisse, wie sie sich zu verhalten hätte. Deshalb war das einzige, was ihm in diesem Augenblick Sorgen machte, sein Durst. Er ging die Treppen des alten Gebäudes hinunter, in dem sich sein Büro befand, und auf einem Treppenabsatz stieß er auf eine tote Ratte. Er gab ihr keine Bedeutung. Aber als er am Abend auf den Balkon seines Hauses trat, um frische Luft zu schöpfen, nachdem er einen Liter Wasser getrunken hatte, den ihm der um zwei Uhr vorbeigekommene Tankwagen geliefert hatte, sah er einen Menschenauflauf auf dem La Estrella-Platz. Die Neugierigen sahen einem scheußlichen Schauspiel zu: Aus allen Häusern kamen Tiere, die vor Durst verrückt wurden. Katzen, Hunde,

Mäuse liefen auf die Straße, um Linderung für ihre ausgedörrten Kehlen zu suchen. An jenem Abend wurde ab zehn Uhr Ausgehverbot verhängt. In der Stille der heißen Nacht hörte man nur das Geräusch der Reinigungswagen, die einen ungewöhnlichen Dienst versahen: Sie sammelten zuerst in den Straßen und dann im Innern der Häuser die Leichen der verdursteten Tiere ein.

Auf der Flucht nach Los Teques stirbt eine Menschenmenge am Sonnenstich

Achtundvierzig Stunden nachdem die Dürre ihren Höhepunkt erreicht hatte, war die Stadt völlig gelähmt. Die Regierung der Vereinigten Staaten schickte von Panama einen Flugzeugkonvoi mit Wasserfässern herüber. Die venezolanische Luftwaffe und die im Lande verkehrenden Fluggesellschaften ersetzten ihre üblichen Aktivitäten durch einen Sonderdienst für den Wassertransport. Die Flughäfen Maiquetía und La Carlota wurden für den internationalen Flugverkehr geschlossen und ausschließlich für diesen Notdienst bestimmt. Aber als es gelungen war, die Verteilung in der Stadt zu organisieren, waren 30% des herbeigeschafften Wassers wegen der starken Hitze verdunstet. In Las Mercedes und in Sábana Grande beschlagnahmte die Polizei am Abend des 7. Juni mehrere schwarzfahrende Lastwagen, die heimlich Wasser für bis zu 20 Bolívar pro Liter verkauften. In San Agustín del Sur meldeten die Bewohner zwei weitere schwarzfahrende Lastwagen und verteilten deren Inhalt in beispielhafter Ordnung unter den Kindern. Dank der Disziplin und des Solidaritätsgefühls der Bevölkerung war am Abend des 8. Juni kein einziges Durstopfer zu verzeichnen. Aber gegen Abend breitete sich ein durchdringender Geruch in den Straßen der Stadt aus. Als die Nacht hereinbrach, war der Geruch unerträglich geworden. Samuel Burkart ging um acht Uhr mit seiner leeren Flasche zur Ecke hinunter und stand dort in einer geordneten Schlange eine halbe Stunde an, um seinen Liter Wasser

aus einem von Pfadfindern gefahrenen Tankwagen zu bekommen. Er beobachtete ein Detail: Seine Nachbarn, die bislang die Dinge ein wenig auf die leichte Schulter genommen und sich bemüht hatten, die Krise in eine Art Karneval zu verwandeln, fingen an, sich ernsthaft zu beunruhigen. Besonders wegen der Gerüchte. Von Mittag an hatte sich gleichzeitig mit dem üblen Geruch eine Flut von Gerüchten im ganzen Viertel ausgebreitet. Es hieß, daß die benachbarten Hügel, die Parks von Caracas, wegen der entsetzlichen Trockenheit zu brennen angefangen hätten. Man würde nichts machen können, wenn das Feuer sich ausbreitete. Die Feuerwehr verfügte über keine Mittel, es zu bekämpfen. Am nächsten Tag würde es laut Meldung von Radio Nacional keine Zeitungen geben. Da die Rundfunksender ihre Sendungen eingestellt hatten und nur dreimal täglich Nachrichten von Radio Nacional zu hören waren, war die Stadt gewissermaßen den Gerüchten ausgeliefert. Sie wurden telefonisch durchgegeben und waren in den meisten Fällen anonyme Mitteilungen.
Burkart hatte an jenem Nachmittag sagen hören, daß ganze Familien Caracas verließen. Da es keine Verkehrsmittel gab, unternahmen sie den Exodus zu Fuß, vor allem nach Maracay. Ein Gerücht behauptete an jenem Nachmittag, daß eine von panischer Angst erfüllte Menschenmenge, die aus Caracas zu fliehen versucht hatte, auf der alten Landstraße von Los Teques durch Sonnenstich umgekommen sei. Die nicht begrabenen Leichen, hieß es, seien die Ursache des üblen Geruchs. Burkart fand diese Erklärung übertrieben, bemerkte aber zumindest in seinem Viertel einen Ansatz von Panik.
Ein Lieferwagen der Studentenfront hielt neben dem Tankwagen an. Die Neugierigen stürzten auf ihn zu, um die Gerüchte bestätigt zu bekommen. Ein Student stieg auf das Verdeck und bot an, der Reihe nach alle Fragen zu beantworten. Er sagte, die Nachricht von der toten Menschenmenge auf der Landstraße von Los Teques sei unwahr. Außerdem sei es absurd anzunehmen, sie sei die Ursache des üblen Geruchs. Die

Leichen könnten in vier bis fünf Stunden nicht derart verwesen. Er versicherte, daß die Wälder und Parks von Streifen kontrolliert würden, um Brände zu vermeiden, daß die öffentliche Ordnung normal sei, die Bevölkerung heldenhaft mitarbeite und innerhalb weniger Stunden eine genügende Menge Wasser aus dem ganzen Lande nach Caracas kommen werde, um die Hygiene sicherzustellen. Es wurde darum gebeten, diese Nachrichten telefonisch mit dem Hinweis weiterzugeben, daß die alarmierenden Gerüchte von Pérez Jiménez nahestehenden Elementen ausgestreut würden.

In der totalen Stille noch eine Minute bis zur Stunde Null
Samuel Burkart kehrte um 18.45 mit seinem Liter Wasser nach Hause zurück und wollte um 19 Uhr die Nachrichten von Radio Nacional hören. Unterwegs traf er die Nachbarin, die im April noch ihre Blumen begossen hatte. Sie war empört über das Nationale Institut für soziale Angelegenheiten, weil es eine derartige Situation nicht vorausgesehen habe.
»Die Schuld haben Leute wie Sie«, sagte er entrüstet. »Das Institut hat rechtzeitig dazu aufgefordert, sparsam mit dem Wasser umzugehen. Sie haben sich nicht darum gekümmert. Jetzt tragen wir die Folgen.«
Die Nachrichten von Radio Nacional beschränkten sich darauf, die von den Studenten gelieferten Informationen zu wiederholen. Burkart war klar, daß die Lage den kritischen Punkt fast erreicht hatte. Obwohl die Behörden eine Demoralisierung zu verhindern suchten, war es offensichtlich, daß der Stand der Dinge nicht so beruhigend war, wie von den Behörden dargestellt. Man ließ einen wichtigen Aspekt außer acht: die Wirtschaft. Die Stadt war völlig gelähmt. Die Versorgung war eingeschränkt worden, und in den nächsten Stunden würden die Lebensmittel fehlen. Von der Krise überrascht, verfügte die Bevölkerung nicht mehr über Bargeld. Die Geschäfte, die Betriebe, die Banken waren geschlossen. Die Lebensmittelgeschäfte in den Wohnvierteln begannen

ihre Türen mangels Ware zu schließen: Die Vorräte waren erschöpft. Als Burkart das Radio abschaltete, begriff er, daß Caracas sich seiner Stunde Null näherte.
In der tödlichen Stille um 21 Uhr stieg die Hitze unerträglich an. Burkart öffnete Fenster und Türen, aber er erstickte fast an der trockenen Luft und dem immer durchdringenderen Geruch. Er teilte seinen Liter Wasser genau ein und reservierte fünf Kubikzentimeter, um sich am nächsten Tag zu rasieren. Für ihn war dies das wichtigste Problem: die tägliche Rasur. Der von den trockenen Nahrungsmitteln verursachte Durst begann in seinem Körper zu wüten. Auf Empfehlung von Radio Nacional hatte er auf gesalzene Nahrung verzichtet. Aber er war sicher, daß sein Organismus am nächsten Tag allmählich Anzeichen von Schwäche erkennen lassen würde. Er zog sich ganz aus, trank einen Schluck Wasser und legte sich auf dem Bauch in das heiße Bett, in den Ohren das tiefe Pochen der Stille. Hin und wieder zerriß weit entfernt die Sirene eines Krankenwagens die Schläfrigkeit der Sperrstunde. Burkart schloß die Augen und träumte, daß er in den Hafen von Hamburg einlief, auf einem schwarzen Schiff, das rundherum einen weißen Streifen aus Leuchtfarbe hatte. Als das Schiff anlegte, hörte er das ferne Geschrei der Kais. Da fuhr er aus dem Schlaf auf. Er hörte in allen Stockwerken des Hauses das Getrappel von Menschen, die auf die Straße stürzten. Ein Guß aus lauwarmem und reinem Wasser drang durchs Fenster. Er benötigte mehrere Sekunden, um zu begreifen, was los war: Es regnete in Strömen.

11-4-58

Ein Elendsparadies auf der Müllkippe von Caracas. Lebensstandard: Null

An einer Seite der alten Landstraße nach La Guaira, in der Mulde von Ojo de Agua, wo die Lastwagen der öffentlichen Müllabfuhr die Abfälle von Caracas auskippen, entsteht eine Ortschaft. Sie ist nicht schwer zu finden: Aus drei Kilometern Entfernung zeigt ein erstickender Geruch von all den Gerüchen, die die Stadt abends in den Mülltonnen verbirgt, die Richtung mit größerer Genauigkeit an als jedes Wegweisersystem. Ein Fleck von geduldigen und schweigenden Stinkgeiern hält ewige Wache über der Stelle. Unten auf der trostlosen Ebene der Müllkippe, in einer vom gräßlichen Summen der Fliegen durchsetzten Umgebung, entsteht die kleinste, traurigste und dramatischste Ortschaft Venezuelas.

Sie hat noch keinen Namen. Sie ist ein Block von elf elenden Hütten, die aus den Materialien gebaut sind, die die Müllkippe liefert: Kofferreste, Blechstücke, Reklameschilder und Bretter für die Wände. Ein Stück wasserdichter Stoff für das Dach. Und innen, in einer stickigen Intimität, die voller Fliegen ist, vom schweren Dunst und dem unerträglichen Geruch des Müllhaufens verseucht, stehen die alten, wieder zusammengeflickten Pritschen mit den aus dem Müll geretteten Bettlaken und Überdecken.

An jedem Gegenstand, in jeder Ecke bemerkt man einen bitteren Luxus. Die Küchen, wo es in der Tat an nichts fehlt, sind mit dem Geschirr ausgestattet, das die Stadt auf den Müll geworfen hat.
Ein Rollstuhl ohne Räder und ein alter Barbierstuhl bilden das Mobiliar. Es ist ein neuer Einrichtungsstil, zusammengestellt aus Lumpen, Küchenutensilien, zerbrochenen Bildern, alles aus den achtzig Tonnen Müll gerettet, um die Caracas täglich jenes grausige Elendsparadies bereichert.
Man weiß nicht, wann genau die Ortschaft entstanden ist. Seit vielen Jahren hat die Stadt aus Mangel an Verbrennungsanlagen ihre Abfälle in die Mulde von Ojo de Agua geworfen. Man kann sich keinen Gegenstand vorstellen, der nicht Teil dieser Ladung war. Anfangs kamen die Ärmsten der Armen von La Guaira zu einer noch rudimentären Nutzung der Abfälle zu Fuß die alte Landstraße herauf und verbrachten ganze Tage damit, den Unrat mit jenem sechsten Sinn für Nutzbarkeit, den die wirklich armen Leute haben, zu durchsuchen. In La Guaira waren die Touristen, die dazu neigen, die groteskesten Aspekte des Landes zu entdecken, sicherlich vor einigen Jahren überrascht, als sie eine Frau mit bunten Strümpfen, einem Rock aus mottenzerfressener Seide, einem rotkarierten Paletot und einem Federhut vor sich sahen. So kleideten sich die Elenden von Victor Hugo. Der Hofstaat der Bettler holte sich seine Kleider aus den Abfallhaufen von Paris. Die Elenden von La Guaira holen sie sich aus Ojo de Agua.
Aber in der modernen Welt ist sogar der Müll von industriellem Nutzen. In den großen Städten Europas und der Vereinigten Staaten stellt die Industrie, die städtische Abfälle verwertet, einen wichtigen Produktionszweig dar. Das Papier, die gewaltigen Rollen, in denen die Waren verpackt werden, und die romantischen und parfümierten Blättchen, auf denen die Liebesbriefe geschrieben werden, werden aus Lumpen von den Müllkippen hergestellt. In Caracas konnte man den

außerordentlichen kommerziellen Wert des Müllhaufens, wo man das billigste Rohmaterial der Welt findet, nicht lange ignorieren. Eines Tages erschien in Ojo de Agua ein dicker, gesunder und energischer Mann, rief die Elenden zusammen, die den Unrat durchwühlten, um die Gegenstände von Wert mitzunehmen, und sagte zu ihnen:

»Sammelt alle Lumpen, und ich kaufe das Kilo für drei *puyas*. Sammelt die Flaschen, und ich bezahle vier Bolívar für hundert Stück. Sammelt alles, wovon ihr glaubt, daß es für etwas nützlich ist, legt es beiseite, ich schicke Lastwagen, um es abzuholen.«

So entstand die Ortschaft. Da es sehr schwierig war, jeden Tag von La Guaira herzukommen und abends wieder zurückzukehren, entschloß sich Jacinto Gutiérrez, ein ehemaliger Zimmermannsgeselle, der seit drei Jahren arbeitslos war, auf der Müllkippe wohnen zu bleiben. Er suchte im Müll das Baumaterial für sein Haus, dann ein Bett und am Ende die Lumpen, um sich vor der Kälte zu schützen. Als er das erste Mal nach Ojo de Agua kam, glaubte er den Geruch und das Summen der Fliegen nicht ertragen zu können. Aber in der Not gewöhnt man sich an alles. Jacinto Gutiérrez, der dreißig Jahre seines Lebens in einer Hütte von La Guaira verbracht hatte, nahm am Ende weder den Geruch noch das irre Summen der Fliegen wahr und beschloß, seine Frau und seinen vierzehnjährigen Sohn zu holen, damit sie bei ihm wohnten. Jetzt arbeiten sie alle. Manchmal, an einem ergiebigen Tag, gelingt es ihnen, bis zu 300 Kilo Lumpen zu sammeln.

Am Morgen kommen die Müllwagen an. Die Bewohner der Ortschaft erwarten sie ungeduldig, mit derselben Ungeduld wie die Stinkgeier. Wenn die großen Lastwagen ihre Ladung auf die Müllkippe schütten, verdunkelt eine dichte und stinkende Staubwolke die Luft, und dann kommt es unter menschlichen Wesen und unter Stinkgeiern zur Rauferei, bei der jeder seine Beute sucht, in einer erbitterten Schlacht, die an den Kampf der Arten ums Dasein erinnert. Bei der rastlosen

Suche kommen die Funde des Tages ans Licht: ein Perserteppich, ein Paar Jagdstiefel, ein halber Ofen und sogar eine Dose mit Sardinenstücken. Auf eine Seite werden die Lumpen, die Flaschen, die Dinge gelegt, die am Nachmittag verkauft werden, wenn die Lastwagen des Käufers kommen. Auf die andere Seite die Gegenstände für den häuslichen Bedarf, die die Ausstattung des Heims bereichern und die Ortschaft vergrößern werden.

Ein Mann, der in einer alten Lastwagenkarosserie wohnt, fand eine Fahne von Venezuela. Er befestigte sie an einem Besenstiel und hängte sie zum Fenster hinaus. Einer Frau, die so geduldig und geschickt war, nach und nach unzählige Zubehörteile zahlreicher Öfen zu sammeln, gelang es, einen Petroleumofen zusammenzubauen. Manchmal klopft das Glück an die Tür, und der von dieser Lotterie des Elends Begünstigte verläßt den Müllabladeplatz für immer. Das war der Fall bei Tobías Solórzano, einem Einwanderer aus Asturien, der am 3. Februar in Caracas ankam, überall Arbeit suchte, in den Parks schlief und drei Tage nichts zu essen hatte und die Müllkippe als vorläufige Lösung entdeckte. Mit seinem Pech war Tobías Solórzano am Ende ein Glückspilz. Eines Samstagsnachmittags, als niemand damit rechnete, fuhr ein Lastwagen auf den Müllabladeplatz. Der Asturianer sah ihn von der Tür seines Hauses aus vorbeifahren wie jemand, der zum ersten Mal im Leben die Spur seines Glückssterns vorüberziehen sieht. Zwei Männer luden einen elektrischen Kühlschrank ab. Er war weiß und schien ganz brauchbar. Tobías Solórzano untersuchte ihn, schrieb mit einem Stück Kohle seinen Namen darauf, und am Montag der folgenden Woche zog er los, um ihn zu verkaufen. In einem Geschäft für Elektrowaren aus zweiter Hand gab man ihm dafür 120 Bolívar. Auf der Müllkippe wurde er nicht wieder gesehen.

Wie die Armen in *Das Wunder von Mailand* sind die Armen in Ojo de Agua fröhliche Leute mit einem wunderlichen Sinn für Humor. María Eugenia Vargas, eine Frau von vierzig Jah-

ren, die aussieht wie sechzig und sagt, sie habe fünf ganze Jahre lang in La Guaira nach Arbeit gesucht, ist auf der Müllkippe, wo sie Lumpen sammelt, glücklich. Die prächtigsten verkauft sie nicht. Sie behält sie für sich, zieht sie an und geht in bunter Kleidung herum, als ob sie selbst nichts anderes wäre als eine Fleckerldecke aus der Mustersammlung all der Kleidung, die Caracas in die Mülltonnen wirft. »Seit einer Woche habe ich nichts verkauft«, sagt María Eugenia Vargas und weist mit dem Zeigefinger auf die fünfzig Kilo Lumpen. »Der Herr, der die Sachen kauft, ist seit drei Tagen nicht gekommen, aber ich habe nicht das Glück gehabt, daß es regnet.« Der Grund ist einfach: Wenn es regnet, wiegen die Lumpen mehr, und trotz der Vorbehalte des Käufers rechnet man im Winter mit einem zusätzlichen Gewinn.
Kein Junge in Caracas hat gewiß mehr Spielzeug als die fünf Kinder von Ojo de Agua. In den ersten Monaten des Jahres wirft die Stadt das Spielzeug, das den Weihnachtsabend verschönert hat, tonnenweise auf den Müll. Raúl, ein vierzehnjähriger Junge, der mit seinem Vater in einer Baracke von Ojo de Agua wohnt, sammelt seit drei Monaten altes Spielzeug und hat einen ganzen Bereich der Müllkippe dazu bestimmt, um es aufzubewahren. Raúl hat einen Hund, einen richtigen Revolver und ein Paar wasserdichte Stiefel, die er zusammen mit einer Fliegerhose voller Nähte und Taschen zu tragen pflegt. Vorher war er in La Guaira Laufbursche bei einer reichen Familie. Jetzt hilft er seinem Vater, und er sagt, daß die Stinkgeier und die Fliegen ihn kennen. »Das sind meine Freunde«, sagt er mit spöttischem Lächeln. »Sie werden von ihnen belästigt, weil sie Angst vor Ihnen haben.«

25-7-58

Der »Eiserne Vorhang« ist ein rot und weiß gestrichener Balken

Der Eiserne Vorhang ist weder ein Vorhang noch aus Eisen. Er ist eine Schranke aus Holz, die rot und weiß gestrichen ist wie die Aushängeschilder der Barbierstuben. Nachdem ich drei Monate lang hinter dem Eisernen Vorhang gewesen bin, sehe ich ein, daß es ein Mangel an gesundem Menschenverstand war, anzunehmen, der Eiserne Vorhang sei tatsächlich ein eiserner Vorhang. Aber zwölf Jahre beharrlicher Propaganda haben mehr Überzeugungskraft als ein ganzes philosophisches System. Täglich vierundzwanzig Stunden Zeitungslektüre ruinieren am Ende den gesunden Menschenverstand derart, daß man die Metaphern wörtlich nimmt.

Wir reisten zu dritt aufs Geratewohl. Jacqueline, eine Französin indochinesischer Abstammung, Layouterin bei einer Pariser Zeitschrift. Ein vagabundierender Italiener, Franco, Gelegenheitskorrespondent von Mailänder Zeitschriften, wohnhaft dort, wo die Nacht ihn überrascht. Der dritte war ich, so wie es in meinem Paß geschrieben steht. Die Dinge nahmen in einem Frankfurter Café am 18. Juni um zehn Uhr vormittags ihren Anfang. Franco hatte für den Sommer ein französisches Auto gekauft und wußte nicht, was er damit anfangen sollte, so daß er uns vorschlug, »nachzusehen, was hinter dem Eisernen Vorhang los ist«. Das Wetter – ein später Frühlingsmorgen – eignete sich ausgezeichnet zum Reisen.

Die Polizei in Frankfurt hatte keine Ahnung von den Formalitäten für eine Autoreise nach Ostdeutschland. Die beiden Länder haben weder diplomatische noch wirtschaftliche Beziehungen. Jeden Abend fährt ein Zug von dort nach Berlin durch einen Eisenbahnkorridor, für den nichts weiter als ein gültiger Paß benötigt wird. Aber dieser Korridor ist ein nächtlicher Tunnel, der in Frankfurt beginnt und in Westberlin aufhört, einer winzigen westlichen Insel, die rundherum von Osten umgeben ist.

Die Landstraße ist der einzige Weg, um wirklich hinter den Eisernen Vorhang zu gelangen. Aber die Grenzbehörden sind so streng, daß es keinen Zweck zu haben schien, das Abenteuer ohne Visum und mit einem in Frankreich angemeldeten Auto zu wagen. Der kolumbianische Konsul in Frankfurt ist ein vorsichtiger Mann. »Man muß aufpassen«, sagte er in seinem bedächtigen Spanisch von Popayán. »Stellen Sie sich vor, das alles in der Gewalt der Russen.« Die Deutschen waren deutlicher. Sie warnten uns, daß man, falls wir durchkämen, die Fotoapparate, die Uhren und alle Wertgegenstände beschlagnahmen würde. Sie meinten, wir sollten Essen und zusätzliches Benzin mitnehmen, um auf den 400 Kilometern von der Grenze bis Berlin nicht halten zu müssen, und daß wir zweifellos das Risiko eingingen, von den Russen beschossen zu werden.

Wir mußten es dem Zufall überlassen. In Anbetracht der Aussicht auf noch einen Abend in Frankfurt mit einem weiteren deutschen Film auf deutsch warf Franco eine Münze in die Luft, um über die Reise zu entscheiden. Die Schriftseite lag oben.

»O. k.«, sagte er. »An der Grenze stellen wir uns dumm.«

Die beiden Deutschland sind durch das wunderbare Autobahnnetz aufgegliedert, das Hitler bauen ließ, um seine mächtige Kriegsmaschinerie zu mobilisieren. Es war ein zweischneidiges Schwert, denn es erleichterte die Invasion der Alliierten. Aber es war auch ein großartiges Erbe für den Frieden. Ein Auto wie das unsere kann mit einer Durchschnittsgeschwindigkeit von achtzig Kilometern darauf fahren. Wir fuhren hundert, um vor Nachteinbruch am Eisernen Vorhang anzukommen.

Um acht Uhr abends durchfuhren wir das letzte Dorf der westlichen Welt, dessen Einwohner, vor allem die Kinder, uns freundlich und verlegen zuwinkten. Einige von ihnen hatten in ihrem ganzen Leben noch kein französisches Auto gesehen. Zehn Minuten später prüfte ein deutscher Militär, der nicht nur wegen seines eckigen Kinns und seiner Uniform voller Orden, sondern auch wegen seiner englischen Aussprache den Nazis in den Filmen glich, rein formell die Pässe. Dann grüßte er militärisch und erlaubte uns, das Niemandsland, den 800-Meter-Streifen, der die beiden Welten trennt, zu durchqueren. Da gab es keine Folterlager und auch nicht die berühmten endlosen Kilometer elektrisch geladenen Stacheldrahts. Die Abendsonne neigte sich über unbestellten Feldern, die noch wie am Tage nach dem Kriege von den Stiefeln und den Waffen aufgerissen waren. Das war der Eiserne Vorhang.

An der Grenze wurde gegessen. Der Wachtposten, ein Halbwüchsiger in einer dürftigen und schmutzigen Uniform, die ebenso wie die Stiefel und die Maschinenpistole etwas zu groß für ihn war, machte uns Zeichen stehenzubleiben, bis das Zollpersonal mit dem Essen fertig sei.

Wir warteten über eine Stunde. Es war schon dunkel, aber die Lichter blieben ausgeschaltet. Auf der anderen Straßenseite war der Bahnhof, ein staubiges Holzgebäude mit geschlossenen Fenstern und Türen. Die geräuschlose Dunkelheit strömte den Dunst von warmem Essen aus.

»Die Kommunisten essen auch«, sagte ich, um nicht die gute Laune zu verlieren.

Franco döste über dem Lenkrad.

»Ja«, sagte er. »Trotz allem, was die westliche Propaganda sagt.«
Kurz vor zehn gingen die Lichter an, und der Wachtposten ließ uns zur Laterne kommen, um die Pässe zu prüfen. Er prüfte jede Seite mit der zugleich schlauen und verlegenen Gewissenhaftigkeit derer, die nicht lesen und schreiben können. Dann hob er die Schranke und bedeutete uns, zehn Meter weiter vorn zu halten, vor einem Gebäude aus Holz mit einem Zinkdach wie die Saloons in den Wildwestfilmen. Ein unbewaffneter Wachtposten im selben Alter wie der andere brachte uns zu einem Schalter, wo uns zwei weitere Jungen in Uniform erwarteten, die weniger steif als verlegen waren, aber nicht die geringste Spur von Freundlichkeit zeigten. Ich war überrascht, daß das große Tor zur östlichen Welt von unfähigen und halb analphabetischen Jugendlichen bewacht wurde.
Die beiden Soldaten bedienten sich eines Federhalters und eines Tintenfasses mit Korkverschluß, um die Daten aus unseren Pässen abzuschreiben. Es war eine mühselige Handlung. Einer von ihnen diktierte. Der andere schrieb die französischen, italienischen, spanischen Laute mit den ungelenken Krakeln der Dorfschule nieder. Seine Finger waren von Tinte verschmiert. Wir alle schwitzten. Sie vor Anstrengung, wir wegen ihrer Anstrengung. Unsere Geduld überstand sogar den unseligen Augenblick, in dem mein Geburtsort diktiert und geschrieben werden mußte: »Aracataca.«
Am nächsten Schalter deklarierten wir unser Geld. Aber der Schalterwechsel war reine Formsache: Die Operation wurde von den Wachtposten des ersten Schalters vorgenommen. Schließlich mußten wir – an einem dritten Schalter – mit Zeichen einen Fragebogen in Deutsch und Russisch mit allen Einzelheiten über das Auto ausfüllen. Nach einer halben Stunde wilden Gestikulierens, Rufens und Fluchens in fünf Sprachen stellten wir fest, daß wir in einen wirtschaftlichen Sophismus verstrickt waren. Die Autogebühren betrugen

zwanzig Ostmark. Die Banken in Westdeutschland zahlen vier Westmark für einen Dollar. Die Banken in Ostdeutschland geben nur zwei Ostmark für einen Dollar. Aber die Westmark und die Ostmark sind gleichwertig. Das Problem bestand darin, daß die Autogebühren, wenn wir in Dollar zahlten, zehn Dollar kosteten. Aber wenn wir in Westmark bezahlten, kosteten sie nur zwanzig Westmark, das heißt, nicht mehr als fünf Dollar.

Wir glaubten nunmehr – mißmutig und ausgehungert –, alle Filter des Eisernen Vorhangs passiert zu haben, als der Zolldirektor erschien. Er war ein Mann mit bäuerischem Auftreten, der eine schmutzige Drillichhose mit vierzig Zentimetern Aufschlag und eine abgetragene Tuchjacke trug, deren ausgebeulte Taschen voller Papiere und Brotkrumen zu sein schienen. Er sprach uns auf deutsch an. Wir begriffen, daß wir ihm folgen sollten. Wir gingen auf die verlassene, nur von den ersten Sternen erleuchtete Landstraße hinaus, überquerten die Gleise, bogen hinter dem Bahnhof um die Ecke und betraten einen langen, noch nach Essen riechenden Speiseraum mit Tischen für vier Personen, auf die die Stühle gestapelt waren. An der Tür stand ein Wachtposten mit einer Maschinenpistole neben einem Tisch, auf dem Bücher über Marxismus und Broschüren mit politischer Propaganda ausgelegt waren. Franco und ich gingen neben dem Direktor. Jacqueline folgte einige Meter hinter uns, die Absätze auf den hohlen Dielenbrettern nachziehend. Der Direktor blieb stehen und forderte sie mit einer barschen Geste auf, an unsere Seite zu kommen. Sie gehorchte, und wir vier gingen schweigend weiter durch ein Labyrinth leerer Korridore bis zu einer Tür ganz am Ende.

Wir betraten ein quadratisches Zimmer mit einem Schreibtisch neben einem Tresor, mit vier Stühlen um einen kleinen Tisch mit politischen Propagandabroschüren und einem Waschgestell und einem Bett an der Wand. Über dem Bett ein Porträt des Sekretärs der Kommunistischen Partei von Ostdeutschland, das aus einer Zeitschrift ausgeschnitten war. Der Direktor setzte sich mit den Pässen an den Schreibtisch. Wir setzten uns auf die Stühle. Ich erinnerte mich an die Dörfer in Kolumbien, an die Amtsgerichte, wo sich am Tage nichts tut, die aber nachts für die im Kino verabredeten Stelldicheins dienen. Jacqueline schien beeindruckt.

Ich kann nicht sagen, wie lange wir in jenem Zimmer blieben. Einer nach dem andern mußten wir dieselben auf deutsch formulierten Fragen des schwerfälligsten Beamten beantworten, den ich je erlebt habe. Anfangs war er grob. Wir erklärten ihm mit allen Mitteln, daß wir keine kapitalistischen Spione seien, sondern nur eine Rundfahrt durch Ostdeutschland machen wollten. Ich hatte den Eindruck, daß er in einem gepanzerten Deutsch dachte, an dem die englischen, französischen, italienischen, spanischen Wörter und selbst die ausdrucksvollsten Gesten abprallten. Jener Dialog von Verrückten brachte ihn zur Verzweiflung. Er machte ihn wütend, und dann erbitterte ihn seine eigene Unfähigkeit, als er dreimal die vom Durchstreichen und Verbessern unbrauchbar gewordenen Visa zerreißen mußte.

Als Jacqueline an die Reihe kam, entspannte die Atmosphäre sich etwas, weil der Direktor sich nachträglich von ihren indochinesischen Gesichtszügen angezogen fühlte. Er erklärte uns durch Zeichen, daß sie während der Reise »eine Liebe mit blonden Haaren und blauen Augen« finden könne, und als Beweis seiner Bewunderung gewährte er ihr ein kostenloses Visum. Als wir das Büro verließen, waren wir total erschöpft und verärgert, aber wir mußten noch eine weitere halbe Stunde drangeben, weil der Direktor mir mit Zeichen und deutschen und englischen Brocken einen Satz mitzuteilen suchte, den es uns am Ende wörtlich zu verstehen gelang: »Die Sonne der Freiheit wird über Kolumbien leuchten.«

Jacqueline, die am wachsten war, übernahm das Steuer, und Franco setzte sich neben sie, um zu verhindern, daß sie einschlief. Es ging auf eins. Ich legte mich auf den Rücksitz und schlief unter dem Geräusch der Reifen ein, die sanft über die glatte, glänzende und völlig verlassene Autobahn glitten. Als ich erwachte, tagte es. Riesige und schwerfällige Fahrzeuge kamen uns entgegen, deren Scheinwerfer mit nach unten gerichteten Blendschirmen im ersten Morgenlicht kaum zu erkennen waren. Ich konnte die Formen des endlosen Konvois nicht unterscheiden.

»Was ist das?« fragte ich.

»Wir wissen es nicht«, sagte Jacqueline, die angespannt am Steuer saß. »Sie sind die ganze Nacht vorbeigefahren.«

Erst ab vier, als der herrliche Sommermorgen sich über die endlosen, unbestellten Fluren ergoß, stellten wir fest, daß es russische Militärlastwagen waren. Sie kamen in Abständen von einer halben Stunde in Konvois von zwanzig und dreißig Fahrzeugen vorbei, gefolgt von einigen Autos russischen Fabrikats ohne Nummernschilder. Auf bestimmten Lastwagen saßen unbewaffnete Soldaten. Aber die meisten waren mit wasserdichten, militärfarbenen Planen bedeckt.

Die Verlassenheit der Autobahn fiel um so mehr auf wegen des Kontrastes zu Westdeutschland, wo man sich den Weg durch die neuesten amerikanischen Automodelle bahnen muß. Wenige Kilometer von Heidelberg entfernt ist das Hauptquartier der amerikanischen Armee mit einem mehr als 3000 Meter langen Autofriedhof zu beiden Seiten der Landstraße. In Ostdeutschland hat man dagegen den Eindruck, den Weg verfehlt zu haben und auf einer Autobahn zu fahren, die nirgendwohin führt. Nur durch die Sperrzäune verflüchtigt sich ein wenig das Gefühl der Einsamkeit. Anstelle der Reklameschilder an westlichen Straßen gibt es dort riesige Karikaturen von Kanzler Adenauer als Krake, die mit ihren Fangarmen das Proletariat auspreßt. Sämtliche Metaphern der kommunistischen Schmähliteratur sind dort in groben Zügen und grellen Farben versammelt, mit Kanzler Adenauer als einzigem Vertreter und absolutem Vollstrecker der kapitalistischen Scheußlichkeiten.

Unser erster Kontakt mit dem Proletariat der östlichen Welt ergab sich ganz unvorhergesehen. Um acht Uhr morgens kamen wir zu einer Tankstelle am Rande der Autobahn und etwas weiter zu einem Restaurant mit einem noch beleuchteten Neonschild: »Mitropa«. Das ist der Name der staatlichen Restaurants. Franco füllte die Tanks. Dann überschlugen wir unseren Besitz an Ostmark und beschlossen, das Risiko einer neuen Irrenhausszene einzugehen, um zu frühstücken.
Ich werde niemals das Betreten jenes Restaurants vergessen. Es war, als ob ich gegen eine Wirklichkeit prallte, auf die ich nicht vorbereitet war. Ich bin einmal unversehens in eine unwegsame Gasse von Neapel geraten, als gerade durch ein Fenster im dritten Stock ein an Seilen befestigter Sarg heruntergelassen wurde, während unten auf der Straße voller Kinder, Bettler und Karren mit Schweinevierteln die Leute die Frau des Toten zu beruhigen suchten, die sich ihre Kleider zerriß, die Haare ausraufte und sich heulend auf dem Boden wälzte. Der Eindruck im Restaurant war anders, aber ebenso heftig; ich hatte noch nie so viel konzentriertes Pathos bei einer so einfachen Handlung des täglichen Lebens wie dem Frühstück gesehen. An die hundert Männer und Frauen mit bekümmerten Gesichtern und in abgerissener Kleidung, die in einem verrauchten Saal unter dumpfem Gemurmel Mengen von Kartoffeln, Fleisch und Spiegeleiern aßen.
Unser Eintritt ließ das Gemurmel verstummen. Da ich mir meines Schnurrbarts und meiner rotschwarz karierten Jacke sehr wenig bewußt war, schrieb ich jene Erstarrung Jacquelines exotischem Aussehen zu. An die hundert verstohlene Blicke auf der Haut fühlend, gingen wir durch jenes Schweigen zum einzigen freien Tisch, der neben einer verblichenen Musikbox, die Platte zu einer halben Mark, stand. Das Repertoire war uns vertraut: Mambos von Pérez Prado, Boleros von Los Panchos und vor allem Jazzplatten.
Eine weißuniformierte Kellnerin brachte uns Brot und schwarzen Kaffee, der stark nach Zichorie schmeckte, aber

natürlich – im Verhältnis zum Durchschnittslohn in Frankreich – viel billiger war als in Paris und, wie wir später im Verhältnis zu den Durchschnittsgehältern von Ostdeutschland feststellen konnten, viel billiger als in jedem westeuropäischen Land. Als es ans Zahlen ging, akzeptierte die Kellnerin, da die Ostmark nicht ausreichten, eine Westmark und ließ sich den Geldwechsel von uns auf gewöhnlichem Papier bestätigen.
Franco betrachtete niedergeschlagen die Kundschaft. Es gibt Gefühlsmomente, die man nicht rekonstruieren und erklären kann. Jene Leute frühstückten Sachen, die im übrigen Europa ein normales Frühstück darstellen, und das zu einem niedrigeren Preis. Aber es waren zerrüttete, verbitterte Leute, die eine prächtige morgendliche Portion Fleisch und Spiegeleier ohne jede Begeisterung verzehrten.
Franco trank seinen letzten Schluck Kaffee und tastete seine Oberschenkel nach den Zigaretten ab. Aber er fand sie nicht. Da erhob er sich auffällig, ging auf die nächste Gruppe zu und bat durch Zeichen um eine Zigarette. Ich hatte kaum Zeit, wahrzunehmen, wie die Männer der benachbarten Tische sich mit Streichholzschachteln, losen Zigaretten und ungeöffneten Zigarettenschachteln in einer wirren Demonstration gemeinschaftlicher Freigiebigkeit auf uns stürzten. Einen Augenblick später gab Jacqueline, die auf den Rücksitz des nun nach Berlin rasenden Autos gesunken war, den einzigen Kommentar ab, den ich in dem Moment für zutreffend hielt:
»Die armen Leute.«

27-7-59

Berlin ist eine irre Stadt

Die einzige Spur von Europa ist in Westberlin die angesengte Kathedrale mit einem durch Bomben abgestumpften Turm. Die Nordamerikaner haben wie die Kinder Angst vor Fledermäusen. Anstatt die wenigen Mauerreste, die nach dem Kriege noch standen, abzustützen und daraus eine geflickte Stadt zu machen, wandten sie ein hygienischeres und viel kaufmännischeres Kriterium an: Schlußstrich und Neuanfang.

Die erste Berührung mit jenem gigantischen Unternehmen des Kapitalismus mitten im Machtbereich des Sozialismus rief in mir ein Gefühl der Leere hervor. Den ganzen Vormittag lang suchten wir die Stadt, liefen darin herum, ohne sie zu finden. Sie ist asymmetrisch, planlos, aber vor allem fehlt ihr noch ein Zentrum, wo man das Gefühl hat, angekommen zu sein.

Die weitläufigen, noch nicht wiederaufgebauten Bezirke sind provisorische Parks. Es gibt Straßen, die en bloc aus New York hierher verpflanzt zu sein scheinen. An einigen Stellen ist die Geschäftsgier schneller als die Technik, und große Geschäfte haben sich schon ein Jahr vor Abbau der Gerüste niedergelassen. Neben einer Pirouette der modernen Architektur – einem Wolkenkratzer, der wie ein einziges Glasfenster aussieht – steht ein Dorf von Baracken, wo die Maurer frühstücken. Eine gierige, hastende Menschenmenge läuft auf Holzplanken, unter dem Vibrieren der Bohrer, dem Geruch des kochenden Asphalts, den Kränen, die über die Metallgerüste und die großen Coca-Cola-Reklameschilder hinausragen. Aus jener lärmenden chirurgischen Operation beginnt etwas emporzuwachsen, was das Gegenteil von Europa ist. Eine glänzende, aseptische Stadt, wo die Dinge den Nachteil haben, allzu neu auszusehen.

Man sagt, dies sei das interessanteste architektonische Experiment von Europa. Das liegt auf der Hand. Vom technischen Gesichtspunkt aus ist Westberlin keine Stadt, sondern ein Laboratorium. Die Vereinigten Staaten geben den Ton an. Ich habe keine Angaben darüber, wieviele Dollar in den Wiederaufbau investiert und wie sie investiert wurden. Aber die Ergebnisse springen ins Auge.

Ich glaube in aller Bescheidenheit, daß es eine falsche Stadt ist. Die nordamerikanischen Touristen überfluten sie im Sommer, werfen einen Blick auf die sozialistische Welt und benutzen die Gelegenheit, um in Westberlin aus den Vereinigten Staaten importierte Artikel zu kaufen, die hier billiger sind als in New York. Ich kann mir nicht erklären, wie man bei einem Preis von vier Mark pro Tag, das heißt einen Dollar, ein Hotel unterhalten kann, das so gut ist wie die besten der Vereinigten Staaten, mit modernen Zimmern, Fernseher, Bad und Telefon. Im dichten Verkehr gibt es kein Auto, das nicht das neueste Modell ist. Die Ladenschilder, die Reklame, die Speisekarten in den Restaurants sind auf englisch geschrieben. Auf westdeutschem Gebiet gibt es fünf Rundfunksender, die niemals ein deutsches Wort gesendet haben. Wenn man das alles in sich aufnimmt und bedenkt, daß Westberlin eine kleine, hinter dem Eisernen Vorhang eingeschlossene Insel ist, daß es im weiten Umkreis keine Handelsbeziehungen hat, daß es kein bedeutendes Industriezentrum ist, daß der Verkehr mit der westlichen Welt durch Flugzeuge abgewikkelt wird, die alle zwei Minuten auf dem Flughafen im Zentrum der Stadt landen und abheben, ist man gezwungen anzunehmen, daß Westberlin eine riesige Agentur für kapitalistische Propaganda ist. Sein Aufschwung entspricht nicht der wirtschaftlichen Realität. In jeder Einzelheit bemerkt man den festen Vorsatz, den Anschein fabelhaften Wohlstands zu bieten und Ostdeutschland zu verblüffen, das mit offenem Mund das Schauspiel durchs Schlüsselloch betrachtet.

Die offizielle Grenze zwischen den beiden Berlin ist das Brandenburger Tor, auf dem die rote Fahne mit Hammer und Sichel weht. Fünfzig Meter vorher ist ein beunruhigendes Schild: »Achtung, Sie betreten den sowjetischen Sektor.« Wir kamen gegen Abend vor diesem Schild an, nachdem wir Westberlin kennengelernt hatten. Instinktiv verlangsamte Franco die Geschwindigkeit. Ein russischer Polizist bedeutete uns durch Zeichen anzuhalten, prüfte das Auto mit rein verwaltungstechnischem Blick und ließ uns weiterfahren. Der Übergang ist so einfach, wie wenn man auf das Grün der Verkehrsampel wartet. Aber der Wechsel ist zu erkennen. Und er ist brutal. Wir kamen direkt Unter den Linden an, die früher zu den schönsten Alleen der Welt zählte. Jetzt sind dort nur noch rauchgeschwärzte Säulenreste, im Leeren stehende Portale, von Moos und Gras gespaltene Fundamente. Nicht ein einziger Quadratmeter ist wiederaufgebaut worden.

Je weiter man nach Ostberlin hineinfährt, um so mehr begreift man, daß es weniger einen Unterschied zwischen den Systemen als zwei entgegengesetzte Mentalitäten beiderseits des Brandenburger Tors gibt. An den wenigen unversehrten Blocks im Ostsektor sind noch die Einschüsse der Artillerie. Die Läden sind schäbig, hinter durch die Bombardements entstandenen Schießscharten verschanzt, mit geschmacklosen Artikeln von mittelmäßiger Qualität. Es gibt ganze Straßen mit zerbombten Gebäuden, von deren oberen Stockwerken nur noch die Außenwände stehen. Die Menschen leben zusammengedrängt in den unteren Stockwerken, ohne sanitäre

Anlagen und ohne Wasser, und die Wäsche hängt zum Trocknen vor den Fenstern wie in den Gassen von Neapel. Nachts leuchtet anstelle der Leuchtreklame, die Westberlin in Farben taucht, auf der Ostseite nur der rote Stern. Das Verdienst dieser dunklen Stadt ist, daß sie in der Tat der wirtschaftlichen Realität des Landes entspricht. Mit Ausnahme der Stalinallee.

Die sozialistische Antwort auf Westberlins Aufschwung ist der monumentale Kitsch der Stalinallee, deren Dimensionen ebenso überwältigend sind wie ihre Geschmacklosigkeit. Eine unverdauliche Stilmischung, die Moskaus architektonischen Grundsätzen entspricht. Die Stalinallee hat eine gewaltige Perspektive mit Wohnhäusern wie die der armen Reichen in der Provinz, aber geballt, mit unermeßlich vielen Tonnen von Marmor, mit blumenverzierten Kapitellen, Tieren und Masken aus Stein und langweiligen Portalen mit imitierten griechischen Statuen aus Beton.

Das Kriterium derer, die dieses Ungeheuer konzipierten, ist von grundlegender Bedeutung. Hitlers Prachtstraße war Unter den Linden. Die Prachtstraße des sozialistischen Berlins – größer, breiter, klotziger und häßlicher – ist die Stalinallee. In Westberlin baut man eine Stadt für Reiche, dieselben, die sich vor dem Krieg Unter den Linden trafen. In der Stalinallee wohnen 11 000 Arbeiter. Es gibt Restaurants, Kinos, Kabaretts, Theater, die für alle erschwinglich sind. Jedes einzelne ist ein Überschwang von Kitsch: mit violettem Samt bezogene Möbel, grüne Teppiche mit goldenen Rändern und vor allem Spiegel und Marmor allerorten, sogar auf den Toiletten. Kein Arbeiter lebt irgendwo auf der Welt und zu einem so lächerlichen Preis besser als in der Stalinallee. Aber gegenüber den 11 000 Privilegierten, die dort wohnen, gibt es eine in Mansarden zusammengepferchte Menschenmasse, die meint – und sie sagt es offen –, daß das, was die Statuen, der Marmor, der Samt und die Spiegel gekostet haben, ausgereicht hätte, um die ganze Stadt anständig wiederaufzubauen.

Man hat ausgerechnet, daß Berlin, wenn ein Krieg ausbricht, zwanzig Minuten überleben wird. Aber wenn er nicht ausbricht, werden die zwei Berlins in fünfzig, hundert Jahren, wenn eines der beiden Systeme die Oberhand gewonnen hat, eine einzige Stadt sein. Eine monströse Handelsmesse, die aus den Gratismustern der beiden Systeme besteht.
Schon jetzt ist Berlin – und das nicht nur wegen seines äußeren Anblicks – eine irre Stadt. Um ihr Innenleben kennenzulernen, um sie von der Rückseite zu betrachten und die Nähte zu entdecken, muß man in die U-Bahn steigen. Eine Stunde vor seinem Selbstmord, als die Russen schon vor seiner Haustür standen, gab Hitler den Befehl, die U-Bahn zu überfluten, damit die Leute, die sich dorthin geflüchtet hatten, herauskämen, um auf der Straße zu kämpfen. Deshalb ist sie schäbig und feucht, aber sie ist das Mittel, das das Volk von Berlin – die armen Leute auf beiden Seiten – benutzt, um Vorteile aus dem zähen Kampf zu ziehen, den sich die beiden Systeme an der Oberfläche liefern. Es gibt Leute, die auf einer Seite arbeiten und auf der anderen wohnen und es auf die bestmögliche Weise einzurichten suchen, das Beste von jedem System zu nutzen. In bestimmten Stadtteilen braucht man nur über die Straße zu gehen. Ein Bürgersteig ist sozialistisch. Der andere ist kapitalistisch. Auf jenem gehören die Häuser, die Läden, die Restaurants dem Staat. Auf diesem sind sie Privateigentum. Theoretisch begeht derjenige, der auf einer Seite der Straße wohnt und über die Straße geht, um ein Paar Schuhe zu kaufen, mindestens drei Delikte auf jeder Seite.
Aber in Berlin sind alle Verfügungen theoretisch. Es gibt sehr präzise Abkommen, um die Spekulation, die Kapitalflucht, die Demoralisierung der Systeme zu verhindern. Im Prinzip kann man nicht auf der einen Seite das Geld verdienen und es auf der anderen ausgeben. Vor jedem Geschäftsvorgang muß die Einkommensquelle nachgewiesen werden. Aber in der Praxis drücken die Behörden ein Auge zu. Das einzige, was interessiert, ist der äußere Schein. Das Volk von Berlin, das

quer über die Straße zu Fuß von einer Seite auf die andere gehen könnte, achtet die Spielregeln und fährt mit der U-Bahn hinüber, von der alle Welt weiß, daß man mit ihr hinüberfährt, es aber offiziell ignoriert.
Den unerhörtesten Beweis für jenen erbitterten Kampf erhielten wir, als wir in einer Westberliner Bank Ostmark kauften. Die Abrechnung erfolgte zu 17 Ostmark pro Dollar. Franco glaubte ehrlich, der Bankangestellte habe sich geirrt: Der amtliche Wechselkurs ist zwei Mark pro Dollar. Aber der Angestellte erklärte uns, daß der normale Kurs in Westberlin nicht gelte, wo die Banken – vor aller Augen und in einem absolut legalen Vorgang – 17 Ostmark für einen Dollar zahlten. Mehr als achtmal soviel wie der amtliche Kurswert. Theoretisch war der Umtausch sinnlos. Wir würden in Ostdeutschland nichts kaufen können ohne den Nachweis, das Geld im Lande erworben zu haben. Aber nur theoretisch. Mit zwanzig in Westberlin getauschten Dollars reisten wir kreuz und quer durch Ostdeutschland. Alles in allem kostete uns ein Zimmer im besten Hotel mit Bad, Radio, Telefon und Frühstück auf dem Zimmer 57 kolumbianische Centavos. Ein komplettes Mittagessen in den besten Restaurants 20 kolumbianische Centavos, Bedienung, Statuen, Spiegel und Musik von Strauß eingeschlossen.
Wer nicht den Code dieser Stadt kennt, wo nichts völlig gewiß ist, wo niemand genau weiß, woran er ist, und wo die einfachsten Handlungen des täglichen Lebens etwas Taschenspielerhaftes an sich haben, lebt in ständiger innerer Unruhe. Er fühlt sich wie auf einem Pulverfaß. Es scheint, als ob niemand ein ruhiges Gewissen hätte. Eine Meldung, die man in Paris als eine neue Dummheit der Außenminister interpretiert, hallt in Berlin mit dem Donner eines Kanonenschusses wider. Das Platzen eines Reifens kann Panik auslösen.
Leipzig ist ganz anders. Nach vier Autostunden auf einer kurvigen Chaussee fuhren wir durch eine schmale und leere Straße, auf der kaum Platz für die Straßenbahngleise war, in

Leipzig ein. Es war zehn Uhr abends, und es begann zu regnen. Die fensterlosen Ziegelsteinwände, die traurigen Glühbirnen der Straßenlaternen erinnerten mich an die frühen Morgenstunden in den Südvierteln von Bogotá.
Im Zentrum der Stadt herrschte verdächtige Ruhe. Die Beleuchtung war ebenso spärlich wie in den Vororten. Das einzige Lebenszeichen waren die Neonschilder in den staatlichen Schenken – H. O. – mit sehr wenig Kundschaft in Zivil und einigen Soldaten. Nachdem wir vergeblich ein geöffnetes Restaurant – ein Mitropa – gesucht hatten, entschlossen wir uns zu einem Hotel. Das Verwaltungspersonal sprach nur Deutsch und Russisch. Es war das beste Hotel von Leipzig und nach denselben Dekorationsvorstellungen eingerichtet wie die Stalinallee. Auf dem Tisch im Empfang gab es eine Ausstellung aller kommunistischen Zeitungen in Luftpostausgabe. Ein Violinorchester spielte einen nostalgischen Walzer in der von schweren und prunkhaften Kristallüstern beleuchteten Bar, wo die Kundschaft mit einem Air trübsinniger Vornehmheit schweigend ungekühlten Sekt trank. Die talkumpuderbleichen älteren Frauen trugen altmodische Hüte. Die Musik wogte in durchdringendem Parfüm.
Eine Gruppe von Männern und Frauen in Jagduniform, tadellos in ihren langen roten Jacketts, mit schwarzen Schirmmützen und Reitstiefeln, trank Tee und aß Gebäck in einer Ecke des Raumes. Es fehlten nur die riesigen weißen, schwarzgefleckten Hunde, und die Gruppe hätte aus einer vom ältesten englischen Adel inspirierten Lithographie herausgetreten sein können. Wir – in Bluejeans und Hemdsärmeln und ohne uns den Straßenstaub abgewaschen zu haben – verkörperten das einzige Anzeichen von Volksdemokratie.
Wir waren gekommen, um zu sehen. Aber nach vierundzwanzig Stunden in Leipzig ging es nicht mehr nur darum zu sehen, sondern zu verstehen. Vierzehn Tage vorher – wie ein Trick des Zufalls – waren wir in Heidelberg, der westdeutschen Studentenstadt, gewesen, die wie keine andere in Eu-

ropa durch ihre Offenherzigkeit und ihren Optimismus beeindruckt. Leipzig ist auch eine Universitätsstadt, aber es ist eine traurige Stadt mit alten Straßenbahnen voller schäbig gekleideter und bedrückter Menschen. Ich glaube nicht, daß mehr als zwanzig Autos auf eine halbe Million Einwohner kommen. Für uns war es unbegreiflich, daß das ostdeutsche Volk die Macht, die Produktionsmittel, den Handel, die Banken, das Verkehrswesen übernommen hatte und trotzdem ein trauriges Volk, das traurigste Volk war, das ich jemals gesehen hatte.
Sonntags strömt die Masse in die Vergnügungsparks, wo Tanzmusik gespielt wird, man Limonade trinkt und, alles in allem, einen anstrengenden Nachmittag zu einem sehr niedrigen Preis verbringt. Die Tanzfläche ist brechend voll, aber die zusammengedrängten, fast unbeweglichen Paare sehen ebenso verdrossen aus wie die in die Straßenbahn gepferchte Menschenmenge. Die Bedienung ist langsam, und man muß überall eine halbe Stunde anstehen, um Brot, Eisenbahnfahrkarten oder Kinokarten zu kaufen. Wir brauchten zwei Stunden in einem Vergnügungspark, wo man sich mit den Ellbogen einen Weg durch Liebespaare und Ehepaare mit Kindern bahnen mußte, um eine Limonade zu kaufen. Eine eiserne, aber unwirksame Organisation wie jene kommt der Anarchie am nächsten.
Wir verstanden nichts. Es war, wie wenn man ins Kino geht, um die Zeit totzuschlagen, und dann einen Film von Verrückten zu sehen bekommt, ohne Hand und Fuß und nach einem Drehbuch, das ausschließlich darauf abzielt, zu verwirren. Denn es ist zumindest verwirrend, daß in der neuen Welt, mitten im Zentrum der Revolution, alle Dinge veraltet, verkümmert und verfallen wirken.
Franco und ich hatten Jacqueline vergessen. Den ganzen Tag folgte sie uns, blieb hinter uns zurück, uninteressiert die staubigen Schaufenster betrachtend, wo zu unerhörten Preisen Schundwaren ausgestellt waren. Beim Mittagessen gab sie Le

benszeichen von sich: Sie protestierte, weil es keine Coca-Cola gab. Abends im Bahnhofsrestaurant, als wir wegen des Rauchs, des Geruchs, der Musik, die der Kundschaft zum einen Ohr hinein und zum anderen wieder hinausging, dem Ersticken nahe, eine Stunde gewartet hatten, wurde Jacqueline wütend:
»Dies ist ein furchtbares Land«, sagte sie.
Franco war ganz und gar ihrer Meinung. Am nächsten Morgen ging er sehr früh aus, um nach Erklärungen zu suchen. Er erinnerte sich, daß es in Leipzig die Karl-Marx-Universität gibt, wo viele junge Leute aus aller Welt den Marxismus studieren. Es ist eine Atmosphäre des Friedens und der Meditation, mit unauffälligen Gebäuden zwischen Bäumen, einem katholischen Seminar ganz ähnlich. Ich hatte das Glück und das Vergnügen, dort einer Gruppe südamerikanischer Studenten zu begegnen. Durch sie gewannen unsere Beobachtungen – die sonst möglicherweise subjektiv gewesen wären – festen Grund. Und natürlich auch durch das schreckliche Fest an jenem Abend im Hause von Herrn Wolf.

3-8-59

Die Enteigneten treffen sich, um einander ihren Kummer zu erzählen

Unvorhergesehene Umstände bescherten uns Herrn Wolf. Nach dem Abendessen ging Jacqueline ins Hotel. Franco und ich blieben mit einem chilenischen Studenten zusammen, der von nun an Sergio heißen wird, was wohlgemerkt ein falscher Name ist. Er ist ein Mann von zweiunddreißig Jahren, Rechtsanwalt, mit einem Stipendium in Ostdeutschland, um sich in Volkswirtschaft zu spezialisieren. Vor zwei Jahren hat er heimlich sein Land verlassen. Seitdem ist er in Leipzig.
Um elf Uhr schlief die Stadt. Sergio brachte uns zu einem staatlichen Kabarett – Femina –, dem einzigen Vergnügungslokal, das bis zwei Uhr morgens geöffnet ist. Ich glaubte, jenes Lokal schon woanders gesehen zu haben, bis Franco mich daran erinnerte, daß ich es in Wirklichkeit nicht gesehen hatte: Ich hatte es in irgendeinem existentialistischen Roman gelesen. Die indirekte Beleuchtung, dunkelviolett auf schwarzen Wänden, betonte die geisterhafte Atmosphäre und die surrealistischen Motive, die an die Wände geklebt waren. Am Ende eines Salons mit Tischen für vier Personen war die runde Tanzfläche und anschließend das Orchesterpodium in einer Tropenlandschaft aus Pappmaché. Ein Mambo wurde gespielt.
Wir setzten uns an einen Tisch nahe an der Tanzfläche. Ein

befrackter, zeremoniöser Kellner, der seltsam gestikulierte, verständigte sich mit Sergio auf deutsch. Die Atmosphäre lud zu Opium ein, aber wir bestellten Kognak. Währenddessen ging Franco durch einen hinteren Raum zu den Toiletten. Als er zurückkehrte, tanzte Sergio einen Swing mit einem Mädchen vom Nachbartisch. Ich fing an, mich zu langweilen.
»Geh zur Toilette«, sagte Franco. »Das ist einfach toll.«
Ich ging in den Hinterraum. Es gab drei Türen mit dem Zeichen: WC. An der mittleren Tür, die den größeren Operationen vorbehalten war, befand sich das, was ich sehen sollte: ein Taxameter, das mit dem Türschloß verbunden war. Eine Frau an einem Schreibtisch wartete auf das Herauskommen des Kunden. Das Taxameter zeigte 30 Pfennig an. Als der Kunde herauskam, legte er 30 Pfennig auf die Untertasse auf dem Schreibtisch und fügte ein Trinkgeld für die Frau hinzu.
Als ich zurückging, bemerkte ich, daß der hintere Raum sich nach rechts in einer labyrinthischen Mischung aus der *Göttlichen Komödie* und Salvador Dalí verlängerte. Total betrunkene Männer und Frauen vollführten schwerfällige und phantasielose Liebesszenen. Es waren junge Leute. Ich hatte nichts dergleichen in Saint-Germain-des-Prés gesehen, wo der Existentialismus eine Vorrichtung ist, die im Sommer für die Touristen montiert wird. In den Bars der Via Margutta in Rom gibt es mehr Authentizität und weniger Verbitterung. Das war kein Bordell, denn Prostitution ist in den sozialistischen Ländern verboten und wird streng bestraft. Es war ein Staatsetablissement. Aber vom sozialen Gesichtspunkt aus war es etwas Schlimmeres als ein Bordell.
Am Ende des Labyrinths, im Schein von Kandelabern zwischen schwarzen Vorhängen, wurde in einer reservierten Bar die Liebe fortgesetzt. Einige Männer ohne Begleitung tranken Kognak. Andere schliefen, den Kopf auf der Theke. Ich setzte mich auf einen Hocker und bestellte einen Kognak. Franco kam in dem Moment, als einer der Männer ohne Begleitung sein Glas gegen die Theke schlug. Es zersplitterte.

Der Mann blickte nicht einmal auf seine blutende Hand. Gleichgültig gegenüber dem wütenden Geschimpfe der Geschäftsführerin der Bar, zog er ein Taschentuch heraus und umschloß es mit seiner verletzten Hand. Mit der anderen Hand warf er ein Bündel Geldscheine auf die Theke, ohne sie zu zählen, ohne ein einziges Wort zu sagen.
»Wie entsetzlich«, sagte Franco. »Ich habe nie so verzweifelte Menschen gesehen.«
Ich empfand kein Entsetzen. Ich empfand Mitleid. Ich kehrte zur Tanzfläche zurück, entschlossen, ins Hotel zu gehen. Aber das Mädchen, das mit Sergio getanzt hatte, saß allein an unserem Tisch. Ich forderte es zum Tanzen auf. Sergio tanzte mit einer aufregenden Blondine, die viel größer war als er. Die Berührung mit meiner Partnerin löste bei mir ein unbehagliches Gefühl aus. »Das Weib hat keine Knochen«, sagte ich zu Sergio, als er an mir vorbeikam. Er brach in Lachen aus. »Stimmt«, sagte er. »Sie ist Akrobatin in einem Zirkus.«
Er mußte der Blondine den Dialog übersetzt haben, denn nun war sie es, die auflachte. An ihrem Lachen merkte ich, daß sie gar nicht affektiert und viel jünger war, als mir auf den ersten Blick geschienen hatte. Ich ging zum Tisch zurück. Franco unterhielt sich mit dem befrackten Kellner. Er forderte die Akrobatin zum Tanzen auf, und bevor er aufstand, sagte er zu mir auf französisch, damit der Kellner es nicht verstand: »Der Typ hat Lust, alles zu erzählen.«
Er sprach italienisch. Seine Förmlichkeit, seine Taschenspielergesten, alles ging zum Teufel, als ich ihm sagte, ich sei ein Journalist aus Kolumbien, Südamerika, der sich für die Situation in den Volksdemokratien interessiere. Als erstes erzählte er mir, er habe italienisch in einem Konzentrationslager gelernt. Dann löste er seine gestärkte Hemdbrust und befahl mir ohne Übergang: »Berühren Sie mein Hemd.« Ich berührte es: Es war aus grobem Stoff. »Also«, fuhr er dann fort, »dieses Hemd kostet mich einen ganzen Monatslohn.« In einer Art genüßlicher Befreiung machte er für mich eine Be-

standsaufnahme alles dessen, was er am Leibe trug. Zum Schluß zog er einen Schuh aus, um mir die an der Ferse zerrissene Socke zu zeigen.
»Einverstanden«, sagte ich. »Aber das Essen ist billiger als im Westen.«
Er zuckte die Achseln. »Das Essen ist nicht alles«, erklärte er. Er breitete in südländischer Manier die Arme aus und rief: »Im Konzentrationslager habe ich schlecht gegessen, aber ich war glücklicher als hier.«
Franco kehrte ohne die Akrobatin an den Tisch zurück. Als die Tanzfolge zu Ende war, kam Sergio und sagte, die Blondine lade uns ein, das Fest bei Freunden zu Hause zu beenden. Das waren zwei weitere Frauen und ein Mann. Wir gingen zu ihrem Tisch hinüber. Sergio stellte vor. Zuerst die Frauen. Dann den Mann, einen Deutschen von fünfundvierzig Jahren ohne irgend etwas Auffälliges, sein spontanes Lächeln ausgenommen. Das war Herr Wolf.
Sie schienen eine Gruppe natürlicher, einfacher Leute zu sein, ganz anders als die übrige Kundschaft. Die ältere Dame war Herrn Wolfs Frau. Die beiden anderen, die Blondine und eine Brünette von siebzehn Jahren, waren Sportstudentinnen. Die Erklärung dafür, daß diese anständige Familie sich in dieser Faulkammer befand, erhielt ich später. In Ostdeutschland gibt es eine soziale Kategorie von Parasiten: die Enteigneten. Es sind die Bürgerlichen aus Hitlers Zeiten, deren Güter gegen Entschädigung nationalisiert wurden. Sehr wenige nahmen die Posten an, die die Regierung ihnen in ihren ehemaligen Geschäften anbot. In der Hoffnung auf den Fall des Regimes, zogen sie es vor, von ihren Zinsen zu leben. Die Regierung hat luxuriöse Hotels, Bars und Restaurants für die ausländischen Delegationen und die staatlichen Funktionäre errichtet, wo die Sachen enorm kostspielig sind. Da diese Lokalitäten für das Volk sehr teuer sind, können nur die Enteigneten dort verkehren, und die Regierung ist begeistert, weil sie auf diese Art und Weise das Geld von

den Entschädigungen wieder zurückbekommt. Die Enteigneten treffen sich, um einander ihren Kummer zu erzählen, gegen die Regierung zu tuscheln, sich wie die Esel gegenseitig zu kratzen und dem Staat für einen Abend mit traurigen Walzern und ungekühltem Sekt das Geld zurückzugeben. Eins dieser Lokale war unser Hotel.
Aber die Entschädigungen sind nicht erblich. Die Enteigneten haben Kinder, halbwüchsige Parasiten, die den Eltern helfen, das Geld auszugeben, solange diese leben. Es ist eine ignorante Generation ohne Zukunftsaussichten, ohne Lebenslust, die in einer Umgebung voller Ressentiments, in der täglichen Erinnerung an eine glanzvolle Vergangenheit aufgewachsen ist. Sie verabscheuen die traurigen Walzer und finden, daß der Sekt zu wenig Alkohol enthält. Um sie von der Gesellschaft fernzuhalten, hat der Staat jene Kabaretts geschaffen, wo sogar mit den Toiletten Geld gemacht wird, eine Art Konzentrationslager, wo die Kinder der Enteigneten sich einschließen, um lebendig zu verwesen.
Herr Wolf gehört nicht zu dieser Klasse. In seiner Jugend hatte er ein Schallplattengeschäft. Im Krieg war er Fernmeldeoffizier. Jetzt arbeitet er in einer Werkstatt für Elektroartikel, und seine Frau leitet ein Mädcheninternat. Sie wohnen im Zwischengeschoß des Internatsgebäudes in einer Zweizimmerwohnung mit Elektroherd und Kühlschrank, aber ohne Toilette. Sonntags zieht sich Herr Wolf wie ein Bauer an, eilt mit sportlichen Sprüngen die Treppe hinunter und geht in seinen Gemüsegarten, um Rüben zu ziehen. Seine Frau – die mehr als heiter angeheitert ist – feiert gern. Einmal im Monat führt Herr Wolf sie samstags zum Tanzen aus. Wenn eines der Mädchen im Internat nichts vorhat, nehmen sie es mit. An diesem Abend nahmen sie zwei mit. Da das einzige bis spät nachts geöffnete Lokal das Kabarett Femina war, landeten sie dort, ohne daß irgend jemand an die Ansteckungsgefahr gedacht hätte.
Sergio hatte sich als Journalist ausgegeben. Die ausländischen

Studenten ziehen es vor, das Inkognito zu wahren, um Leute zu treffen, die die Regierung hassen. Als die Blondine Herrn Wolf sagte, daß wir alle ausländische Journalisten seien, fühlte er sich sicher, witterte die Gelegenheit, sich gegen die Regierung auslassen zu können, und lud uns ein, das Fest bei ihm zu Hause zu beschließen.

Herr Wolf ist kein Verschwörer. Er ist ein guter Bürger, der die Dinge klar sieht und sie mit Humor interpretiert. Von der ersten Kognakflasche an machte er sich über die Situation lustig. Seine Frau bereitete uns einen unmöglichen Kaffee, der nach Zichorie schmeckte. »Der ist absichtlich schlecht gemacht«, sagte ich, um Herrn Wolf zu provozieren. »Sie müssen entschuldigen«, antwortete er und wollte sich totlachen. »Etwas anderes als dieses Zeug bekommt man nicht in Deutschland.« Ich wußte, daß das stimmte. Seit unserer Ankunft in Leipzig hatten wir auf Kaffee verzichtet.

Im Radio wurde ein Programm mit Tanzmusik gesendet und nach jeder Tanzfolge Nachrichten. Herr Wolf schaltete aus, solange die Nachrichten liefen. »Sie sprechen über nichts anderes als die widerliche Politik«, sagte er, und Sergio bestätigte uns das: Es war Regierungspropaganda. Um drei Uhr morgens wurden die letzten Meldungen durchgegeben, und der Sender verabschiedete sich mit der Nationalhymne. Ich schlug nun vor, einen ausländischen Sender zu suchen, um weiterzutanzen. Herr Wolf strahlte vor Freude. Auf der Welle der ausländischen Sender war nur ein schrilles intermittierendes Geräusch zu hören, wie wenn Donald Duck spricht. Ich prüfte es mit den eigenen Händen nach: Die Auslandssender wurden gestört.

Es war begreiflich, daß Herr Wolf das Regime haßte. Bestürzend war dagegen, daß die beiden Mädchen, die nichts anderes kannten, die mit einem Gehalt und dem Versprechen einer gesicherten Zukunft vom Staat erzogen wurden, ebenso unversöhnlich waren wie Herr Wolf. Sie schämten sich wegen der Qualität ihrer Kleider, wollten etwas über Paris wissen,

wo man Romane aus aller Welt liest und Nylonprodukte etwas Alltägliches sind. Franco sagte ihnen, daß das stimme, machte sie aber darauf aufmerksam, daß die Studenten in den kapitalistischen Ländern kein Gehalt bekommen. Das war ihnen egal. Ihre Antwort und die der meisten Studenten, die wir kennenlernten, einschließlich der Marxismusstudenten der Karl-Marx-Universität, war ungefähr die gleiche:
»Sollen sie uns doch nichts bezahlen, aber uns das sagen lassen, was wir sagen wollen.«
Jene einstimmige Subversion überraschte mich, und ich erinnerte daran, daß die letzten Wahlen 92% für die Regierung ergeben hatten. Herr Wolf, der sich vor Lachen ausschüttete und auf die Brust schlug, bekannte:
»Ich habe für die Regierung gestimmt.«
Die Wahlen waren frei. Aber in jedem Block gab es einen Wahlausschuß mit der vollständigen Einwohnerliste. Herr Wolf war um zehn Uhr morgens zum Wählen hinuntergegangen. »Auf jeden Fall«, erklärte er uns, »wäre um drei Uhr nachmittags ein Polizist gekommen, um mich an meine Bürgerpflicht zu erinnern.« Die Wahl ist geheim, aber Herr Wolf hatte es vorgezogen, für die Regierung zu stimmen, um Komplikationen zu vermeiden. Ich rief Sergio zu:
»Sag Herrn Wolf, daß ich sage, daß er ein Feigling ist.«
Herr Wolf lachte. »Das sagen alle Ausländer«, antwortete er. »Ich möchte die an einem Wahltag hier sehen.« Vielleicht konnte das niemand besser verstehen als ein Kolumbianer. Die öffentliche Ordnung in Ostdeutschland ist der sehr ähnlich, die in Kolumbien während der politischen Verfolgung herrschte. Die Bevölkerung hat schreckliche Angst vor der Polizei. In Weimar hielt Franco mit dem Auto vor einem Polizeibeamten, damit zwei uns begleitende deutsche Mädchen ihn nach einer Adresse fragten. Sie weigerten sich. Sie zogen es vor, irgend jemand zu fragen, der kein Polizist war.
Gegen Morgen, als wir alle halbbetrunken waren und Herr Wolf nicht mehr auf die Lautstärke seiner Worte achtete,

klingelte es an der Tür. Es war ein dramatischer Augenblick. Zum ersten Mal sah ich einen ernsten Herrn Wolf, der Ruhe befahl und murmelte: »Die Polizei!« Die beiden Mädchen rannten zum Schlafzimmer. Wir dagegen setzten eine Unschuldsmiene auf, während Herrn Wolfs Frau die Tür öffnen ging. Es war der Bote der Staatszeitung, der die Tagesausgabe brachte und das Monatsabonnement kassieren wollte. Das Abonnement ist keine Pflicht, aber der Vertreter klingelt jeden Monat an der Tür, um höflich zu fragen, ob man es erneuern will. Niemand sagt nein. Herrn Wolfs Frau, die noch zitterte, warf die Zeitung auf den Tisch und gestand, daß sie in den zwei Jahren seit Bestehen des Abonnements nicht einmal die Schlagzeilen gelesen hätten.
An jenem Morgen während des Frühstücks im Bahnhofsrestaurant hatte Franco eine leichte Meinungsverschiedenheit mit Sergio. Er warf ihm vor, Herrn Wolf nicht die Stirn geboten zu haben. Sergio ist Kommunist. Franco meinte, die Studenten müßten gegenüber den subversiven Elementen eine energischere Haltung einnehmen. Völlig gelassen, aber aufrichtig bekümmert rief Sergio:
»Alles, was Herr Wolf gesagt hat, stimmt.«
Nicht nur Sergio, sondern auch eine beträchtliche Zahl von Studenten der Universität sind derselben Ansicht. Nach ihrer Meinung gibt es in Ostdeutschland keinen Sozialismus. Es ist keine Diktatur des Proletariats, sondern die Diktatur einer kommunistischen Gruppe, die buchstäblich die sowjetischen Erfahrungen zu übernehmen suchte, ohne die Gegebenheiten des Landes zu berücksichtigen. Hitler eliminierte die guten Kommunisten. Die Überlebenden, die beizeiten die Irrtümer der gegenwärtigen Regierung erkannten, wurden von der herrschenden Gruppe eliminiert. Die marxistische Jugend ist davon überzeugt, daß die Realität nicht der Doktrin entspricht, aber sie läßt sich nicht auf die Risiken einer Korrektur ein.
Den Arbeitern geht es gut, aber sie haben kein politisches

Bewußtsein. Sie stellen unabhängige Überlegungen an und verstehen nicht, warum die Regierung ihnen sagt, das Proletariat sei an der Macht, wenn sie wie ein Pferd arbeiten müssen, um ein Kleidungsstück zu kaufen, das einen Monatslohn kostet. Die Arbeiter in Westdeutschland dagegen, die ausgebeutet werden, haben mehr Komfort, bessere Kleidung und Streikrecht. Das Volk findet sich nicht damit ab, die Last zu tragen, damit spätere Generationen besser leben. Niemand arbeitet mit Begeisterung: Die Bekleidungsindustrie fabriziert scheußliche Vogelscheuchenkleider, weil sie nicht durch Konkurrenz angespornt wird. Da es keine Chefs gibt, da sie nicht entlassen werden können, da sie nicht begreifen, was Sozialismus ohne Schuhe bedeutet, stehen die Angestellten mit gekreuzten Armen da, während die Kunden warten, und es ist ihnen einerlei, wenn die Leute einen ganzen Sonntagnachmittag Schlange stehen müssen, um eine Limonade zu trinken. Von den Ministerien bis zu den Küchen herrscht ein vielfältiges bürokratisches Durcheinander, das nur ein wirkliches Volksregime entwirren könnte.
Die legale Waffe wäre der Streik. Aber es gibt kein Streikrecht, weil das Regime dogmatisch ist: Es sagt, es sei Unsinn, daß die Proletarier, da doch das Proletariat an der Macht sei, streiken, um gegen sich selbst zu protestieren. Das ist ein Sophismus. »Die Revolution«, sagten uns die Marxismusstudenten, »ist nicht in Deutschland gemacht worden. Sie wurde in einem Koffer aus der Sowjetunion mitgebracht und hier abgestellt, ohne das Volk zu berücksichtigen.«
Das Volk sieht nicht die Entwicklung der Schwerindustrie, die Spiegeleier zum Frühstück sind ihm schnuppe, und das einzig Neue, was es sieht, sind ein geteiltes Deutschland und russische Soldaten mit Maschinenpistolen. Die Bewohner Westdeutschlands sehen genau dasselbe: das geteilte Land und amerikanische Soldaten in den neusten Automodellen. Weder hier noch dort protestieren sie, weil sie wissen, daß sie den Krieg verloren haben, und vorläufig stecken sie den Kopf

unter die Flügel. Aber insgeheim wissen alle, was sie wollen, bevor sie von Sozialismus oder Kapitalismus sprechen: die Wiedervereinigung Deutschlands und den Abzug der ausländischen Truppen.
Ich glaube, daß dem allem ein völliger Verlust der menschlichen Sensibilität zugrunde liegt. Die Sorge für die Masse läßt das Individuum außer acht. Und das gilt nicht nur für die Deutschen, sondern auch für die russischen Soldaten. In Weimar finden die Leute sich nicht damit ab, daß ein russischer Soldat mit Maschinenpistole auf dem Bahnhof Wache hält. Aber niemand denkt an den armen Soldaten. Gerade in Weimar kamen wir eines Abends an einem geschlossenen Park vorbei, aus dem die Klänge eines Militärmarsches drangen. Es war ein Fest im Kasino der russischen Offiziere. Mit Zeichen lud man uns ein hereinzukommen, und drinnen fanden wir eine herzliche, frische, etwas bäuerisch anmutende Atmosphäre vor. Die Tanzfläche aus gestampftem Lehm war von großen farbigen Porträts der sowjetischen Führer umge ben. Das Militärorchester begann ein altmodisches, dem Charleston sehr ähnliches Stück, das die Offiziere hopsend mit ihren Frauen tanzten. Einer von ihnen, der mit Orden behängt war, holte Jacqueline zum Tanz. Eine ehrwürdige Matrone in ukrainischer Bauerntracht näherte sich Franco und forderte ihn mit einem anmutigen Knicks, die großen Rockvolants mit den Fingerspitzen hochhaltend, zum Tanz auf. Ich tanzte mit der Frau eines anderen Offiziers. Auf der Tanzfläche herrschte eine heftige, allzu stürmische Begeisterung, der wir uns notgedrungen anzupassen versuchten.
Inmitten jener nostalgischen Beschwörung der heimatlichen Erde tanzten zwei Soldaten miteinander, die sinnlos betrunken waren und halb schliefen.
Als ich meine Partnerin an ihren Platz zurückbrachte, sprach Sergio mit einem Offizier, der etwas Deutsch konnte. Er sagte, daß er uns beneide, weil wir nach Moskau führen. Offensichtlich übersetzte er die Nachricht ins Russische, denn

eine Gruppe Offiziere mit ihren Frauen kam herbei, um jene Privilegierten, die in die Sowjetunion unterwegs waren, aus der Nähe zu sehen. Sie setzten die Unterhaltung mit Sergio über den Offizier, der Deutsch sprach, fort. Einige von ihnen, sagten sie, bemühten sich schon seit zwei Jahren um ihre Versetzung aus Deutschland, wo sie, ohne etwas zu tun, wie Parasiten lebten, umgeben von russischen Landschaftsfotos und den Augenblick herbeisehnend, da sie in ihr Land zurückkehren würden.

Die Unterhaltung wurde durch Jacqueline unterbrochen, die einen Dolmetscher suchte, um zu erfahren, was ihr Offizier während des Tanzes zu ihr gesagt hatte. Schamrot bis über die Ohren, wiederholte der Offizier den Satz auf russisch. Der Soldat, der Deutsch konnte, übersetzte ihn Sergio, dieser wiederholte ihn auf spanisch, und Franco gab ihn auf französisch an Jacqueline weiter. Alle brachen in Lachen aus. Es war eine Liebeserklärung. Als er bemerkte, daß die Anwesenden verstanden hatten, hüpfte der Offizier, halbtot vor Lachen und mit tomatenroter Nase, wie ein Kind herum:

»Wenn meine Frau das erfährt, bringt sie mich um«, rief er. »Daß sie es nur nicht erfährt.«

Das sind die russischen Militärs. Sie langweilen sich zu Tode in einem Lande, dessen Sprache sie nicht kennen, von dem sie wissen, daß man sie dort verabscheut. Man sieht sie, höchst eindrucksvoll, mit einem Gesicht wie Stahlbeton vor sich, bis man entdeckt, daß ihr furchterregendes Aussehen reine Schüchternheit ist. Vor allem die einfachen Soldaten sind natürlich, unverbildet, gutmütig, wie mit dem Lasso aus den abgelegenen sowjetischen Dörfern herausgeholt. Das ist keine Lüge: Als sie in Berlin einmarschierten, zertrümmerten sie die Waschbecken, weil sie sie für Kriegsgerät hielten. Einige von ihnen sind noch in Deutschland, ohne Frauen, betrinken sich allein und tanzen in den Kasinos miteinander. Jene Gewohnheit, daß zwei Männer zusammen tanzen, ist in der Sowjetunion verbreitet, aber in Ostdeutschland ist sie eine durch die Umgebung aufgezwungene Notwendigkeit.

Wir begegneten ihnen, wie sie paarweise um die Mädchen herumstrichen, die nach dem Kino vor den Schaufenstern stehenblieben. Das Wasser läuft ihnen im Mund zusammen, aber sie wagen sich nicht zu nähern, weil sie wissen, daß die Mädchen sie mit zwei Steinen in der Hand empfangen. Selbst die wenigen heimlichen Prostituierten meiden sie aus Angst, denunziert zu werden. Vor einem Jahr hielten es in Weimar zwei Soldaten nicht länger aus. Nachdem sie die ganze Nacht auf einem Fest mit Männern getrunken und getanzt hatten, gingen sie auf die Straße und vergewaltigten die erste Frau, die ihnen über den Weg lief. Der Kater war entsetzlich: Als abschreckendes Beispiel für die Truppe wurden sie in Gegenwart ihrer Kameraden erschossen.

10-8-59

Für eine Tschechin sind Nylonstrümpfe eine Kostbarkeit

Vor zwei Jahren hatte ich bei der sowjetischen Botschaft in Rom ein Visum beantragt, um als Sonderkorrespondent für eine Presseagentur nach Moskau zu reisen. Bei vier aufeinanderfolgenden Besuchen beantwortete ich viermal denselben Fragenkatalog von vier verschiedenen Funktionären. Schließlich versprach man mir, mit der Post eine Antwort zu schicken, die ich bis heute nicht erhalten habe. In Paris war man kürzer und deutlicher. In dem komplizierten Gebäude der Rue Grenelle schickte man mich durch drei mit Leninlithographien dekorierte Räume, und derselbe Funktionär, der mich im ersten empfangen hatte, antwortete mir im letzten in kaum verständlichem Französisch: Ohne Einladung einer sowjetischen Körperschaft sei es nutzlos, ein Visum zu beantragen.

Die Situation hat sich im letzten Jahr geändert. In Paris werden Touristenkarawanen organisiert, die vierzehn Tage lang im Conga-Schritt die Häfen der Ostsee und des Schwarzen Meeres besuchen. Das ist eine gefährliche Reise für einen ehrlichen Journalisten: Man läuft Gefahr, sich ein oberflächliches, voreiliges und lückenhaftes Urteil zu bilden, das die Leser für eine endgültige Schlußfolgerung halten könnten.

Als sich für mich in Berlin die Gelegenheit ergab, am VI. Ju-

gendkongreß in Moskau teilzunehmen, glaubte ich, das sei schlimmer als die Touristenkarawanen. Anstatt 500 würden wir 40000 sein. Die Sowjetunion hatte sich zwei Jahre lang darauf vorbereitet, die Delegierten aus aller Welt zu empfangen, und das war ein Grund anzunehmen, daß wir anstelle der sowjetischen Wirklichkeit eine für die Ausländer angefertigte Wirklichkeit vorfinden würden. Das ist begreiflich. Die sozialistischen Länder wissen, daß die Mehrheit derer, die an den Festivals teilnehmen, keine Kommunisten sind, daß sie sich darauf einstellen, Mängel zu entdecken, und daß sie nicht ausreichend geschult sind, um die Experimente richtig zu interpretieren. Noch mehr: Beim Moskauer Festival wurde ausdrücklich verlangt, so wenig Kommunisten wie möglich zu akkreditieren. »Die Schlauheit der Polen ist grenzenlos«, sagte mir vor zwei Jahren in Rom ein italienisches Mädchen, das am Festival in Warschau teilgenommen hatte. »Um uns glauben zu machen, daß es in Polen Religionsfreiheit gibt, öffneten sie die Kirchen und stellten überall als Priester verkleidete Funktionäre auf.« Tatsache ist, daß Warschaus Wiederaufbau bei den Kirchen begann und die politisch nicht engagierten Priester absolute Freiheit genießen. Die überzeugten Kapitalisten unterschätzten die Anstrengungen der Nation für den Wiederaufbau und begnügten sich mit der Erfahrung, daß es in Warschau keine Autos gibt, daß die Leute schlecht gekleidet sind und die Fahrstühle zwischen zwei Stockwerken hängenbleiben. In Warschau tuschelte alle Welt darüber, daß der Primas von Polen, Kardinal Wyszynski, im Gefängnis sei. Aber niemand – nicht einmal die kommunistischen Delegierten – verlor ein Wort darüber, daß auch Wladyslaw Gomulka in Haft war, der Kommunistenführer, der ein Jahr nach dem Festival vom Volk befreit werden sollte, um Polens Geschicke in die Hand zu nehmen.
Einige westliche Regierungen benutzen die vierzehn Tage des Festivals, um Spione mit genauen Anweisungen einzuschleusen. In Moskau war ein in englisch gedrucktes Flugblatt mit

Parolen gegen die Sowjetunion in Umlauf. Das gleiche war bei früheren Festivals geschehen. Da sie wissen, daß diese Dinge passieren, suchen die sozialistischen Länder es – völlig zu Recht – so einzurichten, daß die Delegierten eine feiertäglich gekleidete Nation während eines vierzehntagelangen Volksfests vorfinden. Ich wollte keine für einen Besuch frisierte Sowjetunion kennenlernen. Länder muß man wie Frauen kennenlernen, wenn sie gerade aufgestanden sind.
Franco war anderer Ansicht. Er meinte – und ich sehe jetzt ein, daß er recht hatte –, daß ein oberflächliches Urteil den Delegierten teilweise selbst zuzuschreiben sei. Man muß wissen, was ein Festival ist, um zu verstehen, daß man vierzehn Tage in einer Stadt sein kann, ohne sie kennenzulernen. In Moskau fand ein Filmfestival mit täglich vier Vorführungen statt. Ein Welttheaterfestival gleichzeitig mit einer Olympiade und 325 Ausstellungen von Malerei, Fotografie, Volkskunst und Volkstrachten aus aller Welt. Ein Musik- und Tanzwettbewerb mit sechs Vorführungen täglich lief zur selben Zeit wie die Seminare über Architektur, bildende Künste, Film, Literatur, Medizin, Philosophie und Elektronik. Es gab Vorträge über eine Unzahl von Themen, die von Spezialisten des ganzen Planeten gehalten wurden. Jede bedeutende sowjetische Körperschaft organisierte einen Empfang für Gäste aus allen Delegationen. Jede einzelne der 382 Delegationen lud die anderen Delegationen zu einem Empfang ein. Die französische Delegation allein hatte – ohne die Kultur-, Sport- und Wissenschaftsvertreter zu zählen – fast 3000 Mitglieder. In den weniger vollgestopften Stunden konnte man wählen zwischen dem chinesischen Zirkus, einer Begegnung mit Pablo Neruda, einem Gang in den Kreml, einer Kostprobe der japanischen Küche, einer Einladung auf eine Kolchose, den tschechischen Marionetten, dem indischen Ballett, einem Fußballspiel zwischen Ungarn und Italienern oder einem privaten Interview mit einer schwedischen Delegierten. Das alles zusammengedrängt in den engen Rahmen von

vierzehn Tagen und in einer erdrückenden Stadt, in der man eine Stunde braucht, um irgendwohin zu kommen. Ich glaube ehrlich, daß einige Delegierte keine Zeit hatten, einen Russen zu sehen.

Franco meinte, daß man das Durcheinander nutzen könne. Man müßte die Veranstaltungen links liegen lassen und auf die Straße gehen, um mit den Leuten zu sprechen, die aus allen Winkeln der Sowjetunion gekommen waren, begierig, nach vierzig Jahren völliger Abgeschnittenheit vom Rest des Planeten mit den Ausländern zu sprechen. Es galt, zwischen dem Festival und einem wenigstens annähernd genauen Eindruck von der sowjetischen Wirklichkeit zu wählen. Wir opferten das Festival.

Während mich das sowjetische Visum sechs Jahre Beharrlichkeit gekostet hatte, erhielt ich das polnische Visum in zehn Minuten und ohne ein Wort zu sagen. Ich hatte es erreicht, in der angenehmen Begleitung von 22 Delegierten beim Internationalen Kongreß für Filmkunst als Beobachter zugelassen zu werden. Das Beglaubigungsschreiben war auf polnisch abgefaßt, so daß ich mit zwei Fotos auf dem Konsulat erschien und die Einladung auf den Schreibtisch des Pförtners legte. Durch die Bürotür hörte ich die Stimme des Konsuls, der mit Warschau telefonierte und meinen Namen recht willkürlich aussprach. Eine Viertelstunde später hatte ich das polnische Visum in der Tasche.

Jacqueline, deren Ferien zu Ende waren, kehrte nach Paris zurück. Franco stellte das Auto in einer Berliner Garage ab, und wir fuhren im Zug nach Prag weiter. Wir hatten kein tschechisches Visum. Die Reise dauerte fünfzehn Stunden, von denen wir allerdings vier an der Grenze in einem leeren Zug verbrachten, der einer strengen Kontrolle unterzogen wurde. Im letzten deutschen Dorf standen wir zwei Stunden, obwohl die Zollformalitäten in fünf Minuten erledigt waren. Gegen Abend setzte der Zug sich in Bewegung. Er verließ den Bahnhof langsam, langsamer als im Schrittempo, und fuhr so durch ein Dorf mit deutscher Beschilderung. Am anderen Ende des Dorfes hielt er vor einer Brücke mit einem roten Stoffetzen, auf den etwas in Tschechisch gepinselt war. Auf der Brücke stand ein halbes Dutzend Soldaten mit Maschinenpistolen. Der Zug setzte sich wieder in Bewegung, nachdem die Soldaten sich überzeugt hatten, daß niemand auf den Waggonachsen versteckt war. Dann verteilten sie sich zu beiden Seiten des Zuges und begleiteten ihn im Schritt auf einem im Gras verborgenen Pfad. Einen Kilometer weiter war der erste tschechische Bahnhof. Dort warteten wir weitere zwei Stunden.

Das einzig Bemerkenswerte waren die Musik aus den Lautsprechern und die in Eisenbahneruniformen gezwängten Frauen. Es ist nichts Besonderes, eine Frau in Hosen zu sehen. Aber es wirkt etwas seltsam, wenn man sie in einer ganzen Uniform mit Hemd, Krawatte und Männerschuhen und unter der Schirmmütze verstecktem Haarknoten sieht. Später stellte ich fest, daß der Dienst auf allen tschechischen Bahnhöfen von derart gekleideten Frauen versehen wird. Es war heiß. Meine Schwäche, Ähnlichkeiten zwischen den europäischen Dingen und meinen Dörfern in Kolumbien zu suchen, brachte mich auf den Gedanken, daß jener glühende, öde Bahnhof mit einem schlafenden Mann vor einem Karren mit Erfrischungen in bunten Flaschen nicht anders sei als die staubigen Bahnhöfe der Bananenzone von Santa Marta. Die Schallplatten bestärkten diesen Eindruck: Boleros von Los Panchos, Mambos und mexikanische Corridos. Der Bolero *Perfidia* wurde mehrmals wiederholt. Wenige Minuten nach der Ankunft übertrug man *Miguel Canaletas* von Rafael Escalona in einer beachtlichen Interpretation, die ich nicht kannte. Ich versuchte auszusteigen, um mir die Platten anzusehen, aber der Waggon war abgeschlossen. Eine Eisenbahnerin bedeutete mir durch Zeichen, daß ich nicht aussteigen könne, solange die Pässe nicht kontrolliert seien.

Die Zollbeamten waren zwei freundliche junge Männer in ta-

dellosen Sommeruniformen, leicht und bequem wie die des nordamerikanischen Heeres. Einer von ihnen sprach Französisch. Er verlangte unser tschechisches Visum. Ich sagte ihm, wir hätten keins, und der Beamte schien nicht überrascht. Nachdem er sich mit seinem Begleiter verständigt hatte, nahm er die Pässe mit. Später kam er zurück, um uns zu sagen, daß man mit Prag telefoniere. Nach einer halben Stunde hatten wir ein Transitvisum, das uns berechtigte, vierzehn Tage in Prag zu bleiben.
Jene Vereinfachung der Formalitäten stellte einen ersten Kontrast zum Bürokratismus Ostdeutschlands dar. Dann fanden wir weitere. Die Erfrischungen, das ausgezeichnete tschechische Bier werden in Pappbechern mit der gedruckten Anweisung verkauft: »Vernichten Sie diesen Becher nach Gebrauch.« Diese hygienischen Vorsichtsmaßnahmen findet man überall. Die Restaurants sind sauber, hell, effizient und die Toiletten besser als in jedem westeuropäischen Land. Viel besser – natürlich – als in Paris.
Als die Kontrolle beendet war, mußte sich irgendwo eine Tür geöffnet haben, denn aus den Unterführungen hastete eine Menschenmenge hervor, um in den Zug zu steigen. Die Männer waren in Anzüge guter Qualität gekleidet. Die weitaus meisten Frauen trugen Hosen, die für Männer gemacht waren, mit Hosenschlitz und den Knöpfen auf der rechten Seite. Vor allem die Kinder waren sorgfältig und geschmackvoll angezogen. Die mit Koffern und Gepäckstücken beladenen Militärs mit ihren Frauen und Kindern hatten sich unter die Menge gemischt.
Einen Augenblick später glitt der Zug durch ein Gebiet mit mechanisierter Landwirtschaft, das bis auf den letzten Zentimeter genutzt war. Überall sah man riesige, fertiggestellte oder in Bau befindliche Bewässerungsanlagen. In der Nähe von Prag traten Industriezentren an die Stelle der Äcker. In der ersten Nacht begegneten wir einem endlosen Güterzug mit neuen Autobussen und Landwirtschaftsmaschinen.

Franco versuchte, das Fenster zu öffnen. Ein etwa vierzigjähriger Tscheche, auf dessen Knien ein mit einem leichten Mantel zugedecktes kleines Mädchen schlief, beobachtete seine Bemühungen, die blockierte Scheibe herunterzuschieben. Er riet Franco auf französisch:
»Drücken Sie nach außen.«
Unser Reisegefährte erklärte uns, daß die Busse und die Landwirtschaftsmaschinen nach Österreich exportiert würden. Er sagte uns, die Tschechoslowakei liefere Maschinen an viele westliche Länder und die ganze sozialistische Welt, einschließlich der Sowjetunion. Er war ein Handelsvertreter, der aus Frankreich zurückkehrte, von seiner vierten Auslandsreise in diesem Jahr. Er erklärte uns, daß er kein Kommunist sei, daß die Politik ihn nicht kümmere, aber daß er sich in der Tschechoslowakei wohlfühle. Er habe kein Interesse daran, sein Glück in Amerika zu versuchen. Sein Paß hatte eine Beschränkung: Er konnte ihn nur für Reisen benutzen, die mit seiner geschäftlichen Tätigkeit zu tun hatten. Diesmal hatte man ihm erlaubt, seine zwölfjährige Tochter mitzunehmen, damit sie Paris kennenlernte. Mehrere Wochen später traf ich auf der Rückreise im Zug auch eine tschechische Familie, die in die Ferien fuhr. Ein Franzose gab dem Mann einen vertraulichen Hinweis: In Paris gebe es eine Stelle, wo man tschechisches Geld zu einem dreimal höheren Kurs als dem amtlichen tausche. Der Tscheche wies das Angebot zurück.
»Das schadet unserer Wirtschaft«, sagte er.
Ein Sonderfall, der im Gegensatz zu der Haltung einiger Freiberuflicher in Ostdeutschland steht. Dort beziehen die Theaterdirektoren und die Ärzte unverhältnismäßig hohe Gehälter. Der Staat erzieht sie, läßt sie in ihrem Fach ausbilden, und dann muß er sie hoch bezahlen, damit sie nicht in den Westen abwandern. Ich traf keinen Tschechen, der nicht mehr oder weniger mit seinem Schicksal zufrieden gewesen wäre. Die Studenten beklagten sich höchstens über die un-

nötige Kontrolle ausländischer Literatur und Zeitungen und über die Schwierigkeiten, ins Ausland zu reisen.
An dem Abend, an dem wir in Leipzig angekommen waren, hatte Franco geglaubt, unser erster Eindruck sei den äußeren Umständen zuzuschreiben: der traurigen Beleuchtung und dem Nieselregen. In Prag trafen wir um elf Uhr abends bei gleichem Nieselregen ein, und wir fanden eine lebendige, fröhliche Stadt vor, die genau der entsprach, die wir zwölf Stunden später an einem prächtigen Sommermorgen sahen. Das internationale Informationsbüro am Bahnhof schickte uns ins Hotel Palace, das beste von Prag. Dort informierte man uns darüber, daß es zwei Wechselkurse gebe: den normalen Kurs von ungefähr vier Kronen pro Dollar und den Touristenkurs, der doppelt so hoch ist. Der Unterschied bestand darin, daß man uns zum Touristenkurs sechzig Prozent in Bons gab, die nur im Hotel selbst eingelöst werden konnten. Nach unseren Berechnungen konnten wir für vier Dollar ein Zimmer mit Bad und Telefon und Vollpension nehmen. Das Abendessen wurde mit einem ausgezeichneten französischen Wein serviert, den man in den billigen Restaurants von Paris zu diesem Preis nicht findet.
Um Mitternacht gingen wir durch das Zentrum der Stadt. In den Cafés am Wenzelsplatz eine Flut von Musik, die sich mit dem Stimmengewirr der aus Kino und Theater kommenden Menschenmenge mischte. Während sie auf den offenen Terrassen unter den Bäumen Bier tranken, dachten diese Menschen an Spanien, nachdem sie die zwei in der letzten Saison ständig ausverkauften Vorstellungen gesehen hatten: *Tod eines Radfahrers*, den Film von Bardém, und *Mariana Pineda*, das Drama von García Lorca.
Eine Gruppe, die aus dem Kino kam, ging in ein Kabarett, das im selben Gebäude lag. Wir fragten nach den Preisen. Der Eintritt kostete fünf Kronen, und ein Bier kostete vier. Es war eines jener Kabaretts internationalen Typs, die im Sommer in Europa ein Vermögen kosten. Eine Sängerin mit einem De-

kolleté in Cinemascope sang die tschechische Version von Siboney.
Wir bestellten Bier. Ich trank meins langsam, während ich irgend etwas zu entdecken suchte, was mir erlaubte zu glauben, daß ich nicht in einer kapitalistischen Stadt war. Franco forderte ein Mädchen vom Nachbartisch zum Tanzen auf. Es war Dienstag. Die Kundschaft war nicht so gut gekleidet, wie sie es unter den gleichen Umständen in Italien gewesen wäre. Es war eher kolumbianische Mittelklasse beim Samstagsabendball. Als die Tanzfolge zu Ende war, kam Franco, um mir seine Partnerin vorzustellen. Die beiden unterhielten sich auf englisch. Wir luden sie ein, sich zu setzen. Sie ging an den Nebentisch, um sich mit ihren Begleitern zu besprechen, und kam mit ihrem Bierglas zu uns zurück. Ich sagte zu Franco:
»Ich finde nirgendwo einen Unterschied der Systeme.«
Er machte mich darauf aufmerksam: die Preise. Als ich aufstand, um zu tanzen, riet er mir: »Achte auf die Sängerin.« Ich tat es, während ich tanzte. Sie war platinblond, trotz ihrer Absätze sehr klein und trug ein marineblaues Abendkleid. Ich entdeckte nichts Auffälliges. Franco sagte nachdrücklich:
»Sieh dir ihre Fußspitzen an.«
Das also sollte ich sehen: Die Nylonstrümpfe hatten Laufmaschen an den Zehen. Ich protestierte: Man durfte keine Haarspalterei betreiben, um die Fehler eines Systems zu entdekken. In Paris gibt es eine Menge Männer und Frauen, die selbst im Winter in Zeitungen eingewickelt auf den Bürgersteigen schlafen, und trotzdem hat keine Revolution stattgefunden. Aber Franco bestand darauf, daß es eine wichtige Beobachtung sei. »Man muß Einzelheiten zu bewerten wissen«, sagte er. »Für eine Frau, die auf sich hält, ist ein Strumpf mit einer Laufmasche eine nationale Katastrophe.« Er trank sein Bier aus und kehrte auf die Tanzfläche zurück.
Er tanzte zwei Folgen, ohne an den Tisch zurückzukehren. Aus der Art, wie er tanzte, schloß ich, daß er sich gut mit

seiner Partnerin verstand, einem sehr schlanken, sehr zierlichen Mädchen mit Sinn für Humor. Sie verschwanden lange Zeit. Als sie an den Tisch zurückkamen, merkte ich, daß sie in der Bar etwas getrunken hatten, denn Franco war etwas blau. Er trank noch ein Bier. Dann raunte er seiner Partnerin mit vom Rausch zärtlicher Stimme ins Ohr, sie möge ihn ins Hotel begleiten. Sie lachte und Francos Zärtlichkeit nachahmend murmelte sie ihm ins Ohr:

»Geh an den anderen Tisch und frag meinen Mann um Erlaubnis.«

Die Atmosphäre entspannte sich. Später setzten sich beide Gruppen zusammen. Das Mädchen erzählte den Zwischenfall, und alle lachten. Franco erstarrte vor Scham, aber der Ehemann des Mädchens übernahm es, die Situation zu retten. Er schlug vor, daß wir uns von der Burg aus die Morgendämmerung ansehen sollten. Er kaufte zwei Flaschen polnischen Wodka, und um drei Uhr morgens gingen wir dann, mexikanische Corridos singend, die gepflasterten Gassen hinauf. Plötzlich setzte Francos Partnerin sich auf den Bürgersteig, zog die Strümpfe aus und steckte sie in die Handtasche.

»Man muß sorgfältig mit ihnen umgehen«, sagte sie zu uns. »Nylonstrümpfe kosten ein Vermögen.«

Überglücklich schlug Franco mir auf den Rücken. Ich verstand es. Es war dasselbe Entzücken, das ich in Nizza – dem teuersten Strand Europas – empfunden hatte, als ich entdeckte, daß mit der Flut die Abfälle der Stadt in dem Wasser hochkommen, in dem die Millionäre schwimmen.

17-8-59

Die Leute reagieren in Prag wie in jedem kapitalistischen Land

Prag hat die unverdaulichsten Einflüsse aufgenommen, ohne allzu dick zu werden und Magengeschwüre zu bekommen. Es ist ein Mittelding zwischen wohlbewahrtem Altertum und ausgewogener Gegenwart. Es gibt eine kleine Straße – das Goldmachergäßchen –, die eins der wenigen, mit Verstand gemachten Museen ist. Die Zeit hat es geschaffen. Im 17. Jahrhundert waren dort kleine Läden, in denen wunderbare Erfindungen verkauft wurden. Die Alchimisten versengten sich im Hinterzimmer die Wimpern bei der Suche nach dem Stein der Weisen und dem Lebenselixier. Die einfältige Kundschaft, die offenen Mundes auf das Wunder wartete – und gewiß Geld sparte, um das Lebenselixier zu kaufen, sobald es ins Schaufenster gestellt würde –, starb, während sie offenen Mundes wartete. Danach starben auch die Alchimisten und mit ihnen ihre wunderbaren Formeln, die nichts anderes waren als die Poesie der Wissenschaft. Jetzt sind die kleinen Läden geschlossen. Niemand hat sie verfälschen wollen, um die Touristen zu beeindrucken. Anstatt zuzulassen, daß Fledermäuse und Spinnweben sich dort ausbreiten, damit man den Häuschen ihr Alter ansieht, werden sie jedes Jahr in primitivem, kindlichem Gelb und Blau gestrichen und sehen weiter wie neu aus, allerdings ist das keine Neuheit von heute,

sondern vom 17. Jahrhundert. Es gibt keine gelehrten Schilder und Hinweise. Man fragt die Tschechen: »Was ist das?« und die Tschechen antworten mit solch einer Selbstverständlichkeit, daß man sich im 17. Jahrhundert fühlt: »Das ist das Gäßchen der Goldmacher.«
So ist Prag: Seine Altertümlichkeit erscheint nicht anachronistisch. In den Gassen der Altstadt befinden sich im selben großen alten Haus eine historische Bierstube mit Reproduktionen von Picasso und ein Geschäft mit elektrischen Rechenmaschinen. Man fragt die Tschechen, warum sie Picassos in einer alten Bierstube haben, und die Tschechen antworten: »Weil einige Leute Picasso mögen.« Die Gegensätze sind nicht unversöhnlich. Die Stadt besteht aus überlieferten Elementen, die behutsam und mit Methode und gutem Geschmack genutzt worden sind, wobei man nicht die Fäden dahinter sieht, wie man auch nicht die Fäden des Systems, des kommunistischen Regimes, der Revolution, der Industrie – die die ausgeglichenste von Europa ist – noch der tschechischen Marionetten sieht, die die besten der Welt sind.
Wir schlenderten mehrere Tage lang durch Prag und fanden kein gewichtiges Anzeichen, das uns anzunehmen gestattete, wir seien nicht in einer westeuropäischen Stadt. Da herrscht eine natürliche, spontane Ordnung ohne bewaffnete Polizisten. Es ist das einzige sozialistische Land, in dem die Leute nicht unter nervöser Spannung zu leiden scheinen und man nicht den – falschen oder richtigen – Eindruck hat, von der Geheimpolizei kontrolliert zu werden.
Der sowjetische Einfluß ist schwer abzuschätzen, obwohl es heißt, die tschechischen Herrscher seien die moskautreuesten. Der rote Stern ist auf den Lokomotiven, auf den öffentlichen Gebäuden, aber er wirkt nicht unecht. Wir sahen keinen einzigen sowjetischen Soldaten. Moskaus Marmor und niederdrückende Zuckerbäckerei haben Prags architektonische Einheit nicht zerstört. Es gibt ein starkes und dynamisches nationales Selbstbewußtsein, das sich in jedem Detail

offenbart und jenen Eindruck von amtlicher, freiwilliger, kriecherischer Unterwürfigkeit verwischt, den wir in Ostdeutschland sahen und später in Ungarn vorfinden sollten.
Vor wenigen Tagen fragten die Arbeiter einer Fabrik in Warschau Gomulka, warum die Volksdemokratien keinen so hohen Lebensstandard hätten wie die kapitalistischen Länder. »Nicht alle kapitalistischen Länder haben einen höheren Lebensstandard als die Volksdemokratien«, antwortete Gomulka. »Und zweifellos hat keines einen höheren als die Tschechoslowakei.« Ich habe keine Angaben, um das zu bestätigen, aber das Aussehen der Menschen, das allgemeine Erscheinungsbild der Straßen lassen vermuten, daß Gomulka nicht weit von der Wahrheit entfernt ist. In der Tschechoslowakei interessieren die Leute sich nicht sehr für Politik. In den anderen Volksdemokratien ist man geradezu davon besessen: Man spricht von nichts anderem. Bei den Studenten, mit denen wir häufiger Kontakt hatten, fiel uns auf, daß sie in erster Linie um ihre Kenntnisse bemüht waren und sich sehr wenig für Politik interessierten. Sie sagen frei heraus, daß sie nicht mit der Kontrolle der ausländischen Publikationen und der aufgezwungenen Isolation des Landes einverstanden sind. Einige – mit klaren politischen Überzeugungen – meinen, die Zensur sei in anderen Volksdemokratien notwendig, in der Tschechoslowakei aber absolut überflüssig. Wir hatten Gelegenheit, den Übersetzer von García Lorca kennenzulernen, einen Spanischlehrer, fünfunddreißig Jahre alt, unglaublich schüchtern und nervös, von großartiger intellektueller Ernsthaftigkeit. Er kennt gründlich die spanische Literatur und interessiert sich ganz besonders für den südamerikanischen Roman. Voller Begeisterung sprach er über zwei ins Tschechische übersetzte und in zwei Wochen restlos vergriffene Bücher: *Der Strudel* von José Eustasio Rivera und *Vier Jahre an Bord meiner selbst* von Eduardo Zalamea Borda.
Die Leute reagieren in Prag wie in jedem kapitalistischen Land. Das – was als Dummheit erscheinen könnte – ist inter-

essant, denn in der Sowjetunion reagieren sie anders. In Prag und in Moskau machten wir die Probe mit der Uhr. Sie ist einfach: Franco und ich stellten unsere Uhr eine Stunde vor, bestiegen eine Straßenbahn und fuhren stehend, uns an der Stange festhaltend, so daß unsere Uhren deutlich sichtbar waren. Ein Mann – fünfzig Jahre alt, dick, nervös – sah uns gelangweilt an. Plötzlich sah er auf meine Uhr: 12.30. Er erschrak. Mechanisch schob er seine Hemdmanschette hoch und las die Zeit auf seiner Uhr ab: 11.30. Er hielt die Uhr ans Ohr, stellte fest, daß sie ging, aber seine Augen suchten gierig und angstvoll rundherum nach der nächsten Uhr und fielen auf die von Franco. Auf der war es auch 12.30. Da bahnte er sich mit den Ellbogen einen Weg, stieg aus, bevor die Straßenbahn hielt, und verschwand hüpfend in der Menge.

In Paris und in Rom ist die Reaktion ebenso. In Moskau hatte ich die unmöglichsten Uhrzeiten, ging überall damit herum, und die Leute kamen, um auf die Uhr zu sehen, aber sie taten es mit einer andersgearteten Neugier. Dadurch brachten wir in Erfahrung, daß die Uhrenfabrikation in der Sowjetunion sehr niedrig ist. Wenige Leute tragen Uhren. Was ihnen an unseren auffiel, war ihr goldenes Äußeres, ihre Form, ihre Qualität, aber mir scheint, daß sie nicht auf die Idee kamen, auf die Zeit zu sehen. Die Sowjets bezahlten für eine Uhr, was man von ihnen verlangte. In den Prager Straßenbahnen leben die Leute ihre kleinen Probleme: Die Männer tun so, als ob sie die Frauen nicht sähen, um ihnen nicht ihren Platz anbieten zu müssen, die Frauen wühlen in der Handtasche herum, um Geld zu suchen, sie drücken nicht rechtzeitig auf den Halteknopf und beschimpfen dann den Fahrer. In Moskau lesen die Leute nicht automatisch die Zeitungen über die Schulter des Nachbarn hinweg mit: Die journalistische Aktualität erregt nicht sofort Interesse, bedeutet kein tägliches Aufschrecken wie im Westen. Die Moskauer – die auf der Straße gesprächig und mitteilsam

sind – fahren in der U-Bahn mit derselben Inbrunst wie die westlichen Frauen in der metaphysischen Straßenbahn der Fünf-Uhr-Messe.
In der Tschechoslowakei gibt es etwas Bemerkenswertes, ganz anders als das, was ich bis dahin gesehen hatte: die Militärs. Es ist überraschend, wie sehr sie ins Zivilleben integriert sind. Auf dem Bahnhof stehen sie Schlange, um Fahrkarten zu kaufen, mit Koffern und Kram beladen streiten sie sich mit den Zivilisten um einen Platz im Waggon, und sie legen die Mützen auf den Platz, um ihn zu reservieren, während sie mit den Kindern zur Toilette gehen. Sie wirken nicht wie Militärs, sondern wie Zivilisten, die sich als Militärs verkleidet haben. In Prag gehen sie mit ihren Frauen auf den Markt, an einer Hand das kleinste Kind und in der anderen die Tasche mit den Windeln und der Saugflasche. Ich sah einen Offizier, eine Mütze voller Tomaten in der Hand, während seine Frau den Reißverschluß einer Tasche zu öffnen versuchte, um sie hineinzutun. Ein anderer ließ seinen Sohn auf der Schulter reiten, damit er über die Menge hinweg ein Schaufenster mit Marionetten sehen konnte. Man könnte das für einen Mangel an beruflicher Würde halten. Es ist wohl eher ein mutiger Beweis für menschliche Würde.
Nachdem ich völlig ungehindert die Tschechoslowakei in allen vier Richtungen durchquert habe, ist mein Eindruck, daß das einzige, was an einem Ausländer auffällt, die Bluejeans sind. Die Leute blieben stehen, um frei heraus zu lachen, uns zu fragen, von welchem Planeten wir abgesprungen seien, und das wegen der Bluejeans. Die Tschechen haben nicht nur gute Kleidung, sondern legen offensichtlich auch großen Wert darauf, sich gut zu kleiden. Ich sah viele Frauen, die ebenso gut gekleidet waren wie in Paris. Ein normal gekleideter Ausländer kann unbemerkt bleiben. Das ist in der Sowjetunion und den übrigen Volksdemokratien anders, wo man einen sehr alten, sehr gewöhnlichen und sehr schlechtgeschnittenen Anzug tragen müßte, um nicht aufzufallen.

Franco blieb in Prag, weil er auf dem polnischen Konsulat keine Möglichkeit hatte, seine Reise zu begründen. Wir verabredeten, daß wir uns nach meiner Rückkehr treffen würden, um zusammen nach Moskau zu reisen. Ich glaube, daß mir seine scharfe Beobachtungsgabe in Warschau sehr fehlte. Im Waggon war ich in Gesellschaft eines alten Bauern mit seiner ganzen Familie – Frau und acht Kinder, drei Neffen und ein wenige Tage altes Ferkel –, die für sich allein das ganze Abteil einnahmen. Der Alte erzählte mir sein Leben, indem er mit dem Finger Zeichnungen auf der Fensterscheibe malte. Er lebte in einem sehr großen Haus wenige Stunden von der polnischen Grenze entfernt. In jener Gegend ist der Boden nicht kollektiviert, die Produktion ist individuell, aber der Staat stellt die Maschinen zur Verfügung und kauft die Produkte. Er lud mich zu Weihnachten zu sich nach Hause ein, um das Ferkel zu essen. Als er aus dem Zug stieg – auf einem ärmlichen und sehr sauberen Bahnhof –, ermahnte er mich durchs Fenster, auf den Paß zu achten: Die Polen seien sehr hinter Pässen her, um aus dem Land zu fliehen.
Je näher wir der polnischen Grenze kamen, um so weniger wurde die Zahl der Passagiere. Als es Nacht wurde, war ich ganz allein im Zug. Ich legte mich hin, um zu schlafen. Der tschechische Kontrolleur weckte mich, um meine Fahrkarte zu verlangen. Nachdem er forschend mein Gesicht betrachtet hatte, sprach er mich auf italienisch an. Er war während des Krieges in Mailand gewesen. Dort hatte er geheiratet. Jetzt hatte er vier Kinder, die unterschiedslos Tschechisch und Italienisch sprachen. Zwei von ihnen machten Ferien in Mailand, und die anderen waren in einem staatlichen Sommerlager. Da er nichts zu tun hatte, kaufte er auf dem nächsten Bahnhof zwei Dutzend Flaschen Bier und erzählte mir weiter bis zur Grenze sein Leben. Ich fragte ihn, ob er mit seinem Lande zufrieden sei, und er zeigte sein Goldzahnlächeln und sagte wörtlich: »*Qui siami tutti communiste, capisci?*« Auch er – und das machte mich besorgt – ermahnte mich spontan,

in Polen auf meinen Paß zu achten. »Die Polen sind keine Kommunisten«, erklärte er mir. »Sie sagen es zwar, aber sie gehen jeden Sonntag in die Messe.«
Auch diesmal mußten wir vier Stunden an der Grenze warten. Es ist zum Verzweifeln: In Westeuropa nimmt man die Grenzen wahr, weil die Sprache auf den Schildern wechselt. Die Züge halten nicht an. Die Europäer brauchen nur für sehr wenige Länder Visa, und die Franzosen können sogar ohne Paß, nur mit dem Personalausweis, in Italien einreisen. Hinter dem Eisernen Vorhang ist ein Grenzübertritt ein Ereignis. Beim Betreten des Landes muß man sein Geld angeben, und beim Verlassen die Umtauschbelege der Bank vorzeigen, damit die Behörden wissen, daß man nicht mit dem ausländischen Geld spekuliert hat. Aber selbst diese Formalitäten dauern nicht länger als zehn Minuten. Die Züge warten zwei Stunden auf dem letzten Bahnhof eines Landes, überqueren die Grenze unter militärischer Bewachung und bleiben weitere zwei Stunden auf dem ersten Bahnhof des anderen Landes stehen.
Auf polnischem Gebiet mußten die Beamten, die meinen Paß verlangten, bemerkt haben, daß es sich um ein Sondervisum handelte – was ich nicht wußte –, denn sie wollten mein Beglaubigungsschreiben für den Filmkongreß sehen. Sie nahmen alle Papiere mit. Einen Augenblick später kam ein Beamter, der Französisch sprach, und ließ mich in einen polnischen Waggon umsteigen. Ich protestierte: Die polnischen Waggons sind die unbequemsten ganz Europas. Der Beamte erklärte mir, der Wechsel sei unumgänglich. Er notierte die Nummer des Platzes, auf den ich mich gesetzt hatte, und ermahnte mich beim Abschied:
»Verlassen Sie nicht diesen Platz. Warten Sie in Warschau, bis alle ausgestiegen sind.«
Im Laufe der Nacht wurde ich mehrmals von Reisenden geweckt, die sich auf ihren Plätzen einzurichten suchten, ohne Licht zu machen. Bei Tagesanbruch war der Ersteklassewag-

gon voller Leute, die wie in einem Waggon vierter Klasse gekleidet waren, die Netze waren vollgestopft mit Koffern und Gepäckstücken, die mit Bindfäden zusammengebunden waren. Die meisten begannen bei Sonnenaufgang, vor vier Uhr morgens, zu lesen. Zwei Passagiere – ein Mann und eine Frau – lasen Romane von Jack London. Eine Frau in einem guten, aber abgetragenen Schneiderkostüm und mit einem bis auf die Wimpern heruntergezogenen Hut eines Stummfilmvamps sah mit indiskreter Beharrlichkeit auf meine Uhr. Später bemerkte ich, daß nicht nur sie, sondern auch die lesenden Leute hin und wieder die Lektüre unterbrachen, um auf meine Uhr zu sehen.

Gegen acht öffneten sie ihre Frühstückspakete: Schwarzbrot, Wurst und Obst. Einige machten Konservendosen auf. Ich hatte weder Proviant noch polnisches Geld, so daß ich dem Gemeinschaftsfrühstück mit dem entsetzlichen Verlangen zusah, in Italien zu sein, wo die Dritter-Klasse-Passagiere das Essen unter den Mitreisenden aufteilen. Die Polen aßen schweigend. Sie hoben den Kopf, um zu kauen, während sie meine Uhr mit dem ebenso vagen wie konzentrierten Blick betrachteten, mit dem man einen Film ansieht. Ich verbarg meine Unbehaglichkeit, indem ich auf die Felder hinaussah, die so arm, so anders als die in der Tschechoslowakei waren. Die wenigen landwirtschaftlichen Maschinen waren sehr alt, und viele Bauern – meistens Frauen – bearbeiteten den Boden mit primitiven Geräten. Bevor wir in Warschau ankamen, fragte mich die Frau mit dem Hut unversehens, ob ich Französisch spräche. Meine Stimme war im Waggon ein Ereignis. Die Bücher wurden geschlossen. Es gab nicht das geringste Anzeichen von Feindseligkeit, sondern neugieriges Interesse in ihren Blicken. Sie fragte mich nach meiner Nationalität. Ich weiß nicht, ob die Polen die Südamerikaner besonders schätzen oder ob sie davon überzeugt sind, daß wir am Verhungern sind, aber jedenfalls hatten sie alle, als ich meine Nationalität offenbarte, den gleichen Reflex: Sie öffneten ihre

Pakete und überhäuften mich übertrieben und rührend großzügig mit Eßwaren. Die Frau mit dem Hut übersetzte mir eine Frage des Mannes, der Jack London las:
»Sind Sie reich?«
Die anderen warteten auf die Antwort. Als ich verneinte, schienen sie nicht enttäuscht zu sein, nur ungläubig. Die Frau beharrte darauf, daß ich märchenhaft reich sein müsse, weil ich eine goldene Uhr trüge. Ich erklärte, daß sie nur vergoldet sei. Zum Beweis kratzte ich mit einem Taschenmesser an dem Goldbelag, aber sie schienen nicht überzeugt. Der Dialog war sehr herzlich. Trotzdem weiß ich bis heute nicht, an welchem Punkt ich einen Fehler beging. Irgendwann begannen die Polen sich untereinander zu unterhalten. Ich war vom Bier etwas benommen. Ich erinnere mich nicht mehr, was ich sagte, aber ich weiß, daß sie mir keinerlei Aufmerksamkeit mehr schenkten. Sie wirkten sogar feindselig. Bis zum Ende der Reise richteten sie kein Wort mehr an mich, nur noch einmal auf dem Warschauer Bahnhof. Sie begannen damit, ihre Koffer aus den Fenstern zu werfen. Ich blieb sitzen, wie der Zollbeamte mir bedeutet hatte. Ich hatte keine Adresse. Ich hatte vor, ins erstbeste Hotel zu gehen und dann die Organisatoren des Kongresses aufzusuchen. Das Mädchen, das als letzte den Waggon verließ, wunderte sich darüber, daß ich sitzenblieb, und sagte etwas auf polnisch zu mir. Ich konnte nur ein Wort verstehen:
»Warsawa.«
Ich gab ihr durch Zeichen zu verstehen, ich wüßte, daß wir in Warschau seien, ich aber an meinem Platz bleiben müsse. Sie redete auf mich ein. Ich zuckte die Schultern, und sie tat genau das gleiche. Als sie ausgestiegen war, knallte sie die Abteiltür zu.
Als der Zug leer war, kam ein sehr junger, blonder, sehr sauberer, nach italienischer Mode gekleideter Mann direkt zu mir herein. Er begrüßte mich in perfektem Spanisch mit leicht argentinischem Tonfall. Er hieß Adam Waclawek und war in

einer Warschauer Zeitung für südamerikanische Angelegenheiten zuständig. Von der Grenze aus waren meine Personalien durchgegeben worden, und man hatte wohl angenommen, der beste Dolmetscher für einen südamerikanischen Journalisten sei ein polnischer Journalist, der lange Zeit in Argentinien verbracht hatte und die Lage in Südamerika bestens kannte.

Er fuhr mich zum Hotel. Durch das Autofenster sah ich eine kahle Stadt mit großen Gebäudelücken, aber mit sehr viel Menschen. Alles war vollkommen trocken, aber mir kam es vor – ich weiß nicht, warum –, als ob es in Warschau viele Jahre lange ununterbrochen geregnet hätte. Als wir am Kulturpalast – einer 36stöckigen Sahnetorte – vorbeikamen, sagte Adam Waclawek in undefinierbarem Ton: »Das ist ein Geschenk der Sowjetunion.« Ich weiß bis heute nicht, ob es ein Lob oder eine Entschuldigung war. Später erkannte ich ein neues fünfstöckiges Gebäude wieder, das einzige von Warschau, dessen Foto in allen Eisenbahnwaggons und in den Konsulaten im Westen zu sehen ist. »Das ist ein staatliches Kaufhaus«, informierte mich der Dolmetscher spontan. Ich hatte den Eindruck, daß er litt. Zumindest in dem Bezirk, den wir durchquerten, gab es nichts zu sehen. Es herrschte eine schmerzliche Trostlosigkeit. »Eine schöne Stadt«, sagte ich, ich weiß nicht, warum, aber wahrscheinlich, weil ich Adam Waclaweks stumme Pein nicht länger ertragen konnte. »Das ist nicht wahr«, sagte Adam Waclawek. »Man kann noch nicht einmal sagen, daß es eine Stadt ist.« Dann erzählte er mir vom Wiederaufbau: Die Nazis hatten keinen Stein auf dem andern gelassen. Ich muß gestehen, daß Adam Waclawek an diesem Vormittag kein Glück hatte. Auf dem Weg vom Bahnhof zum Hotel war nämlich am wenigsten wiederaufgebaut worden.

Im Hotel Bristol war ein Zimmer reserviert, und in der Hotelverwaltung lag ein Umschlag mit 300 Zlotys. Ich machte mir nicht die Mühe, ihren Gegenwert in Dollars auszurechnen, aber sie reichten bequem für die kleineren Ausgaben während meines Aufenthaltes in Polen. Adam Waclawek brachte mich in meinem Zimmer unter, gab mir einige vorläufige Anweisungen und kündigte mir an, daß er mich nach dem Mittagessen abholen würde. Ich glaube, das trug dazu bei, daß ich mich wegen des Biers nicht wohlfühlte: der Eindruck, daß der Dolmetscher den Auftrag hatte, mich zu überwachen. Alles funktionierte mit verdächtiger Perfektion. Ich zog mich schnell um und verließ das Hotel mit dem Vorsatz, Warschau auf eigene Rechnung und Gefahr kennenzulernen.

24-8-59

Mit offenen Augen durch ein aufrührerisches Polen

Eine Zeitlang hatte ich die Vorstellung, daß in Warschau die Menschenmassen im Gänsemarsch gehen und Küchengeschirr, leere Dosen, Metallgegenstände aller Art hinter sich her schleppen, die auf dem Pflaster einen mißtönenden und anhaltenden Lärm verursachen. Später fand ich eine objektive Erklärung für jenen alptraumhaften Eindruck. In Warschau gibt es sehr wenige Autos. Wenn nicht gerade die alten, renovierten Straßenbahnen vorbeikommen, die unter der Last der zu vielen Fahrgäste hin und her schwanken, gehört die breite Marszalkowa-Allee ganz und gar den Fußgängern. Aber die dichte, schäbig gekleidete Menge, die mehr Zeit damit verbringt, die Schaufenster anzusehen, als in den Geschäften etwas zu kaufen, geht gewohnheitsgemäß auf dem Bürgersteig. Man hat den Eindruck, daß sie im Gänsemarsch marschiert, weil sie sich nämlich nicht auf der leeren Straße verteilt. Es gibt weder Pfiffe noch Explosionsmotoren noch Straßenausrufer. Man hört einzig und allein das Geräusch der Menge; ein anhaltender Lärm von Küchengeschirr, leeren Dosen und Metallgegenständen aller Art.

In einigen Bezirken verliert sich dieser Eindruck durch die Lastwagen mit Lautsprechern, die Volksmusik und vor allem – wieder einmal – südamerikanische Lieder übertragen. Aber

diese gezwungene, verordnete Fröhlichkeit spiegelt sich nicht in der Menge wider. Vom ersten Augenblick an merkt man, daß das Leben der Leute hart ist, daß sie unter den großen Katastrophen sehr gelitten haben und daß es ein nationales Drama winziger häuslicher Probleme gibt. Die Geschäfte sind so dürftig wie in Ostdeutschland bis auf die Buchhandlungen, die die modernsten, luxuriösesten, saubersten und besuchtesten Läden sind. Warschau ist voll von Büchern, deren Preise unglaublich niedrig sind. Ein sehr geschätzter Autor ist Jack London. Es gibt Lesesäle, die von acht Uhr morgens an geöffnet und besetzt sind, aber die Polen begnügen sich nicht nur damit, dort zu sitzen, sondern sie füllen alle Lücken des Lebens mit Lektüre. In den Schlangen, um auf die Straßenbahn zu warten – die sich den ganzen Tag lang bilden – oder um die Artikel des täglichen Bedarfs zu kaufen, lesen die Polen Bücher, Zeitschriften, offizielle Propagandabroschüren mit einer Versunkenheit, die etwas Religiöses hat.
Ich konnte nicht begreifen, was so viele Leute auf der Straße tun. Die Arbeitslosigkeit ist in Polen nachweislich kein Problem. Aber die Menschen verbringen das Leben vor den Schaufenstern. Die staatlichen Kaufhäuser bieten neue Sachen an, die alt aussehen und teuer sind. Die Leute drängen sich vor den Türen, bevor geöffnet wird. Ich verbrachte mehrere Stunden inmitten der dichtgedrängten Kundschaft des fotogensten Warenhauses von Warschau, die Rolltreppen hinauf und hinunter fahrend, und ich kann sagen, daß die Leute durch das ganze Kaufhaus laufen und mit leeren Händen herauskommen. Es ist so, als wäre dies auch eine Art einzukaufen, wenn man sich davon überzeugt, daß das Geld nicht reicht, um etwas zu kaufen.
Die Priester und Nonnen mischen sich, proportional gesehen, in ebenso beachtlicher Zahl unter die Menge wie in Rom. Man findet sie überall, bei politischen Vorträgen, kulturellen Veranstaltungen oder in den Buchläden beim Durchblättern einer Zeitschrift mit Stalins gewaltigem Schnurrbart auf der

Titelseite. In der Marszalkowa-Allee sah ich überrascht einen mit Glühbirnen gekrönten Christus, zu dessen Füßen zwei Öllämpchen brannten. Einige Passanten blieben kurz vor ihm stehen, um sich zu bekreuzigen. Später sollte ich mich an solche Heiligenfiguren mitten in einer sozialistischen Hauptstadt gewöhnen. Es gibt Marienstandbilder, die gerade erst errichtet worden sind. Eines der ersten wiederaufgebauten Gebäude war die Kathedrale. Die Kirchen sind den ganzen Tag geöffnet, und von der Straße aus sieht man die Wähler des Sekretärs der Kommunistischen Partei, Wladyslaw Gomulka, mit ausgebreiteten Armen vor Christus auf dem Boden liegen. Am Ende unseres touristischen Rundgangs durch die Warschauer Kathedrale richtete sich eine mit lauter Stimme vor dem Hochaltar betende Frau auf, als wir vorbeikamen, und bat uns um ein Almosen. Ich muß dazu sagen, daß sie die einzige bettelnde Person war, die ich hinter dem Eisernen Vorhang sah.
Man hat allgemein den Eindruck von einer bitteren Armut. Ergreifender als in Ostdeutschland und in Ungarn. Aber eine Tatsache spricht für die Polen: Anhaltenden Entbehrungen ausgesetzt, vom Kriege zugrunde gerichtet, von den Erfordernissen des Wiederaufbaus und den Fehlern der Regierenden ausgezehrt, suchen sie dennoch mit einer gewissen Würde zu überleben. Sie sind geflickt, aber nicht zerlumpt. Sie sind unbeschreiblich arm, aber man sieht, daß sie der Armut mit einem Trotz die Stirn bieten, der in Ostdeutschland zumindest nicht sichtbar ist. In ihren alten Kleidern und ihren abgetragenen Schuhen bewahren die Polen eine Würde, die Achtung einflößt.
Warschaus Wiederaufbau ist eine fast beispiellose nationale Anstrengung. Das Ghetto ist jetzt ein öder und kahler Platz, glatt wie ein Schlachtertisch. So sah das Stadtzentrum am Morgen der Befreiung aus. Es gab nicht nur keine Stadt; es gab nicht einmal Polen. Diejenigen, die geblieben waren – unterstützt von denen, die später repatriiert wurden –, be-

harrten darauf, Stein für Stein eine Stadt wiederaufzubauen, in der kein Stein auf dem andern geblieben war, und sie taten es mit einer Art rachsüchtiger Wildheit, mit derselben symbolischen Tollkühnheit, mit der die polnische Kavallerie säbelschwingend gegen Hitlers Tanks anritt. Zuerst wurde die Stadt auf dem Papier wiederaufgebaut: Pläne, Fotografien, historische Dokumente. Eine Kommission von Akademiemitgliedern überwachte die Authentizität des Wiederaufbaus, damit die neue Stadt genauso wurde wie die alte. Um die mittelalterliche Mauer wieder zu errichten, mußte eine besondere Sorte von Ziegelsteinen hergestellt werden, deren Formel seit Jahrhunderten verschollen war.
Diese nach Fotografien errichtete Stadt wirkt ganz eigenartig. Die mittelalterlichen Straßen riechen nach frischer Farbe. Die 400jährigen Fassaden sind noch nicht ganz fertig. Auf den Gerüsten stehen 1925 geborene Maler, die vergessene Techniken und Formeln neu erfinden mußten, um Wandbilder neu zu malen, die morgen vormittag 300 Jahre alt sein werden. Dieses titanische Unternehmen ist auf Kosten von Brot und Schuhen verwirklicht worden.
In Warschaus architektonischer Einheit gibt es einen Mißton: der Kulturpalast, ein Geschenk der Sowjetunion und getreue Kopie des Erziehungsministeriums in Moskau. Die Polen – mit denen man nicht über die Russen sprechen kann, weil sie sogleich zu schimpfen anfangen – werden ihn am Ende in die Luft sprengen. Man sagt, Stalin habe ihn, ohne Polen nach seiner Meinung zu fragen, als Dank an die Regierenden, die Warschaus größten Platz nach ihm benannt hatten, dorthin setzen lassen. Jetzt heißt der Platz »Platz der Kultur«, aber der Palast steht immer noch da, unerschütterlich stalinistisch mit dem roten Stern obendrauf. In jenem ungeheuren leeren Protzbau, wo man sich ebenso leicht verirrt wie in der Basiliuskathedrale von Moskau, gibt es Vortragssäle, Theater, Kinos, haben kulturelle Organisationen ihren Sitz. Im Sommer installiert die Regierung samstags abends ein Lautsprecher-

system, aus dem Jazz ertönt, nach dem die Jugend bis ein Uhr tanzt. »Alle unsere Bemühungen sind zum Teufel«, sagte mir ein Geschichtsprofessor, der am Wiederaufbau mitgearbeitet hatte. »Der Kulturpalast ist ein Querschuß in unsere Tradition.«

Einige Polen glauben nicht einmal daran, daß er ein Geschenk ist. Sie denken, daß die vorherige Regierung ihn baute, um Stalin zu schmeicheln. Wer ihn für ein Geschenk hält, sieht darin einen weiteren Anlaß, den Russen zu grollen; als der Kulturpalast gebaut wurde, lebten die Polen wie Ratten in den Mauerresten der zerstörten Häuser. Man begreift nicht, warum die Sowjetunion ein so teures und so unnützes Geschenk zu einem Zeitpunkt machte, da Polen unter Wohnungsnot litt – wie noch heute. Nach Gomulkas Amtsantritt – das Land genießt seitdem Meinungsfreiheit –, wurde ein öffentlicher Prozeß gegen den Kulturpalast eröffnet, der noch nicht abgeschlossen ist. Vor wenigen Wochen wurde Gomulka bei einer Demonstration gefragt: »Stimmt es, daß der Kulturpalast ein Geschenk der Sowjetunion war?« Gomulka zieht es vor, dieses Thema nicht anzuschneiden. »Es stimmt«, antwortete er und kam jedem boshaften Kommentar zuvor: »Einem geschenkten Gaul sieht man nicht ins Maul.«

Eines Abends fand ich im Hotel eine Nachricht von Adam Waclawek. Ich mußte sie falsch verstanden haben, weil ich glaubte, es handle sich um einen Vortrag. Mir blieb keine Zeit, um zu essen. Ich nahm ein Taxi, zeigte dem Chauffeur die Adresse, und er setzte mich kommentarlos vor einem düsteren, von Bäumen umringten Gebäude in der Umgebung Warschaus ab. Es war ein Fest in Galakleidung. Ich trug Bluejeans, aber ich machte mir wegen einer solchen bürgerlichen Kleinigkeit keine Gedanken, denn ich hatte gehört, daß man in den Volksdemokratien an den Festen teilnehmen könnte, wie man wollte. Vor drei Jahren hatte die sowjetische Delegation auf dem Festival von Venedig die Journalisten zu einem

Empfang ins Hotel Excelsior eingeladen. Jene, die sich im sommerlichen Hemd präsentierten, wurden am Eingang von einem livrierten Bediensteten zurückgewiesen. »Wenn Sie nach Moskau fahren, können Sie hereinkommen, wie Sie wollen«, sagte uns ein Delegationsmitglied. »Hier verlangt man einen Gesellschaftsanzug, und wir respektieren die Gewohnheiten des Landes.« In Warschau wird diese Regel nicht eingehalten, die ich leider für einen doktrinären Grundsatz gehalten hatte. Die Männer waren schwarz gekleidet, und die Damen in aus französischen Zeitschriften kopierten Modellen hatten sich mit ihren ganzen Schmuckkästen behängt.
Mir blieb keine Zeit, ins Hotel zurückzukehren. Adam Waclawek versicherte mir, die Sache habe keine Bedeutung, so daß ich mich zusammen mit den anderen Gästen an einen langen Tisch setzte, auf dem es viele eßbare Dinge und vor allem viele Flaschen von jenem verteufelten 46prozentigen polnischen Wodka gab. Die Männer küßten den Frauen die Hand. Daran, wie die Frauen die Hand reichten, fiel mir auf, daß sie auch von uns Ausländern erwarteten, daß wir sie ihnen küßten. Sogar die polnischen Gruppen sprachen Französisch untereinander. Die Themen der Unterhaltung schienen mir nicht spontan zu sein. Man hatte den Eindruck, als ob jeder vor allem daran interessiert sei, den übrigen zu zeigen, daß er ein besseres Französisch spreche und die ausgefallensten Themen gründlich beherrsche.
Wenig später sah ich, daß es in dieser Atmosphäre heruntergekommener Aristokratie eine demokratische Ecke gab: Die Chauffeure der Dienstwagen waren auch auf dem Fest. Sie mischten sich nicht unter die übrige Gesellschaft. Ich ging zu ihnen hinüber, nicht, weil ich etwas gegen die polnische Gewohnheit, den Damen die Hand zu küssen, gehabt hätte, sondern weil es mir ein historischer Widerspruch zu sein schien, es in Bluejeans und Tropenhemd zu tun. Die Chauffeure waren so angezogen wie wir, die Chauffeure der ganzen Welt, uns anziehen, und ich fühlte mich heimisch. Ich nahm

sogar an der Unterhaltung teil, in jenem reinen und flüssigen Polnisch, das jeder nach dem dritten Wodka zu sprechen imstande ist.
Als die Dünste des Alkohols sich verdichteten, mischte sich die Gesellschaft. Da küßten auch die Chauffeure den Damen die Hand. Ich kam nicht darum herum. Später sollte ich feststellen, daß jene Gewohnheit, die ich für ein Überbleibsel der enteigneten Klassen gehalten hatte, in allen Bereichen des polnischen Volkes fortbesteht. Der Sozialismus – der allen dieselben Rechte gegeben hat – hat nur die Möglichkeiten erweitert: Jetzt können wir Chauffeure den Damen die Hand küssen. Unvergeßlich ist die Verlegenheit von Oberst Webbs, dem Delegierten der Kongreßbibliothek in Washington, einem platingrauen und praktischen Amerikaner, der mit zwei Wäschegarnituren aus Nylon in einer PAA-Reisetasche angereist war und irgendwann während des Festes zu mir kam und sagte: »Wenn ich gewußt hätte, daß es sich darum handelte, die Hand zu küssen, wäre ich mit Bronchopneumonie im Bett geblieben.«
Mir kam es allerdings so vor, als ob jene Vermischung von Juwelen und Explosionsmotoren in Polen vor dem dritten Wodka nicht möglich wäre. Die Angehörigen der alten Aristokratie, die noch in Krakau – einer hermetisch konservativen Stadt – leben, verschanzen sich in ihren privaten Residenzen vor dem Ansturm des Proletariats. Einige von ihnen arbeiten mit dem Regime zusammen. Sie nehmen an den Empfängen teil und runzeln die Stirn, wenn sie ihrem Minister, dem Sohn eines Schusters aus Zakopane, oder einer führenden Persönlichkeit der Industrie begegnen, die man mit dem Kran aus einer Zeche herausgeholt hat. Das Proletariat hat seinerseits seine Schüchternheit auch noch nicht völlig überwunden.
Der Speisesaal des Hotels Bristol ist für Facharbeiter nicht teuer. Samstags abends lassen sie sich mit ihren in glänzendes Rosa gekleideten Frauen an einem Tisch nieder und wissen

nicht recht, wohin mit ihren Händen. Manchmal beschäftigen sie sie, indem sie den Takt der Walzer schlagen, die ein Orchester im Abendanzug spielt. Man sieht ihnen an, daß sie sich nicht wohl fühlen, daß sie jene Serviettenatmosphäre nicht mögen und erschrecken, wenn ein Sektkorken hochgeht. Die Enteigneten lächeln verstohlen und wagen gegenüber Ausländern zu sagen, die Revolution zünde in Polen nicht, weil die Arbeiter einen Minderwertigkeitskomplex hätten.

Kurz vor Ende des Festes gab ein sehr nervöser Pole den Chauffeuren einige Anweisungen. Mir selbst gab er auch einige, die ganz besonderer Art sein mußten, weil die Chauffeure in Lachen ausbrachen. Ihm ging auf, daß ich kein Polnisch sprach, ich stellte mich vor, und dann prüfte er meinen Aufzug, umarmte mich mit einem jener Begeisterungsausbrüche, zu denen nur die Polen und die Russen fähig sind, und sagte zu mir: »Sie sind ein wahrhafter Kommunist, Kamerad.« Mit einer Miene verachtungsvoller Überlegenheit wies er diskret auf den Rest der Gesellschaft.

»Jene nicht«, fügte er hinzu. »Das sind Mitläufer, weil es für sie von Vorteil ist oder weil ihnen nichts anderes übrig bleibt.«

Er war Direktor einer Kunstzeitschrift. Er machte mit mir ein Interview über kolumbianische Volksmusik, und wenige Tage danach fand ich im Hotel einen Umschlag mit seiner Karte und der Bezahlung für das Interview: 200 Zloty. An dieses Geld sollte ich mich erst eine Woche später an der Grenze erinnern.

Der ungarische Delegierte war ein netter, etwas bärenhafter Alter voller Ungereimtheiten und Nierenschmerzen, den ich wegen seines Namens aufzog: Andrea. Er sprach etwas Italienisch. Bei Tisch saß er neben mir. Ich beobachtete, daß er überall von einem jungen, unauffälligen und sympathischen Ungarn begleitet wurde, der sich als sein Dolmetscher ausgab und tatsächlich vier Sprachen sprach, aber seine Funktionen nicht zu erfüllen schien. Eines Abends brauchte ich eine Schreibmaschine und bat Andrea – Herrn Andrea –, mir seine zu leihen. Er besprach sich mit seinem Dolmetscher. Dieser gab seine Genehmigung und ging mit uns hinauf ins Zimmer, um die Maschine zu holen. Als die Hotelverwaltung den Paß verlangte, hatte Andrea seinen nicht. Sein Dolmetscher hatte ihn. Bei der ersten Gelegenheit fragte ich ihn, was es mit jenem Geheimnis auf sich habe. Mit fünfundsiebzigjähriger Naivität fragte mich Herr Andrea, ob ich kein Kommunist sei. Dann enthüllte er mir das Geheimnis: Der Dolmetscher war ein Kriminalbeamter. Herr Andrea ist eine Autorität auf dem Gebiet der Kinofilmgeschichte. Obwohl er staatlicher Funktionär ist, schickte ihn die ungarische Polizei – die ihm durchaus nicht vertraut – mit einem Kriminalbeamten nach Warschau. Es galt zu verhindern, daß der Alte den Paß benutzte, um auf die andere Seite des Eisernen Vorhangs zu fliehen. Der gute orthodoxe Bursche, der des offiziellen Vertrauens würdig war, gab ihm sogar das Zigarettengeld mit einer gewissen mütterlichen Fürsorge, mit derselben Zärtlichkeit, mit der er einem Alten, der sein Großvater sein konnte, die Brust gegeben hätte.

Das war der einzige Fall polizeilicher Kontrolle, an den ich mich in Polen erinnere, und er sagte nichts über die polnische Situation aus, sondern über die ungarische. Im Gegenteil, es ist erstaunlich, mit welcher Freiheit die Polen sich über ihre Regierung aussprechen. Gomulka ist unberührbar. Aber er ist der einzige. Im Kulturpalast wird von einer Experimentiergruppe ein Stück aufgeführt, das von einem Studenten geschrieben wurde und eine Satire auf die Minister mit deren eigenen Namen ist.

Nicht einmal in der Sowjetunion – wo der Elan der Jugend unbestreitbar ist – läßt sich ein so heftiger jugendlicher Aufruhr verzeichnen wie in Polen. Er ist stärker oder zumindest hysterischer als in irgendeinem westeuropäischen Land. Anders als in der Tschechoslowakei nehmen die polnischen Stu-

denten aktiv an der Politik teil. Alle studentischen Zeitungen und Zeitschriften – seit Gomulkas Amtsantritt erscheint jeden Monat eine neue – mischen sich direkt in die Regierungsangelegenheiten ein. Die Universität ist ein Pulverfaß. Die Lage spitzte sich derart zu, daß die Regierung die Zeitung *Po Prostu* schloß. Es war ein moralischer Schlag für die Studentenschaft, die ihre Flitterwochen mit der Pressefreiheit benutzt hatte, um nach allen Seiten hin zu schießen. Die Maßnahme hat heftige öffentliche Demonstrationen zur Folge gehabt.
Ich glaube nicht, daß es eine Vereinfachung ist, wenn man jene intensive studentische Aktivität mit der Zahl der Buchläden, dem Preis der Bücher und der Lesewut der Polen in Verbindung bringt. In Ungarn kommentierte ein Kommunist: »Polen ist keine Volksdemokratie. Es ist eine kulturelle Kolonie Frankreichs, und man hat nichts weiter getan, als den sowjetischen Einfluß abzuschütteln, um zum französischen Einfluß zurückzukehren.« Den Ungarn wird es voll zurückgegeben. Ein polnischer Kommunist kommentierte: »Die ungarischen Kommunisten sind freiwillige Sklaven der Sowjetunion, engstirnig, dogmatisch, mit allen Lastern des Antimarxismus.« Ein polnischer Kommunist umarmte in Budapest einen ungarischen Kommunisten: »Wir sind überwältigt«, sagte er zu ihm, »von der großartigen Revolution, die das ungarische Volk im Oktober gemacht hat.« Der Ungar wurde rot vor Zorn. »Das war keine Revolution«, protestierte er. »Das war eine von der Reaktion angezettelte Konterrevolution.« So geht es in der Familie zu. Beide waren sich hingegen einig über die Tschechoslowakei. »Das einzige, was die Tschechen interessiert«, sagten sie, »ist verkaufen.« Ich sagte ihnen, daß die Tschechoslowakei nach meiner Ansicht die einzige solide Volksdemokratie sei. »Das ist keine Volksdemokratie«, erwiderten sie. Als Grund gaben sie an – ich weiß nicht, ob es stimmt oder ob sie mich nur auf ihre Seite bringen wollten –, daß die Tschechoslowakei Waffen an Rojas Pinilla verkauft habe.

Abgesehen von jenen häuslichen Differenzen, ist es offensichtlich, daß die Tschechoslowakei und Polen die einzigen sozialistischen Länder sind, die nach Westen blicken. Erstere mit sehr viel Takt gegenüber den Sowjets, indem sie nach rechts und nach links verhandelt. Sie hat Handelsbeziehungen mit fast allen westlichen Ländern. Sie ist die einzige Volksdemokratie, in der es einen kolumbianischen Konsul gibt, der allerdings nicht im Prager Telefonbuch steht. Polen dagegen wendet sich voll Ungestüm nach Westen, mit törichtem Geschwätz gegen dieRussen und allem Anschein nach aus rein kulturellen Gründen. Der Französischunterricht ist weiterhin Familientradition. Es gibt Arbeiterfamilien – ehemalige Emigranten in Frankreich –, die ihre Kinder Französisch lehren, bevor sie in der Schule Polnisch lernen. In allen öffentlichen Gebäuden von Warschau spricht man Französisch.
Die französischen Schriftsteller, die in ihrem eigenen Lande kein Echo finden – besonders die Kommunisten, die sich wegen der Ereignisse in Ungarn von der Partei trennten –, haben in Polen ein riesiges Publikum. Eine Pariser Zeitung veröffentlichte vor kurzem eine Schlagzeile: »Um zu wissen, was die französische Linke denkt, muß man die Warschauer Presse lesen.« Einige der letzten Artikel von Sartre wurden erst auf polnisch und dann auf französisch gedruckt. In der Warschauer Presse gibt es zwischen vielen, sehr guten französischen Schriftstellern und polnischen Schriftstellern erbitterte Polemiken, von denen man in Paris keine Ahnung hat.
Es ist schwer herauszufinden, was die Polen wollen. Sie sind kompliziert, schwierig im Umgang, von fast weiblicher Überempfindlichkeit und neigen zum Intellektualismus. Die Situation, in der sie sich befinden, entspricht ihrer Wesensart. Gomulka – der Generalsekretär der Partei – ist ein Nationalheld, den niemand in Frage stellt. Aber ich traf sehr wenige Polen, die mit der Regierung einverstanden waren. Die unabhängige Presse – und einige kommunistische Organe wie das verbotene *Po Prostu* – beruft sich auf die reine marxistische Doktrin, um

das Regime mit Steinen zu bewerfen. Die Notwendigkeit des Sozialismus wird nicht bestritten, aber man spricht der jetzigen Regierungsmannschaft ohne Umschweife die Fähigkeiten ab. Man beschuldigt sie, die Wirklichkeit des Landes nicht zu berücksichtigen, und dieselben, die diese Anschuldigungen erheben, organisieren Streiks, Demonstrationen und Zusammenstöße auf der Straße mit der Polizei, um Dinge zu fordern, die die wirtschaftliche Situation nicht zuläßt.
Über eines ist man sich allgemein einig: über den Antisowjetismus. Man behauptet, als Gomulka nach Moskau reiste – nach dem Plebiszit, das seine Popularität bestätigte –, seien die Polen überzeugt gewesen, daß er im Kreml entführt werden würde. Sie glauben, daß die Russen zu allem fähig sind. Da Gomulka heil zurückkam, mit der Nachricht, daß die sowjetischen Truppen Polen nicht sofort räumen könnten, gingen viele von denen, die für ihn gestimmt hatten, zur Opposition über. »Die Dinge haben sich in der Sowjetunion geändert«, äußerte Gomulka in einer Begegnung mit Arbeitern. »Die Zeit der Geheimprozesse und der Massenexekutionen ist vorbei.« Er überzeugte niemanden. Das will nicht heißen, daß die Polen die Vereinigten Staaten vorziehen. Ich glaube – soweit ich darüber mit ihnen gesprochen habe –, daß sie eben so antiamerikanisch wie antisowjetisch sind. Viele fragte ich offen, was sie wollten, und sie antworteten mir: »Den Sozialismus.« Ich glaube, sie wollen ihn nicht stufenweise: Sie wollen ihn sofort. Das größte politische Ansehen genießen Gomulka und Kardinal Wyszynski. Sie geben den Ton an, und das Land folgt ihnen, in eine widersprüchliche Situation verstrickt, die nicht lange Zeit andauern kann. Das vorige Regime hatte den Religionsunterricht abgeschafft und den Kardinal in einem Kloster unter Polizeiaufsicht gestellt. Es hatte die Meinungsfreiheit aufgehoben, das Streikrecht und die Initiative der Massen für den Aufbau des Sozialismus: Es war die Diktatur einer Gruppe, die unter Moskaus Befehl stand. Die politische Polizei erzwang die Ordnung durch

Terror. Wladyslaw Gomulka – der populärste kommunistische Führer – wurde ins Gefängnis geschickt. Als der Druck der Massen Gomulka befreite und man ihn auf den Schultern zum Parteisekretariat trug, war das erste, was er tat, die politische Polizei aufzulösen, die Verantwortlichen für die von ihr begangenen Verbrechen zur Rechenschaft zu ziehen und den Kardinal freizulassen. Es stimmt: Gomulka und der Kardinal haben nie miteinander gesprochen, sie kennen sich von Bildern. In beispielloser Haltung ging der Primas von Polen von Kanzel zu Kanzel und forderte die Katholiken auf, für den kommunistischen Kandidaten zu stimmen. Er entzweite sich mit dem Vatikan. Gomulka seinerseits entzweite sich mit der Sowjetunion und mit den Scharfmachern in seiner Partei, aber er führte den Religionsunterricht wieder ein. Das Volk gewann an Boden, Gomulka gewann an Boden, Kardinal Wyszynski gewann an Boden. Was zum Teufel war los? Eine Menge Polen sind gleichzeitig Katholiken und Kommunisten. Sie gehen samstags in die Versammlung ihrer Zelle und sonntags ins Hochamt.

Auf unserer Reise nach Krakau begleitete uns eine zwanzigjährige – in jeder Hinsicht frühreife – Krankenschwester, die aktives Mitglied der Kommunistischen Jugend und einer Bewegung der Katholischen Aktion war. Sie heißt Ana Kozlowski. Ich verbrachte die Fahrt – vierzehn Stunden – damit, sie dazu zu bewegen, daß sie mir erklärte, wie man gleichzeitig zwei Herren dienen könne. Sie läßt keine ausdrückliche Trennung zwischen der kommunistischen und der katholischen Militanz zu. Sie meint, daß unter bestimmten Umständen – Polens Umständen – beide Dinge zum selben Ziel führen. Ich fragte sie, ob sie diese Theorie im Marxismusunterricht oder im Religionsunterricht gelernt habe. »In keinem von beiden«, antwortete sie mit erstaunlicher Überzeugung. »Wir lernen aus der polnischen Erfahrung.«

Ich erwähne Ana Kozlowskis Erklärung nicht als eine endgültige Schlußfolgerung über die Situation. Mich interessiert ihr Fall. Ich glaube, daß die Polen sich in der Auseinandersetzung über doktrinäre Nuancen verzetteln, während die wirtschaftliche Lage dramatische Ausmaße annimmt. Manchmal erwecken sie wegen der Heftigkeit, mit der sie die einfachsten Argumente vortragen, den Eindruck, als ob sie dabei wären, das Pulver zu erfinden. Wenn sie nicht weiterkönnen, raufen sie sich das Haar und rufen mit leidenschaftlicher Uberzeugung aus: »Wir sind die einzigen, die wissen, wohin wir gehen.« Adam Waclawek – mein Dolmetscher – hatte klarere Vorstellungen. Irgendwann betrachteten wir die Abenddämmerung über der Weichsel. In den Vororten sprühten die Fabrikschornsteine Funken. Adam erzählte mir mit leidenschaftlichem und nicht ganz unpathetischem Eifer von der polnischen Lage. »Die westlichen Kommunisten haben uns einen gewaltigen Schaden zugefügt«, erklärte er. »Sie haben dies wie ein Paradies dargestellt. Die Ausländer kommen voller Illusionen, und wir haben unsere Mühe, ihnen die Realität verständlich zu machen: Hier ist das Leben jede Minute ein Drama.« Er betrachtete den fernen Schein der Fabriken. »Aber wir sind dabei, den Weg zu finden«, schloß er. »Wenn sie uns nur weitere zehn Jahre Frieden geben, werden wir genügend Macht haben, um unsererseits den Krieg zu verhindern.« Diese Klarsicht ist eher eine Ausnahme. Bei den Polen, mit denen ich in Warschau und dann in Moskau und in Budapest sprach, glaube ich Ansätze von Verwirrung angetroffen zu haben.

Krakau sieht man den Konservatismus im Gesicht an. Sogar die Straße, die frische Luft haben etwas Klösterliches an sich. Es ist ein katholisches Bollwerk. Ana Kozlowski erzählte mir, daß die – im engen Familienkreis erzogenen – Krakauer Studenten sich dem Sozialismus widersetzen. Die Ankunft einer ausländischen Delegation wurde in der ganzen Stadt bekannt. Um neun Uhr abends war der Hoteleingang von einer Unmenge Kinder blockiert, die Autogramme verlangten. Ein Delegierter machte sich aus einem bunten Schal einen Turban

und erregte einen Skandal. Zwei Stunden später waren die Straßen verlassen. Einige ältere, erbärmlich geschminkte Prostituierte trieben sich in dem kleinen Park gegenüber dem Hotel herum. Die wenigen Männer, denen wir auf der Straße begegneten, waren völlig betrunken, mit jener tiefen Trunkenheit aller fünf Sinne, die für die Polen typisch ist. Ana Kozlowski suchte mich zu überzeugen, daß der Alkoholismus in Polen nichts mit dem System zu tun habe. Er sei so alt wie die polnische Nation. Aber Gomulka ist offenbar besorgter als sie: Er erhöhte vor kurzem den Wodkapreis um 30%.
Wir betraten ein Kabarett, in dem sich seit dem vergangenen Jahrhundert nichts verändert hat. Die Samtdekoration ist alt, die Möbel sind alt, die Musiker und die Instrumente sind alt, und sie spielen eine Musik, nach der die Jugend nicht tanzen kann. Es roch stark nach Desinfektionsmitteln. Obwohl alles sehr sauber war, hatte die Atmosphäre etwas Staubiges. Ein Kellner in grünen Samthosen und einem Jäckchen aus dem gleichen Stoff – ein Torerokostüm – sprach mich auf polnisch an. Ana übersetzte mir: Er wollte mich nicht bedienen, weil ich keine Krawatte trug. Der Kellner merkte, daß ich Ausländer war, bat mich auf französisch um Entschuldigung und erklärte mir, daß man von der polnischen Kundschaft schickliche Kleidung verlange, »um zu vermeiden, daß die Arbeiter in Arbeitszeug hereinkommen«. Es gab keine jungen Leute. Ein etwa achtzigjähriger Greis tanzte eine Polka mit einer sehr dicken, in ein geblümtes Kleid gezwängten Frau, und die Anwesenden klatschten ihnen Beifall. Ich tat mein Möglichstes, um zu tanzen. Ana – die es auch nicht konnte – entschuldigte sich mit dem Argument, daß die polnische Jugend nur nach moderner Musik und besonders Jazz tanzen könne. Während des Tanzes sprach sie mit einer Frau, die mich mit offener Neugier beobachtet hatte und viel Spaß an ihren eigenen Beobachtungen zu haben schien. Sie fragte, ob ich Mexikaner sei. Ana bejahte, und dann fragte die Frau, ob ich keinen Revolver hätte.

»Vorsicht«, schloß sie, »sagen Sie ihm, daß es in Polen verboten ist, auf die Musiker zu schießen.«
Um fünf Uhr morgens fuhren wir zum Konzentrationslager Auschwitz. Herr Webbs – der nordamerikanische Delegierte äußerte mir gegenüber sein Mißfallen über jene Heraufbeschwörung der wissenschaftlichen Schlächterei der Deutschen. Er bestieg den Autobus unter der Bedingung, daß man ihm nicht die Verbrennungsöfen zeigte. Ana verspätete sich. Sobald sie eingestiegen war, blickte sie auf die Hemden, die Herr Webbs und ich an jenem Morgen trugen. Sie machte keine Bemerkung, bis Herr Webbs seinen Platz gewechselt hatte und sie mit mir allein war. Da prüfte sie mein Hemd sehr genau und sagte wörtlich:
»Das ist das berühmte Nylon.«
In bester Absicht sagte ich, daß ich ihr das Hemd nach der Rückkehr ins Hotel schenken würde, und am Ausdruck ihrer Augen merkte ich, daß das unpassend gewesen war. »Das ist ein Männerhemd«, sagte sie. Und dann übergangslos: »Wir brauchen noch fünf Jahre, bis wir Nylon herstellen können.« Sie war überzeugt, daß das dann in Polen hergestellte Nylon billiger und besser sein würde. Bis dahin macht die schlichte Tatsache, es nicht zu benutzen, Teil der nationalen Würde aus. Ana erinnerte sich empört daran, wie einige polnische Mädchen – während des Jugendfestivals – die westlichen Delegierten bestürmt hatten, um Nylonhemden und Armbanduhren zu kaufen. Ich fragte sie, ob ihre Haltung nicht ein bißchen zu nationalistisch sei. Sie zuckte die Schultern.
»Wahrscheinlich«, sagte sie.
Die endlosen Stacheldrahtzäune des Konzentrationslagers Auschwitz sind unversehrt. Die Deutschen hatten keine Zeit mehr, das Lager zu sprengen. Es ist ergreifender als das von Mauthausen – das wenige Kilometer von Wien entfernt ist –, obwohl es nicht die spektakuläre Steintreppe hat, die vom Grund des Steinbruchs bis zum Lager führt: 1200 Stufen. Das von Buchenwald – bei Weimar – konnte noch gesprengt wer-

den, und die Besucher müssen es nach der Beschreibung des Führers im Geist rekonstruieren. In Auschwitz ist nichts verändert worden. Die Verbrennungsöfen befinden sich am Ende von drei Räumen. Der erste ist ein Baderaum mit zwei Dutzend Duschen. Wenn die Kommissionen des Internationalen Roten Kreuzes das Lager besichtigten, zeigten die Nazis ihnen jene unschuldigen Räume, um sie von den hygienischen Organisationsmaßnahmen zu überzeugen. Man kann sich nicht erklären, warum jene Kommissionen nicht bemerkten, daß es keine Abflüsse gab. Aus jenen Duschen kam niemals Wasser: Es kam giftiges Gas heraus, solange Hitlers Finanzen diesen Luxus zuließen. Später kam nur noch der Rauch der Verbrennungsöfen, die an die Duschen angeschlossen wurden. Der zweite ist ein Kühlraum. Man schätzt, daß die Deutschen zeitweise 250 Menschen täglich töteten. Die Verbrennungsöfen schafften es nicht. Selbst im Winter mußten die Leichen in ihrem gekühlten Purgatorium warten, bis sie an der Reihe waren. Der einzige Unterschied zwischen einem Verbrennungsofen und einem Backofen ist die gepanzerte Tür. In Auschwitz sind noch die Tragbahren, auf die die Leichen zum Braten gelegt wurden. Der Vorgang dauerte eine Stunde. Die Betreuer der Öfen verbrachten sie mit Pokerspielen, so wie die Frauen Kanasta spielen, während das Hähnchen brät. Der Unterschied ist, daß der Rauch der Leichen aus den Duschen strömte, um zwölf weitere Menschen zu ersticken. Es war eine geometrische Reihe: Drei Leichen lieferten das Material, um zwölf zu produzieren.
Ich verfolgte aufmerksam die Reaktionen des deutschen Delegierten. Ein ruhiger Mann mit roten Bart – wie Blaubart – und einer stets kalten Pfeife zwischen den Lippen. Er folgte den Erklärungen des Führers mit sozusagen astronomischer Miene. Das ist eine klassische Haltung der Deutschen. Die Kommentare über die Scheußlichkeiten des Nazismus laufen an ihnen ab, ohne daß sich ihnen die Haare sträuben, und man kann ihnen gegenüber sagen, was man will, sie regen sich we-

der auf noch entschuldigen sie sich. In Budapest sollte ich einen Deutschen erleben, während ein Ungar die strategische Situation und die Böswilligkeit der Nazis beschrieb, mit der sie die Elisabethbrücke über der Donau sprengten, die als die beste von ganz Europa gegolten hatte. Jemand beging die Unklugheit, den Deutschen zu fragen, wie er darüber denke. Er antwortete trocken: »Ich finde es bedauerlich.« Im Konzentrationslager von Buchenwald sagte der deutsche Führer zu uns: »Unser Unglück ist, daß wir sogar wissenschaftlich vorgehen, wenn wir ein Gemetzel organisieren.« Jedes Mal wenn ich in Deutschland mit diesem außergewöhnlich herzlichen, fröhlichen, kameradschaftlichen Volk zu tun hatte, dessen Gastfreundschaft nur mit der Spaniens und dessen Großzügigkeit nur mit der der Sowjetunion zu vergleichen ist, zerbrach ich mir den Kopf und konnte die Konzentrationslager nicht begreifen. In den Konzentrationslagern zerbrach ich mir den Kopf und konnte die Deutschen nicht begreifen.
Die grausige Wissenschaftlichkeit der Nazis ist in Auschwitz sehr deutlich zu erkennen. Die Operationssäle, in denen Himmlers Ärzte ihre Sterilisationsexperimente an Menschen vornahmen, sind einwandfrei. Es gibt ein – unversehrtes – Laboratorium für die Verarbeitung menschlicher Substanzen. Durch eine Tür trat ein lebendiger Mensch herein, und durch die andere kamen die Rückstände heraus. Drinnen blieb alles, was eine Person an Rohstoffen hat. Mit menschlicher Haut, Textilien aus Menschenhaar, Derivaten von menschlichem Fett wurde eine blühende Industrie aufgebaut. In Österreich sah ich ein riesiges Stück Pinienseife, das mit Blumen verziert war. Jemand hatte allen Grund anzunehmen, daß diese Seife sein Onkel sei. In Auschwitz gibt es eine Ausstellung solcher Artikel, und man begreift, daß jene grauenhafte Industrie glänzende Chancen hatte: Ein aus Menschenhaut hergestellter Koffer ist von hervorragender Qualität. Ich hätte nie gedacht, daß ein Mensch so nützlich ist, daß man sogar Koffer aus ihm machen kann.

Die Polen nennen keine Zahlen. Sie beschränken sich darauf zu zeigen. Wenn man solche Dinge sieht und weiß, daß man sie niederschreiben muß, versteht es sich, daß man bei Malaparte um Erlaubnis anfragt. Es gibt eine Galerie mit riesigen Vitrinen, bis obenhin voll Menschenhaar. Eine Galerie voller Schuhe, Kleidung, Taschentücher mit handgestickten Initialen, Koffer, mit denen die Häftlinge jenes Wahngebilde von Hotel betraten und auf denen noch die Etiketten von Touristenhotels zu sehen sind. Es gibt eine Vitrine voller Kinderschuhe mit abgetretenen Eisenbeschlägen an den Absätzen; weiße Stiefelchen, um in die Schule zu gehen, und die Stützapparate derer, die sich, bevor sie in Konzentrationslagern starben, die Mühe gemacht hatten, die Kinderlähmung zu überleben. Es gibt einen riesigen Saal, der vollgestopft ist mit Prothesen, Tausenden von Brillen, künstlichen Gebissen, Glasaugen, Holzbeinen, einzelnen Händen mit Wollhandschuh, mit allen Vorrichtungen, die der menschliche Geist erfunden hat, um das menschliche Geschlecht zu flicken.

Ich trennte mich von der Gruppe, die schweigend durch die Galerie ging. Ich würgte an einer dumpfen Wut, weil ich das Bedürfnis hatte, zu weinen. Ich kam in einen langen Gang, an dessen Wänden die Bilder der Opfer – einschließlich 13 000 Staatenloser – hingen, die die Befreiten des Lagers aus den Archiven gerettet hatten. Vor einem der Bilder stand Ana Kozlowski. Ich betrachtete es: Eine geschlechtslose Person, mit kahlgeschorenem Kopf, die mit strengem Blick in die Kamera sah.

»Ist es ein Mann oder eine Frau?« fragte ich.

Ana sah mich nicht an. Sie zog mich sanft zur Tür.

»Ein Mann«, antwortete sie. »Es ist mein Papa.«

An meinem letzten Abend in Warschau begleitete mich Ana Kozlowski zum Hotel und brachte mir die großartigen Plakate, mit denen in Warschau die Filme von Emilio Fernández, dem mexikanischen Indio, angekündigt worden waren. Sie waren bei jungen Malern in Auftrag gegeben worden, und die Originale sind jetzt in einem Museum. Es kamen auch viele jener zerzausten Polen, die sich in den Diskussionen erhitzen, die sagen, die Kapitalisten müßten erschossen werden, und die einem im letzten Augenblick – durch Taten – beweisen, daß die Sentimentalität eine unheilbare Krankheit, ein Gebrechen der Menschheit ist. Im Auto, das mich zum Bahnhof brachte, hielt mir Adam Waclawek – der mir kurz vorher gesagt hatte, daß ihn Abschiede kalt ließen – eine sentimentale Ansprache. »Mit den Amerikanern ist das anders«, sagte er. »Ihr kommt, und man weiß von vornherein, daß man euch nie wiedersehen wird.« In solch einem Fall pflege ich – um nicht dazubleiben – ein Schimpfwort auszustoßen. Das tat ich auch jetzt. Als ich schon auf der Plattform des Waggons stand, gab Adam Waclawek mir eine sehr kleine, glänzende Münze, eine polnische Münzeinheit, die ich nicht kennengelernt hatte. Er erklärte mir, man habe sie aus dem Umlauf gezogen, weil die Schwarzmarkthändler sie in Muttergottes-Medaillen umarbeiteten, um sie zu einem höheren Preis zu verkaufen. Wegen dieser Neuigkeit hätte ich die Abreise um vierundzwanzig Stunden verschoben, aber es war unmöglich; mein Visum war abgelaufen.

»Gibt es denn in Polen einen Schwarzmarkt?« fragte ich.

»Einen internationalen Schwarzmarkt«, antwortete mir Adam Waclawek, neben dem Zug hergehend, der in dem Moment anfuhr. »Das ist eines unserer großen Probleme.«

Um vier Uhr morgens wurde ans Schlafwagenabteil geklopft. Es war der Zoll. Der Beamte sprach mich auf polnisch an, ich machte ihm mit Zeichen klar, daß ich nichts verstand, und gab ihm den Paß. Er sah, daß er in Ordnung war, und stellte mir eine weitere Frage. Der Passagier, der auf der oberen Liege schlief, übersetzte sie mir ins Spanische: »Er fragt, ob Sie polnisches Geld bei sich haben.« Ich verneinte. Dann erinnerte ich mich an die 200 Zloty von dem Interview. In fünf Minuten

würde dieses Geld – das nicht exportierbar ist – mir nichts mehr nützen. Ich gab es dem Beamten.
»Wir haben kein Recht, dieses Geld zu beschlagnahmen«, sagte er mir durch den Dolmetscher. »Sie hätten es vor der Ausreise aus Polen ausgeben sollen.«
Ich hatte keine Zeit dazu gehabt. Er sagte mir, daß das Bahnhofsrestaurant gerade geöffnet würde und ich mir irgend etwas kaufen könnte. Mir fiel nichts ein. Er bestand darauf, und ich merkte, daß ich ihm die Zeit stahl.
»Kaufen Sie mir Zigaretten«, sagte ich.
Zehn Minuten später kam er, vor Lachen berstend, zurück. Er schob zwei Pakete mit Zigaretten ins Innere des Schlafabteils: 200 Schachteln. Der Dolmetscher sagte, für das Geld hätte ich einen Fotoapparat kaufen können. Ich schickte mich an zu schlafen, aber der Beamte war noch da und schrieb etwas auf einen Block. Er händigte mir die Quittung aus. Ich mußte Ausfuhrzoll bezahlen.
Ich erklärte ihm, daß die Zigaretten mein einziges polnisches Kapital seien. Zwischen dem Beamten und dem Dolmetscher entwickelte sich daraufhin ein Dialog. Der Beamte überlegte. »Ich kann die Bezahlung mit Zigaretten nicht akzeptieren«, sagte er. »Aber ich kann Ihnen zwanzig Schachteln abkaufen, das entspricht der Höhe der Gebühren.« Also zählte ich zwanzig Schachteln ab und überreichte sie ihm. Er bezahlte sie mir, und ich gab ihm die zwanzig Zloty zurück. Dann schob ich den Rest des geöffneten Paketes zur Tür und sagte ihm, er solle sie in Erinnerung an mich rauchen. Er antwortete mir, er habe kein Recht, sie anzunehmen, weil sie schon exportierte Ware seien. Ich fand die Situation so komisch, daß ich beschloß weiterzumachen. Ich machte ihm klar, daß die mir abgekauften zwanzig Schachteln geschmuggelt ins Land zurückgekehrt seien. Er zuckte die Achseln.
»Ich kann eine Zigarette von Ihnen annehmen«, sagte er.
Ich gab sie ihm. Der Beamte gab mir Feuer und wünsch-

te mir eine gute Reise. Zwei Stunden später wurden die zwei Zigarettenpakete in der Tschechoslowakei beschlagnahmt, weil ich keine Kronen hatte, um den Einfuhrzoll zu bezahlen.

31-8-59

UdSSR: 22 400 000 Quadratkilometer ohne eine einzige Coca-Cola-Reklame

Nach vielen leeren Stunden sahen uns, die wir vom Sommer und der Langsamkeit eines Zuges ohne Fahrplan erschöpft waren, ein Junge und eine Kuh gleichermaßen verblüfft vorbeifahren, und sofort darauf begann es über einer unendlichen Ebene, die mit Tabak und Sonnenblumen bepflanzt war, zu dämmern. Franco – den ich in Prag wiedergetroffen hatte – zog die Fensterscheibe herunter und zeigte mir den fernen Schimmer einer vergoldeten Kuppel. Wir waren in der Sowjetunion. Der Zug hielt an. In der Erde öffnete sich auf einer Seite des Gleises eine Luke, und eine Gruppe Soldaten mit Maschinenpistolen tauchte aus den Sonnenblumen auf. Wir konnten nicht herausfinden, wohin diese Luke führte. Aus Holz geschnittene menschliche Figuren als Ziele für Schießübungen waren zu sehen, aber keine Häuser in der Umgebung. Wahrscheinlich ist die einzige Erklärung, daß sich dort ein unterirdisches Standquartier befand.

Die Soldaten überzeugten sich, daß niemand zwischen den Waggonachsen versteckt war. Zwei Offiziere stiegen ein, um die Pässe und die Beglaubigungsschreiben für das Festival zu prüfen. Sie blickten uns mehrmals mit großer Aufmerksamkeit an, bis sie sicher waren, daß wir auch unseren Fotos gli-

chen. Es ist die einzige Grenze Europas, wo man diese elementare Vorsichtsmaßnahme trifft.
Tschop – zwei Kilometer von der Grenze entfernt – ist die westlichste Ortschaft der Sowjetunion. Der Bahnhof war noch mit ausgeschnittenen Friedenstauben, vielsprachigen Inschriften über Eintracht und Freundschaft und Fahnen aus aller Welt geschmückt, obwohl die letzten Delegierten schon vor einer Woche durchgekommen waren. Die Dolmetscher erwarteten uns nicht. Ein Mädchen in blauer Uniform informierte uns, daß wir einen Gang durch das Dorf machen könnten, denn der Zug nach Moskau würde nicht vor 21 Uhr abfahren. Auf meiner Uhr war es 18 Uhr. Später stellte ich an der Bahnhofsuhr fest, daß es in Wirklichkeit 20 Uhr war. Ich hatte noch Pariser Zeit und mußte meine Uhr zwei Stunden vorstellen, um sie der offiziellen Uhrzeit der Sowjetunion anzugleichen. In Bogotá war es zwölf Uhr mittags.
In der Haupthalle des Bahnhofs befanden sich auf beiden Seiten der Tür, die direkt auf den Dorfplatz ging, zwei Standbilder, gerade frisch mit silbernem Lack gestrichen: Lenin und Stalin, sehr zwanglos in Zivil. Wegen des russischen Alphabets kam es mir so vor, als zerfielen die Buchstaben auf den Schildern, und das weckte in mir die Vorstellung von Verfall. Eine junge Französin war vom armseligen Aussehen der Leute beeindruckt. Mir schienen sie nicht auffallend schlecht gekleidet zu sein. Wahrscheinlich, weil ich schon länger als einen Monat hinter dem Eisernen Vorhang war. Das Mädchen reagierte spontan genauso wie ich in Ostdeutschland.
Mitten auf dem Platz – einem gepflegten, bunten Garten um einen Brunnen aus Zement – gingen einige Militärs mit ihren Kindern spazieren. Auf den Balkons der in fröhlichen Grundfarben neu gestrichenen Ziegelsteinhäuser und vor der Tür der schaufensterlosen Läden genossen die Leute die frische Abendluft. Eine mit Koffern und Beuteln voll Eßwaren bepackte Gruppe stand vor einem Getränkekarren Schlange nach einem einzigen Glas für jeden. Hier gab es eine ländliche

Atmosphäre, eine provinzielle Enge, die mich den zehnstündigen Unterschied, der mich von den kolumbianischen Dörfern trennte, nicht empfinden ließ. Es war, als ob man feststellte, daß die Welt runder ist, als man glaubte, und daß man, nur 15000 Kilometer von Bogotá entfernt, nach Osten reisend, wieder zu den Dörfern des Tolima kommt.
Der sowjetische Zug traf pünktlich um 21 Uhr ein. Elf Minuten später – wie vorgesehen – übertrug der Bahnhofslautsprecher eine Hymne, und der Zug setzte sich unter einem Durcheinander von Stimmen und Taschentüchern, die uns von den Balkons aus verabschiedeten, in Bewegung. Es sind die bequemsten Waggons Europas. Jedes Abteil ist eine gemütliche Kabine mit zwei Betten, einem Rundfunkempfänger mit einem einzigen Knopf, einer Lampe und einer Blumenvase auf dem Nachttisch. Es gibt nur eine Klasse. Die schlechte Qualität der Koffer, die Pakete mit Geschirr und Eßwaren, die Kleidung und das ärmliche Aussehen der Leute bildeten einen starken Kontrast zu dem Luxus und der peinlichen Sauberkeit der Waggons. Die Militärs, die mit ihren Familien auf Reisen waren, zogen sich die Stiefel und die Uniformjacke aus und gingen in Unterhemd und Pantoffeln durch die Gänge. Später sollte ich feststellen, daß die sowjetischen Militärs dieselben einfachen, häuslichen und menschlichen Gewohnheiten haben wie die tschechischen.
Nur in Frankreich sind die Züge so pünktlich wie die in der Sowjetunion. In unserem Abteil fanden wir einen gedruckten Fahrplan in drei Sprachen vor, der auf die Sekunde eingehalten wurde. Vielleicht war die Organisation der Eisenbahn überholt worden, um die Delegierten zu beeindrucken. Aber das ist nicht anzunehmen. Es gab grundsätzlichere Dinge, die die westlichen Besucher beeindruckten und die trotzdem nicht verschleiert wurden. Darunter die Rundfunkempfänger mit einem einzigen Knopf: Radio Moskau. Die Empfänger sind in der Sowjetunion sehr billig, aber die Freiheit des Hö-

rers beschränkt sich darauf, Radio Moskau zu hören oder den Radioempfänger nicht zu benutzen.
Es leuchtet ein, daß die Züge in der Sowjetunion nichts anderes als ambulante Hotels sind. Mit menschlichem Vorstellungsvermögen läßt sich die Unendlichkeit des Territoriums nur schwer erfassen. Die Reise von Tschop nach Moskau, durch endlose Weizenfelder und arme Dörfer der Ukraine, ist eine der kürzesten: vierzig Stunden. Von Wladiwostok – an der Pazifikküste – fährt montags ein Schnellzug ab, der sonntags abends in Moskau eintrifft, nachdem er eine Entfernung zurückgelegt hat, die der zwischen dem Äquator und Polen entspricht. Wenn es auf der Tschuktschenhalbinsel fünf Uhr morgens ist, ist es am Baikalsee Mitternacht und in Moskau noch 19 Uhr des Vortages. Solche Details vermitteln eine ungefähre Vorstellung von jenem liegenden Koloß, der die Sowjetunion mit ihren 105 Sprachen, ihren 200 Millionen Einwohnern und ihren ungezählten Nationalitäten ist, von denen eine in einem einzigen Dorf wohnt, zwanzig in der kleinen Region von Dagestan und einige noch nicht festgestellt worden sind und deren Oberfläche – dreimal so groß wie die der Vereinigten Staaten – die Hälfte Europas und ein Drittel Asiens einnimmt und zusammengerechnet den sechsten Teil der Welt ausmacht, 22400000 Quadratkilometer ohne eine einzige Coca-Cola-Reklame.
Dieser Dimension wird man sich von dem Augenblick an bewußt, da man die Grenze überquert. Weil der Boden nicht Privateigentum ist, gibt es keine Trennzäune: Die Stacheldrahtproduktion erscheint nicht in den Statistiken. Man hat das Gefühl, einem unerreichbaren Horizont entgegenzureisen, in einer andersartigen Welt, wo die Dinge nicht nach menschlichem Maß gemacht sind, wo man den Sinn für Proportionen völlig umstellen muß, wenn man das Land verstehen will. Man richtet sich darauf ein, in den Zügen zu leben. Die einzige Art und Weise zu reisen, um von den Entfernungen nicht schwindlig, von der leeren Zeit nicht zur Verzweif-

lung gebracht und zum Selbstmord getrieben zu werden, die einzige vernünftige Lage ist da die Horizontale. In den wichtigsten Städten gibt es einen Krankenwagen am Bahnhof. Ein Team von einem Arzt und zwei Krankenschwestern kommt in die Züge, um die Kranken zu betreuen. Wer Anzeichen einer ansteckenden Krankheit aufweist, wird sofort ins Krankenhaus geschafft. Der Zug muß desinfiziert werden, damit die Pest sich nicht ausbreitet.

In der Nacht weckte uns ein unerträglicher Verwesungsgestank. Wir suchten die Dunkelheit zu durchdringen und herauszufinden, woher dieser undefinierbare ekelhafte Geruch käme, aber es war nicht ein einziger entfernter Lichtschein in der unermeßlichen ukrainischen Nacht zu sehen. Mir ging durch den Kopf, daß Malaparte jenen Geruch wahrgenommen haben mußte und ihn mit einem Verbrechen erklärte, das jetzt ein berühmtes Kapitel seines Werkes ist. Später sprachen die Russen selbst mit uns über jene Gerüche, aber niemand konnte uns ihren Ursprung erklären.

Am nächsten Morgen fuhren wir immer noch durch die Ukraine. In den Dörfern, die mit Symbolen von Völkerfreundschaft geschmückt waren, kamen die Bauern aus den Häusern, um dem Zug zuzuwinken. Auf den mit Blumen geschmückten Plätzen standen keine Denkmäler von Männern des öffentlichen Lebens, sondern Statuen, die Arbeit, Freundschaft und Gesundheit symbolisierten und der plumpen stalinistischen Auffassung vom sozialistischen Realismus entsprachen: menschliche Figuren in menschlicher Größe, die in zu realistischen Farben bemalt waren, um noch real zu sein. Offensichtlich waren jene Statuen frisch gestrichen worden. Die Dörfer schienen fröhlich und sauber, aber die auf dem freien Feld verstreuten Häuser mit ihren Wassermühlen, ihren gekippten Karren in den Höfen voller Hühner und Schweine – wie in der klassischen Literatur – waren arm und traurig, mit Lehmwänden und Strohdächern.

Es ist bewundernswert, mit welcher Echtheit die russische

Literatur und der russische Film jene flüchtige Vision des Lebens, die an einem Zugfenster vorbeigleitet, nachgeschaffen haben. Die reifen, gesunden, männlichen Frauen – mit roten Kopftüchern und kniehohen Stiefeln – bearbeiten den Boden mit ihren Männern um die Wette. Wenn der Zug vorbeifuhr, grüßten sie mit ihren Arbeitsgeräten und riefen uns »*Daschwidania!*« zu. Das riefen auch die Kinder oben auf den großen, gemächlichen Heuwagen, gezogen von gewaltigen, schweren Pferden, deren Köpfe mit Blumen geschmückt waren.
Auf den Bahnhöfen gingen Männer in Pyjamas von leuchtenden Farben und guter Qualität spazieren. Ich dachte zuerst, es seien unsere Reisegefährten, die ausgestiegen waren, um sich die Beine zu vertreten. Dann ging mir auf, daß es die Bewohner der Stadt waren, die den Zug empfingen. Sie gingen ganz selbstverständlich zu jeder Tageszeit in Pyjamas durch die Straßen. Wie ich hörte, ist das im Sommer so üblich. Der Staat erklärt nicht, warum die Qualität der Pyjamas besser ist als die der gewöhnlichen Kleidung.
Im Speisewagen nahmen wir unser erstes sowjetisches Mittagessen ein, das mit kräftigen Soßen in vielen Farben garniert war. Auf dem Festival – wo es vom Frühstück an Kaviar gab – mußten die Sanitätsdienste die westlichen Delegierten davor warnen, ihre Leber mit jenen Soßen zu ruinieren. Zum Essen – und das entsetzte die Franzosen – wird Wasser oder Milch getrunken. Da es keinen Nachtisch gibt – weil die ganze Phantasie der Zuckerbäckerei für die Architektur verwendet worden ist –, schien das Mittagessen nie zu Ende zu gehen. Die Russen trinken keinen Kaffee – der sehr schlecht ist – und beenden das Essen mit einem Glas Tee. Sie trinken zu jeder Tageszeit Tee. In den guten Moskauer Hotels wird ein chinesischer Tee serviert, der von sagenhafter Qualität und so köstlichem Aroma ist, daß man Lust bekommt, ihn sich auf den Kopf zu gießen. Ein Speisewagenangestellter benutzte ein englisches Wörterbuch, um uns zu sagen, daß die russische Tradition des Teetrinkens erst zweihundert Jahre alt sei.

An einem Nachbartisch sprach jemand in perfektem Spanisch mit kastilischem Akzent. Es war eines der 32000 Kinder, die als Waisen des spanischen Bürgerkrieges 1937 in der Sowjetunion Asyl gefunden hatten. Die meisten von ihnen, verheiratet und mit Kindern, arbeiten jetzt als Angestellte des sowjetischen Staates. Sie können zwischen den beiden Nationalitäten wählen. Ein Mädchen – das mit sechs Jahren ankam – ist Untersuchungsrichterin in Moskau. Vor zwei Jahren kehrten über dreitausend nach Spanien zurück. Sie hatten Anpassungsschwierigkeiten. Die Facharbeiter – die in der Sowjetunion die höchsten Löhne beziehen – wissen nicht, wie sie sich in das spanische Arbeitssystem eingliedern sollen. Einige hatten politische Schwierigkeiten. Jetzt kehren sie in die Sowjetunion zurück.
Unser Reisegefährte kam mit seiner – russischen – Frau und seiner siebenjährigen Tochter, die wie er beide Sprachen perfekt sprechen, aus Madrid. Er hatte die Absicht gehabt, endgültig zu bleiben. Obwohl er die spanische Staatsangehörigkeit behalten hat und von Spanien, vom ewig Spanischen – was denn sonst! – mit mehr Hurrapatriotismus und mehr ordinären Wörtern sprach als ein gewöhnlicher Spanier, verstand er nicht, wie man unter dem Franco-Regime leben konnte. Trotzdem verstand er, daß man unter dem Stalin-Regime leben konnte.
Viele seiner Informationen wurden uns später in Moskau von anderen Spaniern derselben Herkunft bestätigt. Sie wurden bis zum sechsten Schuljahr spanisch erzogen, damit sie die Sprache nicht verlernten. Sie erhielten Extraunterricht in spanischer Kultur, und sie bekamen die patriotische Inbrunst, die sie alle mit derselben Begeisterung zur Schau tragen, eingetrichtert. Ihnen ist es zum Teil zuzuschreiben, daß Spanisch die meistgesprochene Fremdsprache in Moskau ist. Wir sahen sie, wie sie sich unter die Menge mischten. Sie kamen auf die Gruppen zu, die Spanisch sprachen. Im allgemeinen sagten sie, daß sie mit ihrem Schicksal zufrieden seien. Aber

nicht alle redeten mit derselben Überzeugung über das sowjetische Regime. Sie wurden gefragt, warum sie nach Spanien zurückgekehrt seien, und einige antworteten nicht allzu sicher, aber typisch spanisch: »Es ist der Ruf des Blutes.« Andere gaben zu, daß es reine Neugier gewesen sei. Die Mitteilsamsten nutzten das geringste Anzeichen von Vertrauenswürdigkeit, um über die Stalinzeit zu sprechen. Ich hatte den Eindruck, es war ihnen recht, daß die Dinge sich in den letzten Jahren geändert hatten. Einer von ihnen enthüllte uns, er sei fünf Jahre lang im Gefängnis gewesen, weil er entdeckt worden sei, als er versuchte, in einem Koffer aus der Sowjetunion zu fliehen.

In Kiew bereitete man uns einen stürmischen Empfang mit Hymnen, Blumen und Fahnen und sehr wenigen, in vierzehn Tagen eingepaukten Wörtern westlicher Sprachen. Wir konnten uns verständlich machen, wenn wir erfahren wollten, wo wir eine Limonade kaufen konnten. Das war wie ein Zauberstab: Von allen Seiten regnete es Limonaden, Zigaretten, Schokolade, die mit Abzeichen des Festivals und Autogrammheften gemischt waren. Das Erstaunliche an jener unbeschreiblichen Begeisterung war, daß die ersten Delegierten schon vierzehn Tage vorher durchgekommen waren. In den zwei Wochen vor unserer Ankunft war alle zwei Stunden ein Zug mit westlichen Delegierten durch Kiew gefahren. Die Menge zeigte keine Spur von Erschöpfung. Als der Zug anfuhr, hatten wir mehrere Hemdenknöpfe verloren und konnten wegen der Unmengen von Blumen, die man durchs Fenster hereingeworfen hatte, kaum das Abteil betreten. Es war, als seien wir zu einer Nation von Verrückten gereist, die sogar bei Begeisterung und Freigebigkeit den Sinn für das rechte Maß verloren hatten.

Ich lernte einen deutschen Delegierten kennen, der auf einem Bahnhof in der Ukraine ein russisches Fahrrad lobte. Fahrräder sind in der Sowjetunion sehr selten und teuer. Die Besitzerin des gepriesenen Fahrrades – ein Mädchen – sagte dem

Deutschen, daß sie es ihm schenke. Er weigerte sich. Als der Zug anfuhr, warf das Mädchen mit Hilfe der Menge das Fahrrad in den Waggon und schlug dabei dem Delegierten den Kopf auf. In Moskau war er während des Festivals überall zu sehen: Ein Deutscher mit verbundenem Kopf, der auf dem Fahrrad in der Stadt spazierenfuhr.

Man mußte sehr zurückhaltend sein, damit die Russen nicht am Ende vor lauter Schenken nackt dastanden. Sie verschenkten alles. Wertvolle Dinge und nutzlose Dinge. In einem ukrainischen Dorf bahnte eine alte Frau sich einen Weg durch die Menge und schenkte mir ein Stück von einem Aufsteckkamm. Es war die Freude am Schenken aus reiner Freude am Schenken. In Moskau hielt man an, um ein Eis zu kaufen, und mußte dann zwanzig essen, zusammen mit Keksen und Bonbons. Es war unmöglich, in einem Lokal eine Rechnung zu bezahlen; die Tischnachbarn hatten schon bezahlt. Eines Abends wurde Franco von einem Mann angehalten, der ihm die Hand schüttelte und eine wertvolle Münze aus der Zarenzeit darin zurückließ. Er wartete nicht einmal den Dank ab. Im Gedränge vor der Tür eines Theaters steckte ein Mädchen, das nie wiedergesehen wurde, einem Delegierten einen 25-Rubelschein in die Hemdtasche. Ich glaube nicht, daß jene maßlose, massenhafte Freigebigkeit auf eine Anordnung zurückging, um die Delegierten zu beeindrucken. Aber in dem unwahrscheinlichen Falle, daß es so gewesen sein sollte, kann die sowjetische Regierung auf die Disziplin und Ergebenheit des Volkes stolz sein.

In den ukrainischen Dörfern gab es Obstmärkte: ein langer Verkaufstisch aus Holz, an dem weißgekleidete Frauen mit weißen Kopftüchern ihre Waren mit rhythmischen und fröhlichen Rufen anpriesen. Ich dachte, es seien Folklorebilder aus Anlaß des Festivals. Gegen Abend hielt der Zug in solch einem Dorf an, und wir nutzten die Gelegenheit, daß es keine Empfangsgruppen gab, um auszusteigen und uns die Beine zu vertreten. Ein Junge, der zu uns kam, um uns um eine Münze

aus unserem Lande zu bitten, sich aber mit unserem letzten Hemdenknopf zufriedengab, lud uns auf den Obstmarkt ein. Wir blieben vor einer jener Frauen stehen, ohne daß die übrigen ihr lautes, unverständliches Anpreisen unterbrachen. Sie begleiteten sich mit Händeklatschen. Der Junge erklärte uns, das seien die Verkäuferinnen der Kolchosen. Er betonte mit echtem Stolz, aber auch mit allzu deutlicher politischer Absicht, daß diese Frauen sich gegenseitig keine Konkurrenz machten, weil die Ware Kollektiveigentum sei. Um zu sehen, wie er reagieren würde, sagte ich, daß es in Kolumbien genauso sei. Der Junge erstarrte.
Die Ankunft in Moskau war für den nächsten Tag um 9.02 angekündigt. Ab acht Uhr fuhren wir durch einen dichtbesiedelten Industrievorort. Die Nähe Moskaus ist etwas, was man fühlt, was vibriert, was wie Unbehagen zunimmt. Man weiß nicht, wann die Stadt beginnt. Plötzlich, in einem unbestimmten Augenblick, entdeckt man, daß die Bäume aufgehört haben, daß man sich an die Farbe Grün wie an ein Abenteuer der Phantasie erinnert. Das unaufhörliche Quietschen des Zuges dringt ein in ein kompliziertes System von Hochspannungskabeln, Alarmsignalen, düsteren Wänden, die in katastrophenartiger Erschütterung zittern, und man fühlt sich entsetzlich weit von zu Hause entfernt. Dann tödliche Stille. Durch eine bescheidene und enge Gasse fuhr ein leerer Autobus, und an einem Fenster erschien eine Frau und sah den Zug mit offenem Mund vorbeifahren. Am Horizont, klar umrissen und flächenhaft, wie die Vergrößerung einer Fotografie, stand der Universitätspalast.

7-9-59

Moskau: Das größte Dorf der Welt

Moskau – das größte Dorf der Welt – ist nicht nach menschlichem Maß gebaut. Es ist ermüdend, erdrückend, baumlos. Die Gebäude sind dieselben Häuschen wie in den ukrainischen Dörfern, nur zu heroischem Ausmaß vergrößert. Es ist, als ob man den Maurern mehr Raum, mehr Geld und mehr Zeit gegeben hätte, damit sie ihren beklemmenden Dekorationssinn entfalten konnten. Mitten im Zentrum findet man Höfe wie in der Provinz, mit Wäsche, die zum Trocknen an Drähten aufgehängt ist, und Frauen, die ihre Kinder stillen. Selbst diese ländlichen Leerräume haben andere Proportionen. Ein bescheidenes dreistöckiges Haus in Moskau ist so hoch wie ein fünfstöckiges öffentliches Gebäude einer westlichen Stadt und ohne Zweifel teurer, plumper und spektakulärer. Einige sehen aus, als ob sie direkt mit der Maschine verziert worden wären. Vor lauter Marmor ist kein Platz für Glas geblieben. Das Geschäftsleben ist nicht sichtbar. Die wenigen – armseligen und kargen – Schaufenster der staatlichen Kaufhäuser verlieren sich in der erdrückenden Zuckerbäckerarchitektur. Auf den weiträumigen, für Fußgänger bestimmten Flächen wälzt sich die Menschenmenge wie ein Lavastrom voran. Mich überkam eine unerklärliche Ergriffenheit – die eigentlich für meine erste Mondlandung be-

stimmt gewesen war –, als das Auto, das mich zum Hotel brachte, in die unendliche Weite der Gorki-Allee einbog. Ich dachte, daß mindestens zwanzig Millionen Menschen nötig seien, um Moskau zu füllen. Der Dolmetscher versicherte mir bescheiden, Moskau habe nur fünf Millionen Einwohner, und sein größtes Problem sei die Wohnungsknappheit.
Es gibt keine bescheidenen Straßen. Es gibt ein einziges System von Alleen, die im geographischen, politischen und gefühlsmäßigen Zentrum der Stadt zusammenlaufen: auf dem Roten Platz. Der Verkehr – ohne Fahrräder – ist verworren und wahnsinnig. Der brandneue Cadillac des uruguayischen Botschafters – der des Botschafters der USA ist ein altes Modell – fällt unter den russischen, farblich unscheinbaren Autos auf, die den amerikanischen Nachkriegsmodellen nachgebaut sind und von den Sowjets gefahren werden, als ob es Pferdekarren wären. Das muß die Tradition der Troika sein. Auf einer Seite der Allee rollen sie dichtgedrängt, stoßweise und mit hoher Geschwindigkeit von der Peripherie auf das Zentrum der Stadt zu. Plötzlich halten sie an, fahren um eine Verkehrsampel und rasen auf der anderen Seite der Allee in entgegengesetzter Richtung davon. Man muß auf jeden Fall bis ins Zentrum, um sich in den strahlenförmigen Verkehr einzuordnen. Erst als uns jemand das Verkehrssystem erklärte, begriffen wir, warum man eine Stunde brauchte, um irgendwohin zu kommen. Manchmal muß man einen Kilometer fahren, wenn man im Auto zur gegenüberliegenden Straßenseite will.
Die Menschenmenge – die dichteste Europas – scheint sich über die Unverhältnismäßigkeit der Maße keine Gedanken zu machen. Auf dem Bahnhof begegneten uns sehr viele Moskauer, die trotz des Festivals ihr eigenes Leben weiterlebten. Sie stauten sich hinter einer Barriere, bis die Bahnsteige geöffnet wurden, um in einen Zug zu steigen, und sie warteten mit einer Art träger Teilnahmslosigkeit, rein instinktiv, so wie das Vieh wartet. Die Aufhebung der Klassen ist von ein-

drucksvoller Offenkundigkeit. Die Leute sind alle gleich, auf demselben Niveau, tragen alte und schlechtsitzende Kleidung und minderwertige Schuhe. Sie beeilen sich nicht und drängen sich nicht und scheinen sich alle Zeit zu nehmen, um zu leben. Es sind dieselben einfältigen, gutmütigen und unverbildeten Menschen wie in den Dörfern, zu ungeheuren Mengen vervielfacht. »Seit ich in Moskau angekommen bin«, sagte mir ein englischer Delegierter, »habe ich den Eindruck, mich hinter einer Lupe zu befinden.« Erst wenn man sich mit den Moskauern unterhält, wenn man sie einzeln kennenlernt, entdeckt man, daß jene teigige Menschenmenge aus Männern, Frauen und Kindern besteht, die durchaus nicht gewöhnlich und alltäglich sind.

Die Porträts heroischen Ausmaßes sind keine Erfindung Stalins. Sie sind bezeichnend für etwas, das im Wesen der Russen tief verankert ist: der Instinkt für Größe und Menge. In Moskau trafen in einer Woche 92 000 Personen ein – ausländische und einheimische Touristen. Die Züge, die jene Menschenmassen beförderten, hatten keine Verspätung. Die 14 000 Dolmetscher waren mit konkreten Anweisungen im richtigen Augenblick am richtigen Ort, um Unordnung zu verhindern. Jeder Ausländer konnte sicher sein, daß man ihm einen besonderen Empfang vorbehalten hatte. Es gab keinerlei Schwierigkeiten bei der Versorgung, der ärztlichen Betreuung, den städtischen Transporten und den Veranstaltungen. Kein Delegierter erhielt besondere Anweisungen. Es schien, als ob jeder ohne Einschränkung und Kontrolle nach eigenem Dafürhalten handelte, und ohne es zu wissen, gehörte doch jeder zu einem feingewirkten System. Es bestand Alkoholverbot. Jede Delegation verfügte je nach Umfang über eine bestimmte Zahl von Autobussen: 2300 insgesamt. Es gab weder Stauungen noch Beschränkungen des gewöhnlichen Transports. Die Delegierten hatten außerdem einen Ausweis mit ihrem Namen, ihrer Staatsangehörigkeit und ihrer Moskauer Adresse in phonetischer Umschrift auf russisch, mit dem sie gratis jedes öffentliche Transportmittel benutzen konnten. Niemandem wurde vorgeschrieben, wann er ins Bett zu gehen hatte. Aber pünktlich um Mitternacht schlossen die Lokale. Um ein Uhr wurde der öffentliche Verkehr eingestellt, und dann verwandelte sich Moskau in eine verlassene Stadt.

Ich hatte das Glück zu erleben, was sich nach dieser Stunde abspielte. Eines Abends verpaßte ich die letzte Untergrundbahn. Unser Hotel war 45 Autobusminuten vom Roten Platz entfernt. Ich wandte mich an ein Mädchen, das dort vorbeiging – mit einem Haufen Kunsstoffschildkröten, um zwei Uhr nachts in Moskau! –, und sie riet mir, ein Taxi zu nehmen. Ich gab ihr zu verstehen, daß ich nur französisches Geld hätte und um diese Zeit mein Ausweis vom Festival nicht gelte. Sie gab mir 50 Rubel, zeigte mir, wo ich ein Taxi finden könne, schenkte mir zum Andenken eine Kunststoffschildkröte, und ich sah sie nie wieder. Zwei Stunden lang wartete ich in einer Stadt, die ausgestorben schien, auf ein Taxi. Schließlich fand ich eine Polizeiwache. Ich zeigte meinen Ausweis, und man bedeutete mir, mich auf eine Bank zu setzen, auf der mehrere berauschte Russen verschlafen mit den Köpfen nickten. Der Beamte behielt den Ausweis. Einen Augenblick später wurden wir in einen Streifenwagen verladen, der zwei Stunden lang die auf der Wache eingesammelten Betrunkenen in allen Ecken Moskaus ablieferte. Man klopfte an die Tür der Häuser. Nur wenn eine verantwortliche Person herauskam, wurde ihr der Betrunkene übergeben. Ich war fest eingeschlafen, als ich eine Stimme hörte, die meinen Namen rief, perfekt und vertraut, wie meine Freunde ihn aussprechen. Es war der Polizeibeamte. Er gab mir den Ausweis zurück – wo mein Name phonetisch ins Russische transkribiert war – und erklärte mir, daß wir im Hotel seien. Ich sagte zu ihm: *»Spatsiva.«* Er hob die Hand ans Käppi, stand stramm und antwortete knapp: *»Proyauslta.«*

Es herrschte perfekte, von einer unsichtbaren Autorität gelenkte Ordnung. Das Stadion faßt 120000 Personen. Am Abend, an dem das Festival zu Ende ging, nahmen alle Delegierten an einer einstündigen Vorführung teil. Im Laufe des Tages hatten die Menschen auf der Straße bunte Luftballons verschenkt. Die Delegierten spazierten entzückt mit ihren Luftballons herum, und da der Schlußakt vor dem Abendessen stattfand, gingen sie mit ihnen ins Stadion. Die Ränge begannen sich um sieben zu füllen, die Vorführung fing um acht an, und um zehn war das Stadion wieder leer und abgeschlossen. Es gab nicht eine Sekunde lang Durcheinander. Die Dolmetscher bahnten sich einen Weg durch die bunte, ohne Polizeikordons beispielhaft disziplinierte Menge und sagten zu den Delegierten: »Hier entlang.« Und die Delegierten gingen mit ihren farbigen Luftballons hier entlang. Die Vorführung wurde von 3000 Gymnastikern gestaltet. Am Ende spielte eine Kapelle von 400 Musikern die Jugendhymne, und auf den Rängen der sowjetischen Delegationen wurden die Luftballons losgelassen. Das ganze Stadion tat das gleiche. Der Moskauer Himmel, von der Peripherie her rund herum mit Flugzeugabwehrscheinwerfern angestrahlt, füllte sich mit farbigen Luftballons. Später erfuhren wir, daß jenes schöne Schauspiel – das wir selbst geschaffen hatten, ohne es zu wissen – im Programm vorgesehen war.

Der Sinn für das Kolossale, für die Organisation der Massen scheint ein wichtiger Aspekt des sowjetischen Wesens zu sein. Man gewöhnt sich schließlich an das Gigantische. Das Feuerwerk auf einem Fest mit 11000 Gästen in den Gärten des Kremls dauerte zwei Stunden. Die Explosionen ließen den Boden erbeben. Es regnete nicht; die Wolken waren vorher zerbombt worden. Die Schlange vor dem Mausoleum – wo die Leichen von Lenin und Stalin aufgebahrt sind – ist zwei Kilometer lang, wenn die Türen um ein Uhr mittags geöffnet werden. Man bewegt sich ununterbrochen weiter: Niemand kann vor den Schreinen stehenbleiben. Um vier

Uhr werden die Türen geschlossen, und die Schlange ist immer noch zwei Kilometer lang. Sogar im Winter, im Schneesturm ist die Schlange vor dem Mausoleum zwei Kilometer lang. Sie ist nicht länger, weil die Polizei es verhindert.
In einem solchen Lande ist Kammertheater unvorstellbar. Die Nationale Oper führte im Bolschoitheater *»Fürst Igor«* auf, eine Woche lang dreimal pro Tag, und bei jeder Aufführung wirkten 600 verschiedene Akteure mit. Kein sowjetischer Schauspieler kann mehr als einmal am Tage auftreten. In einer Szene ist das ganze Ensemble auf der Bühne und außerdem ein halbes Dutzend Pferde aus Fleisch und Blut. Jenes monumentale Schauspiel – das vier Stunden dauert – kann die Sowjetunion nicht verlassen. Allein zur Beförderung der Bühnendekorationen würden sechzig Eisenbahnwaggons benötigt.
Dafür verstricken die Sowjets sich in den kleinen Problemen. Die wenigen Male, die wir uns in den gigantischen Mechanismus des Festivals eingliederten, erlebten wir eine Sowjetunion in ihrem Element: aufregend und überwältigend. Aber wenn wir wie verlorene Schafe herumliefen, uns unter die fremden Leute mischten, begegneten wir einer Sowjetunion, die in winzigen bürokratischen Problemen befangen, die verwirrt und irritiert war und einen gewaltigen Minderwertigkeitskomplex gegenüber den Vereinigten Staaten hatte. Die Umstände unserer Ankunft erlaubten es uns, dort anzufangen. Niemand erwartete uns, weil wir fast eine Woche Verspätung hatten. Eine Frau, die zufällig auf dem Bahnhof zu sein schien und fließend Französisch sprach, führte uns zu einem Wartesaal. Dort waren weitere verlorene Schafe: drei schwarze Afrikaner. Mehrere Männer mit zerzaustem Haar führten viele Telefongespräche ohne sichtbares Ergebnis. Ich hatte den Eindruck, daß es in der Telefonzentrale einen Knoten von Leitungen gab, den niemand entwirren konnte. Schließlich sagte uns einer der Männer in so etwas ähnlichem wie Englisch, daß wir uns nach Sprachen trennen sollten. Franco tat sich mit mir zusammen, damit wir ins selbe Hotel kamen.

Eine Viertelstunde danach kam Micha – unser unvergeßlicher Dolmetscher – in einem ukrainischen Hemd, mit einer blonden Locke zwischen den Augen und einer aromatischen Zigarette zwischen den Zähnen. Diese Art zu rauchen erlaubte ihm, sein prächtiges Lächeln zu zeigen, ohne die Zigarette loszulassen. Er sagte etwas zu mir, was ich nicht verstand. Ich dachte, er spräche Russisch, und fragte ihn, ob er Französisch könne. Er nahm alle seine Kräfte zusammen, um uns auf spanisch zu sagen, er sei Dolmetscher für Spanisch.
Später erzählte Micha uns halbtot vor Lachen, wie er in sechs Monaten Spanisch gelernt hatte. Er war Schlachter und dreißig Jahre alt. Er lernte unsere Sprache, um am Festival teilzunehmen. Am Tage unserer Ankunft verhaspelte er sich noch und verwechselte systematisch die Verben »aufwecken« und »tagen«, aber er wußte mehr über Südamerika als ein gewöhnlicher Südamerikaner. Während unseres Aufenthaltes machte er alarmierende Fortschritte. Gegenwärtig ist er der einzige sowjetische Spezialist für den Jargon der Taxifahrer von Barranquilla.
Der Umstand, zu einem außergewöhnlichen Zeitpunkt in Moskau zu sein, war zweifellos ein Hindernis, um die Wirklichkeit kennenzulernen. Ich glaube nach wie vor, daß die Leute sehr präzise Anweisungen erhalten hatten. Die Moskauer – von einer erstaunlichen Ungezwungenheit – reagierten verdächtig abweisend, wenn man darauf bestand, sie zu Hause zu besuchen. Viele gaben nach: Tatsache ist, daß sie glauben, sehr gut zu leben, und in Wahrheit schlecht leben. Die Regierung mußte sie entsprechend präpariert haben, damit wir Ausländer das Innere ihrer Wohnungen nicht sahen. Im Grunde waren gewiß viele Anweisungen so unbedeutend und akademisch wie diese.
Andererseits gab es einen ungeheuren Vorteil: Das Festival war ein Zirkus, der für das vierzig Jahre lang von der Welt abgeschnittene sowjetische Volk veranstaltet wurde. Die Leute waren begierig darauf, einen Ausländer zu sehen und

anzufassen, um zu wissen, ob er aus Fleisch und Blut war. Wir begegneten vielen Russen, die in ihrem ganzen Leben noch keinen Ausländer gesehen hatten. Aus allen Ecken der Sowjetunion waren Neugierige nach Moskau gekommen. Sie hatten im Eilzugtempo Sprachen gelernt, um mit uns sprechen zu können, und gaben uns so die Gelegenheit, durch das ganze Land zu reisen, ohne uns vom Roten Platz fortzubewegen. Ein weiterer Vorteil war, daß die Russen in dem Durcheinander des Festivals, wo die individuelle politische Überwachung praktisch unmöglich war, sicherlich mit größerer Offenheit sprachen.

Ich muß ehrlich zugeben, daß ich in jenem vierzehntägigen Durcheinander, ohne Russisch zu sprechen, nichts endgültig herausbekommen konnte. Aber dafür glaube ich viele bruchstückhafte, unmittelbare, oberflächliche Dinge wahrgenommen zu haben, die auf jeden Fall wichtiger sind als die einfache Tatsache, nicht in Moskau gewesen zu sein. Ich habe von Berufs wegen die Manie, mich für die Leute zu interessieren. Ich glaube, daß man nirgendwo interessantere Leute sehen kann als in der Sowjetunion. Ein Junge aus Murmansk, der womöglich ein Jahr lang gespart hatte, um die fünftägige Zugreise zu machen, hielt uns auf der Straße an und fragte:

»Do you speak English?«

Das war das einzige, was er auf englisch konnte. Aber er packte uns am Hemd und sprach verzweifelt in Russisch weiter. Dann begann ein vielstündiger Dialog mit einer Menschenmenge, die begierig darauf war, daß wir ihr etwas von der Welt erzählten. Ich berichtete in einfachen Geschichten über das Leben in Kolumbien, und die Verblüffung des Publikums ließ mich annehmen, daß es wunderbare Geschichten waren.

Die Schlichtheit, die Güte, die Offenheit der Leute, die mit zerrissenen Schuhen über die Straße gingen, konnten keine Anweisungen für das Festival sein. Ich fragte oft mit gewollter Schonungslosigkeit, nur um zu sehen, was geschehen würde: »Stimmt es, daß Stalin ein Verbrecher war?« Sie ant-

worteten unerschütterlich mit Passagen aus dem Chruschtschow-Bericht. Es gab keinerlei Anzeichen von Aggressivität. Im Gegenteil, immer wieder begegnete ich dem festen Vorsatz, daß wir das Land in guter Erinnerung behalten sollten. Sie waren keine aufdringliche Masse. Sie hatten es nicht eilig, uns die Dinge zu sagen. Sie sahen uns mit ihrer dörflichen Schüchternheit, ihrer trägen Bedächtigkeit vorbeigehen, ohne daß sie uns zu belästigen wagten. Wenn man den Wunsch hatte, sich zu unterhalten, sagte man zu ihnen, ohne sich an jemand im besonderen zu wenden: *»Drushba«*. Das heißt: »Freundschaft«. Dann überfielen sie uns mit Abzeichen und Münzen, um sie gegen Autogramme und Adressen zu tauschen. Es ist ein Volk, das darauf brennt, Freunde zu haben. Wir fragten nach dem Unterschied zwischen der Gegenwart und der Vergangenheit. Eine Antwort wiederholte sich mit auffallender Häufigkeit: »Jetzt haben wir viele Freunde.« Sie wollen mehr haben. Sie möchten sich privat schreiben, sich über menschliche Dinge mit Menschen in aller Welt schreiben. Ich habe hier auf dem Schreibtisch einen Stoß Briefe aus Moskau, die ich nicht einmal verstehen kann, die von jener anonymen Masse geschickt wurden, denen wir unsere Adresse gegeben hatten, um uns aus der Affäre zu ziehen. Erst jetzt werde ich mir unserer Verantwortungslosigkeit bewußt. Es war unmöglich, die Adressen zu kontrollieren. Wenn ein Delegierter vor der Basiliuskathedrale stehenblieb, um Autogramme zu geben, war der Rote Platz eine halbe Stunde später von Neugierigen überfüllt. Das ist keine Übertreibung: In Moskau, wo man von den gewaltigen Dimensionen der Dinge erdrückt wird, enttäuscht der Rote Platz – das Herz der Stadt – durch seine Kleinheit.
Schon nach kurzem Aufenthalt in Moskau stellt ein ehrlicher Tourist fest, daß man, um die Wirklichkeit beurteilen zu können, ein anderes System von Gewichten und Maßen braucht als das unsere. Wir haben bestimmte Vorstellungen, die den Russen nicht in den Kopf gehen. Und umgekehrt. Eine

Gruppe Neugieriger, die mich eines Abends vor dem Gorki-Park anhielt, machte mir das nach drei Tagen Moskauaufenthalt klar. Ein Mädchen – Studentin des Leningrader Spracheninstituts – schlug mir in einwandfreiem Spanisch – und das will heißen, daß sie in einer dreistündigen Diskussion nicht einen einzigen Fehler gemacht hatte – vor: »Wir antworten Ihnen, worauf Sie wollen, unter der Bedingung, daß Sie uns mit derselben Offenheit antworten.« Ich akzeptierte. Sie fragte mich, was mir an der Sowjetunion mißfiele. Mir ging der Gedanke im Kopf herum, daß ich in Moskau keine Hunde gesehen hatte.

»Ich finde es scheußlich, daß Sie alle Hunde aufgegessen haben«, sagte ich.

Die Dolmetscherin war perplex. Die Übersetzung meiner Antwort bewirkte eine leichte Erschütterung. Verworren redeten sie auf russisch durcheinander. Dann rief eine Stimme auf spanisch aus dem Hintergrund: »Das ist eine Verleumdung der kapitalistischen Presse.« Ich erklärte, daß ich es selbst festgestellt hätte. Sie verneinten ernsthaft, sie gegessen zu haben, gaben aber zu, daß es in Moskau sehr wenig Hunde gebe.

Als ich an der Reihe war zu fragen, erinnerte ich daran, daß Professor Andrej Tupolev, der Erfinder der sowjetischen TL-Triebwerke TU-104, ein Multimillionär ist, der nicht weiß, was er mit seinem Geld machen soll. Er kann es weder in der Industrie investieren noch Mietshäuser kaufen. Sobald er stirbt, gehen seine mit toten Rubeln vollgestopften Koffer an den Staat zurück. Ich fragte:

»Kann ein Mensch fünf Wohnungen in Moskau haben?«

»Natürlich«, antworteten sie. »Aber wie zum Teufel will ein Mensch es anstellen, gleichzeitig in fünf Wohnungen zu leben?«

Die Russen – die viel auf Landkarten gereist sind und die allgemeine Geographie im Kopf haben – sind unglaublich schlecht über die journalistische Aktualität informiert. So

wie die Rundfunkapparate nur einen Knopf haben, haben die Zeitungen – die Staatseigentum sind – eine einzige Stimme: *Prawda*. Der Sinn für Nachrichten ist rudimentär: Nur die sehr wichtigen ausländischen Ereignisse werden veröffentlicht, und das in jedem Falle ideologisch gefärbt und kommentiert. Ausländische Zeitschriften und Zeitungen außer denen der europäischen kommunistischen Parteien werden nicht verkauft. Es ist ein unbeschreibliches Gefühl, einen Witz über Marylin Monroe zu machen, und die Zuhörerschaft hat keinen blassen Schimmer. Ich traf keinen Russen, der wußte, wer Marylin Monroe ist. Irgendwann sah ich einen mit der *Prawda* tapezierten Kiosk und auf der ersten Seite eine achtspaltige Schlagzeile. Ich dachte, der Krieg sei ausgebrochen. Der Titel lautete: »Vollständiger Text des Berichts über die Landwirtschaft.«
Es ist begreiflich, daß sich sogar den Journalisten der Kopf drehte, als ich ihnen unsere Auffassung von journalistischer Aktualität erklärte. Eine Gruppe von Angestellten kam mit einem Dolmetscher zum Eingang unseres Hotels und fragte mich, wie im Westen eine Zeitung funktioniere. Ich erklärte es ihnen. Als sie erfuhren, daß es dort Eigentümer gebe, wollten sie es kaum glauben.
»Jedenfalls«, sagten sie, »muß das ein sehr sonderbarer Herr sein.«
Sie erklärten mir, wie sie darauf kamen: Die *Prawda* kostet den Staat mehr, als sie einbringt. Ich erwiderte ihnen, daß das im Westen genau so sei, die Verluste aber durch Anzeigen ausgeglichen würden. Ich machte Zeichnungen, Berechnungen und gab Beispiele, aber sie verstanden nicht, was Anzeigenwerbung war. In der Sowjetunion gibt es die nicht, weil es keine Privatproduktion und keine Konkurrenz gibt. Ich nahm die Leute mit in mein Hotelzimmer und zeigte ihnen eine Zeitung mit Anzeigen. Es gab zwei Anzeigen mit zwei verschiedenen Hemdenmarken.
»Diese beiden Unternehmen stellen Hemden her«, erklärte

ich. »Beide sagen dem Publikum, daß ihre Hemden die besten sind.«
»Und was tun die Leute?«
Ich versuchte ihnen klarzumachen, wie die Werbung das Publikum beeinflußt. Sie hörten sehr aufmerksam zu. Dann fragte einer: »Und wenn die Leute wissen, welche Hemden die besten sind, warum wird dann erlaubt, daß der andere weiter behauptet, seine seien die besten?« Ich erwiderte ihm, daß der Inserent das Recht habe, Werbung zu betreiben. »Außerdem«, sagte ich, »gibt es Leute, die auch weiter diese anderen Hemden kaufen.«
»Obwohl sie wissen, daß es nicht die besten sind?«
»Wahrscheinlich«, gab ich zu.
Sie betrachteten lange die Anzeigen. Ich merkte, daß sie über ihre ersten Erfahrungen mit der Werbung diskutierten. Plötzlich – ich konnte nie erfahren, warum – setzten sie sich hin und fingen lauthals an zu lachen.

14-9-59

Im Mausoleum auf dem Roten Platz schläft Stalin ohne Gewissensbisse

Die Chauffeure des Festivals hatten Anweisung, nicht ohne die Dolmetscher zu fahren. Nachdem wir unsere vergeblich gesucht hatten, versuchten wir den Fahrer mit Zeichen zu überreden, uns ins Gorki-Theater zu bringen. Er beschränkte sich darauf, seinen Maultierdickkopf zu schütteln und zu sagen:

»Perevodschik.« Das heißt: »Dolmetscher.« Eine Frau – die perfekt in fünf Sprachen ratterte – kam uns zu Hilfe: Sie überzeugte den Chauffeur, sie als Dolmetscherin zu akzeptieren. Sie war der erste Sowjetmensch, der mit uns über Stalin sprach.

Sie war etwa sechzig Jahre alt und hatte eine beunruhigende Ähnlichkeit mit Jean Cocteau. Sie war gepudert und wie Cucarachita Martínez gekleidet: ein knappsitzender Mantel mit Fuchskragen und ein nach Mottenkugeln riechender Federhut. Als sie im Autobus saß, wandte sie sich zum Fenster und wies auf die endlose Metallumzäunung der Landwirtschaftsausstellung: ein Umfang von 20 Kilometern.

»Dieses schöne Projekt haben wir Ihnen zu verdanken«, sagte sie. »Es wurde geschaffen, um sich vor den Ausländern zu brüsten.«

Das war ihre Art zu sprechen. Sie erzählte uns, daß sie Dekorateurin beim Theater sei. Sie meinte, der Aufbau des Sozialismus sei in der Sowjetunion gescheitert. Zwar seien die jetzt Regierenden gut, fähig und menschlich, aber sie würden ihr Leben damit verbringen, die Fehler der Vergangenheit zu korrigieren. Franco fragte sie, wer für die Fehler verantwortlich sei. Sie wandte sich uns mit einem seligen Lächeln zu und sagte:

»Le moustachu.«

Übersetzt: »Der Schnurrbärtige.« Den ganzen Abend sprach sie mit diesem Spitznamen von Stalin, ohne ihn ein einziges Mal bei seinem Namen zu nennen, ohne die geringste Wertschätzung, ohne ihm irgendein Verdienst zuzugestehen. Nach iher Ansicht war das Festival der endgültige Beweis gegen Stalin. Zu seiner Zeit hätte es nicht stattfinden können. Die Leute wären nicht aus ihren Häusern gekommen. Berijas gefürchtete Polizei hätte die Delegierten auf der Straße erschossen. Sie behauptete, wenn Stalin noch lebte, wäre der dritte Weltkrieg schon ausgebrochen. Sie erzählte uns von fürchterlichen Verbrechen, von Scheinprozessen, von Massenexekutionen. Sie behauptete, Stalin sei die blutrünstigste, finsterste und herrschsüchtigste Figur der russischen Geschichte gewesen. Ich hatte niemals so entsetzliche Berichte gehört, die mit soviel Offenheit ausgesprochen wurden.

Es war schwer zu beurteilen, wo sie politisch stand. Sie war der Meinung, daß die Vereinigten Staaten das einzige freie Land der Welt seien, sie aber nur in der Sowjetunion leben könne. Während des Krieges hatte sie viele amerikanische Soldaten kennengelernt. Sie meinte, daß sie harmlose, natürliche Burschen, aber von umwerfender Ignoranz seien. Sie war nicht antikommunistisch: Sie sei glücklich darüber, wie China den Marxismus verstanden habe. Aber sie beschuldigte Mao Tse Tung, auf Chruschtschow eingewirkt zu haben, daß er den Stalinmythos nicht vollständig zerstören solle.

Sie erzählte uns von ihren Freunden der Vergangenheit. Die meisten – Theaterleute, Schriftsteller, ehrbare Künstler –

seien von Stalin erschossen worden. Als wir vor dem Gorki-Theater ankamen – einem kleinen, sehr alt aussehenden Theater –, betrachtete unsere vom Zufall bescherte Vertrauensperson es mit strahlendem Ausdruck: »Wir nennen es das Kartoffeltheater«, sagte sie mit wohlgefälligem Lächeln. »Seine besten Schauspieler sind unter der Erde.«

Ich habe keinen Grund anzunehmen, daß jene Frau verrückt war, außer der bedauernswerten Tatsache, daß sie es zu sein schien. Es stimmt, daß sie in einer Umgebung lebt, wo man die Dinge mit größerer Klarheit sieht. Offenbar hatte das Volk nicht unter dem Stalin-Regime gelitten, dessen Repression nur die führenden Kreise getroffen hatte. Aber ich kann jenes Zeugnis – das mit sehr wenig Ernsthaftigkeit abgegeben wurde – nicht als Synthese von Stalins Persönlichkeit nehmen, weil ich keine anderen finden konnte, die ihm auch nur nahegekommen wären. Die Russen sind etwas hysterisch, wenn sie ihre Gefühle äußern. Sie machen Kosakensprünge, wenn sie sich freuen, ziehen ihr Hemd aus, um es zu verschenken, und vergießen Tränen, wenn sie einen Freund verabschieden. Dagegen sind sie außerordentlich vorsichtig und zurückhaltend, wenn sie über Politik sprechen. Auf jenem Gebiet ist es nutzlos, sich mit ihnen zu unterhalten, will man etwas Neues erfahren: Die Antworten sind veröffentlicht. Sie tun nichts anderes, als die Argumente der *Prawda* zu wiederholen. Die Materialien vom XX. Kongreß – laut der westlichen Presse Geheimdokumente – wurden von der ganzen Nation studiert und kritisiert. Das ist charakteristisch für das sowjetische Volk: seine politische Information. Der Mangel an internationalen Nachrichten wird durch erstaunliche allgemeine Kenntnisse der inneren Lage aufgewogen. Außer unserer unbesonnenen Gelegenheitsdolmetscherin begegneten wir niemandem, der sich so unumwunden gegen Stalin aussprach. Offensichtlich gibt es einen Mythos des Herzens, der den Kopf der Russen bremst. Sie scheinen zu sagen: »Trotz allem, was man gegen ihn hat, Stalin ist Stalin. Punkt.«

Seine Bilder werden mit großer Diskretion entfernt und nicht durch Bilder von Chruschtschow ersetzt. Es bleibt nur Lenin, dessen Andenken heilig ist. Ich habe den Eindruck, daß man sich Stalin gegenüber die Haltung erlauben kann, die man will, aber daß Lenin unberührbar ist.
Ich sprach mit vielen Leuten über Stalin. Mir scheint, sie sprechen sehr offen und suchen den Mythos hinter einer umfassenden Analyse zu retten. Aber alle unsere Gesprächspartner aus Moskau sagten uns ausnahmslos: »Jetzt haben sich die Dinge geändert.« Einen Musiklehrer aus Leningrad, den wir zufällig trafen, fragten wir nach dem Unterschied zwischen der Gegenwart und der Vergangenheit. Er zögerte nicht eine Sekunde: »Der Unterschied ist, daß wir jetzt glauben.« Das ist der interessanteste Vorwurf, den ich gegen Stalin hörte.
Die Bücher von Franz Kafka sind in der Sowjetunion nicht zu finden. Man sagt, er sei der Apostel einer schädlichen Metaphysik. Es ist allerdings möglich, daß er Stalins bester Biograph gewesen wäre. Die zwei Kilometer menschlicher Wesen, die vor dem Mausoleum Schlange stehen, werden zum ersten Mal die Leiche eines Mannes sehen, der sogar die private Moral der Nation reglementierte und den nur wenige jemals bei lebendigem Leibe sahen. Niemand von den Leuten, mit denen wir in Moskau sprachen, erinnerte sich, ihn gesehen zu haben. Wenn er zweimal im Jahr auf den Balkons des Kreml erschien, waren nur die hohen sowjetischen Führer, die Diplomaten und einige Eliteeinheiten der Streitkräfte Zeugen. Das Volk hatte während der Demonstration keinen Zugang zum Roten Platz. Stalin verließ den Kreml nur, um Ferien auf der Krim zu verbringen. Ein Ingenieur, der am Bau der Stauwerke am Dnjepr teilgenommen hatte, versicherte uns, daß man zu einem gewissen Zeitpunkt – auf dem Gipfel von Stalins Ruhm – an seiner Existenz gezweifelt habe.
Nicht ein Blatt an einem Baum bewegte sich ohne den Willen jener unsichtbaren Macht. In seiner Eigenschaft als Generalsekretär der Kommunistischen Partei, Vorsitzender des Po-

litbüros und Oberkommandierender der Streitkräfte vereinigte er in seinen Händen eine Machtfülle, die man sich nur schwer vorstellen kann. Er berief den Parteikongreß nicht wieder ein. Dank der Zentralisation, die er selbst dem Verwaltungssystem aufgezwungen hatte, vereinigte er die allerfeinsten Triebfedern der Nation in seinem eigenen Gehirn. Fünfzehn Jahre lang verging nicht ein Tag, ohne daß die Zeitungen seinen Namen erwähnten.
Er war alterlos. Als er starb, war er über siebzig Jahre alt, hatte völlig weißes Haar und wies die ersten Symptome körperlichen Verfalls auf. Aber in der Vorstellung des Volkes hatte Stalin das Alter wie auf seinen Porträts. Sie zwangen sogar den weitentfernten Dörfern der Tundra seine zeitlose Präsenz auf. Sein Name war überall: in Moskaus Prachtstraßen und im bescheidenen Telegrafenamt von Scheljuschkin, einem Dorf jenseits des Polarkreises. Sein Bild war in den öffentlichen Gebäuden, in den privaten Wohnungen, auf den Rubeln, auf den Briefmarken und sogar auf den Lebensmittelverpackungen. Seine Statue in Stalingrad ist siebzig Meter hoch, und jeder Knopf seiner Uniformjacke hat einen Durchmesser von einem halben Meter.
Das Beste, was man zu seinen Gunsten sagen kann, ist entscheidend mit dem Schlimmsten verknüpft, was man gegen ihn sagen kann: In der Sowjetunion gibt es nichts, was nicht von Stalin gemacht worden ist. Seit seinem Tode hat man nichts anderes getan, als sein System zu entwirren. Er kontrollierte persönlich die Bauwerke, die Politik, die Verwaltung, die private Moral, die Kunst, die Linguistik, ohne sich aus seinem Büro fortzubewegen. Um die absolute Kontrolle über die Produktion zu sichern, zentralisierte er die Leitung der Industrie in Moskau durch ein System von Ministerien, die ihrerseits in seinem Kabinett im Kreml zentralisiert waren. Wenn eine Fabrik in Sibirien ein Ersatzteil brauchte, das von einer Fabrik in derselben Straße hergestellt wurde, mußte sie die Bestellung über einen schwerfälligen bürokratischen

Mechanismus in Moskau aufgeben. Die Fabrik, die die Ersatzteile herstellte, mußte ihrerseits den Vorgang wiederholen, um die Lieferung auszuführen. Einige Aufträge kamen niemals an. An dem Abend, als man mir in Moskau erklärte, worin Stalins System bestanden hatte, fand ich nicht eine Einzelheit, die nicht im Werk von Kafka vorausgenommen worden wäre.*

Am Tage nach seinem Tode begann das System zu versagen. Während ein Ministerium sich damit beschäftigte, wie man die Kartoffelproduktion erhöhen könne – denn es hatte Gutachten vorliegen, daß sie nicht zufriedenstellend sei –, beschäftigte ein anderes Ministerium sich damit, wie man Nebenprodukte der Kartoffel herstellen könne, denn es hatte Gutachten vorliegen, daß es eine Überproduktion gebe. Das ist der bürokratische Knoten, den Chruschtschow zu entwirren sucht. Es ist möglich, daß er gegen den mythischen und allmächtigen Stalin für das sowjetische Volk eine Rückkehr zur Wirklichkeit aus Fleisch und Blut darstellt. Aber ich persönlich habe den Eindruck, daß die Leute in Moskau Chruschtschow nicht so viel Bedeutung beimessen wie die westliche Presse. Das sowjetische Volk – das in vierzig Jahren die Revolution, den Krieg, den Wiederaufbau und den künstlichen Satelliten geschaffen hat – glaubt das Recht auf einen besseren Lebensstandard zu haben. Wer auch immer den versprach, hatte die Unterstützung des Volkes. Chruschtschow tat es. Ich vermute, daß man ihm vertraut, weil er ein Realist ist. Er regiert nicht mit Porträts. Er erscheint, vom Wodka angeheitert, auf den Kolchosen und wettet mit den Bauern, daß er eine Kuh melken kann. Und er melkt sie. Seine An-

* Eine ostdeutsche Zeitung hat soeben die Briefe von Franz Kafka – Angestellter einer Versicherungsgesellschaft – an seine Vorgesetzten veröffentlicht. Dieselbe Publikation kündigt einen unveröffentlichten Brief an, in dem Kafka die Verteidigung der Arbeiter gegenüber »den Haifischen der Versicherungen« übernimmt.

sprachen – mit mehr gesundem Menschenverstand als doktrinären Spekulationen – sind in einfachem und volkstümlichem Russisch gehalten. Um sein Versprechen zu halten, muß Chruschtschow sich zunächst um zwei Dinge kümmern: die internationale Abrüstung – die den Kriegshaushalt zugunsten der Konsumgüter entlastet – und die Dezentralisation der Verwaltung. Molotow – der sich seine Brillen in den Vereinigten Staaten gekauft hatte – widersetzte sich der Dezentralisation. Ich kam eine Woche nach seiner Amtsenthebung in Moskau an, und mir schien es, als ob die Russen über jene Maßnahme ebenso verwirrt waren wie wir. Aber das sowjetische Volk – von langjähriger Geduld und gesunder politischer Reife – macht keine Dummheiten mehr. Aus Moskau fahren Züge ab, die mit Archiven, Funktionären und Büromaterial beladen sind, mit ganzen Ministerien, die en bloc in die sibirischen Industriezentren übergeführt werden. Nur wenn sich die Dinge bessern, wird man sagen können, ob Chruschtschow und nicht Molotow recht hatte. Inzwischen gibt es in der Sowjetunion schon eine ganz schwere Beleidigung: »Bürokrat.«

»Es wird viel Geschichte vergehen müssen, bis man wirklich weiß, wer Stalin war«, sagte mir ein junger sowjetischer Schriftsteller. »Das einzige, was ich gegen ihn habe, ist, daß er das größte und vielgestaltigste Land des Planeten verwalten wollte, als ob es ein Laden wäre.« Derselbe Informant meinte, die in der Sowjetunion herrschende Geschmacklosigkeit sei nicht zu trennen von der Persönlichkeit Stalins, eines Bauern aus Georgien, den die Reichtümer des Kreml verblüfft hatten. Stalin lebte nie außerhalb der Sowjetunion. Er starb in der Überzeugung, die Moskauer Untergrundbahn sei die schönste der ganzen Welt. Sie ist effizient, bequem und sehr billig. Sie ist außergewöhnlich sauber, so wie ganz Moskau: In den GUM-Kaufhäusern poliert ein Frauentrupp den ganzen Tag lang die Handläufe, Fußböden und Wände, die die Menge beschmutzt. Das gleiche geschieht in den Hotels,

Kinos, Restaurants und sogar auf der Straße. Mit mehr Recht in der Untergrundbahn, die das Juwel der Stadt ist. Mit dem, was ihr Marmor, ihre Gänge, Friese, Spiegel, Statuen und Kapitelle kosteten, hätte man einen Teil der Wohnungsprobleme lösen können. Sie ist die Apotheose der Hochstapelei.
Im Architekturseminar des Festivals diskutierten Architekten aus der ganzen Welt mit den für die sowjetische Architektur Verantwortlichen. Einer von ihnen – Joltosky – ist einundneunzig Jahre alt. Der jüngste des Stabes – Abrassimow – neunundfünfzig. Das waren Stalins Architekten. Angesichts der westlichen Kritiken rechtfertigen sie sich mit dem Argument, die monumentale Architektur entspreche der russischen Tradition. In einem besonders brillanten Beitrag zeigten die italienischen Architekten auf, daß Moskaus Architektur nicht in der Linie der Tradition stehe. Sie sei eine übersteigerte und ausgeschmückte Imitation des italienischen Neoklassizismus. Joltosky – der dreißig Jahre lang in Florenz gelebt und studiert hatte und mehrmals dahin zurückgekommen war, um seine Ideen aufzufrischen – gab es am Ende zu. Da geschah etwas Unerwartetes: Die jungen sowjetischen Architekten zeigten ihre Pläne, die von den für die stalinistische Architektur Verantwortlichen abgelehnt worden waren. Sie waren bewundernswert. Seit Stalins Tod durchdringt ein Hauch von Erneuerung die sowjetische Architektur.
Vielleicht war Stalins größter Fehler sein Drang, sich in alles einzumischen: selbst in die verstecktesten Spalten des Privatlebens. Ich nehme an, daß darauf jene Atmosphäre provinzieller Scheinheiligkeit zurückgeht, die man in der Sowjetunion empfindet. Die – in den Exzessen der Revolution geborene – freie Liebe ist eine Legende der Vergangenheit. Objektiv gesehen, ähnelt nichts so sehr der christlichen Moral wie die sowjetische. Bei den Mädchen gibt es in ihren Beziehungen zu Männern dasselbe Getue, dieselben Vorurteile, dieselben psychologischen Hinterlistigkeiten, die für die spanischen Mädchen sprichwörtlich sind. Man sieht auf den ersten Blick,

daß sie Liebesangelegenheiten mit jener zwiespältigen Einfalt erledigen, die die Franzosen Ignoranz nennen. Sie sorgen sich um das Gerede der Leute und pflegen einen geregelten, langen und überwachten Brautstand.

Wir fragten viele Männer, ob sie eine Geliebte haben könnten. Die Antwort war einstimmig: »Man kann, vorausgesetzt, daß niemand es merkt.« Ehebruch ist ein schwerwiegender Scheidungsgrund. Die Einheit der Familie wird durch eine eiserne Gesetzgebung geschützt. Aber den Problemen wird keine Zeit gelassen, um vor Gericht zu kommen. Die Frau, die sich betrogen weiß, denunziert ihren Mann vor einem Arbeiterrat. »Es passiert nichts«, sagte uns ein Zimmermann. »Aber die Kollegen blicken mit Verachtung auf den Mann, der eine Geliebte hat.« Derselbe Arbeiter gab zu, daß er seine Frau nicht geheiratet hätte, wenn sie nicht Jungfrau gewesen wäre.

Stalin legte den Grund zu einer Ästhetik, die die marxistischen Kritiker – unter ihnen der Ungar Georg Lukacs – niederzureißen beginnen. Der in Fachkreisen berühmteste Regisseur – Sergej Eisenstein – ist in der Sowjetunion unbekannt: Stalin beschuldigte ihn des Formalismus. Der erste Liebeskuß des sowjetischen Films fand in dem vor drei Jahren produzierten Film *Der 41.* statt. Die stalinistische Ästhetik hinterließ – sogar im Westen – eine üppige literarische Produktion, die die sowjetische Jugend nicht lesen will. In Leipzig verlassen die russischen Studenten die Hörsäle, um zum ersten Mal die französischen Romane zu lesen. Die Moskauer Mädchen – die verrückt waren nach den sentimentalen Boleros – verschlingen die ersten Liebesromane. Dostojewski – den Stalin der Reaktion beschuldigte – wird neu aufgelegt.

In einer Pressekonferenz des Beauftragten für die sowjetischen Buchausgaben in spanischer Sprache fragte ich, ob es verboten sei, Kriminalromane zu schreiben. Man verneinte es. Man machte mich darauf aufmerksam, daß es in der Sowjetunion kein Verbrechermilieu gebe, das die Autoren inspirieren könne. »Der einzige Gangster, den wir gehabt haben, war Berija«, sagte man uns irgendwann. »Jetzt ist er sogar aus der sowjetischen Enzyklopädie verstoßen worden.« Dieses Urteil über Berija ist allgemein und kategorisch. Darüber gibt es keine Diskussion. Aber seine Abenteuer erschienen nicht in der Kriminalstatistik. Dagegen wurde die Science-fiction-Literatur – die Stalin als schädlich verdammt hatte – gerade ein Jahr, bevor der erste künstliche Satellit sie in krassesten sozialistischen Realismus verwandelte, zugelassen. Der in diesem Jahr meistverkaufte nationale Schriftsteller ist Alexis Tolstoj (nein: sie sind nicht einmal miteinander verwandt), der Verfasser des ersten Zukunftsromans. Man rechnet damit, daß das meistverkaufte ausländische Buch *Der Strudel* von José Eustasio Rivera sein wird. Die Angabe ist offiziell: 300000 Exemplare in zwei Wochen.

Es dauerte neun Tage, bis ich das Mausoleum betreten konnte. Man mußte einen Nachmittag opfern, eine halbe Stunde warten, bis man an die Reihe kam, um dann im Sanktuarium nicht länger als eine Minute verweilen zu dürfen. Beim ersten Versuch verlangte der Beamte, der die Schlange kontrollierte, eine besondere Eintrittskarte. Die Ausweise des Festivals galten nicht. Im Laufe derselben Woche lenkte Franco auf dem Manege-Platz meine Aufmerksamkeit auf ein öffentliches Telefon: Zwei sehr junge Mädchen in einer Glaskabine mit Platz für eine Person benutzten abwechselnd das Telefon. Eines von ihnen konnte englisch radebrechen. Wir baten es, uns als Dolmetscherin zu helfen, um ins Mausoleum zu gelangen. Die beiden suchten den Beamten zu überreden, uns ohne Eintrittskarten hereinzulassen, aber sie wurden recht scharf abgewiesen. Diejenige, die etwas Englisch sprach, gab uns beschämt zu verstehen, die sowjetischen Polizisten seien keine netten Leute. »*Very, very, very bad*«, wiederholte sie zutiefst überzeugt. Niemand war einverstanden, was die Eintrittskarten anging, und wir kannten viele Delegierte, die mit den Ausweisen des Festivals hineingekommen waren.

Am Freitag machten wir einen dritten Versuch. Diesmal nahmen wir eine Dolmetscherin für Spanisch mit: eine zwanzigjährige Malereistudentin, die auffallend verständig und herzlich war. Eine Gruppe von Beamten informierte uns – ohne von Eintrittskarten zu sprechen –, daß es zu spät sei, um hineinzugelangen: Die Schlange sei vor einer Minute gekappt worden. Die Dolmetscherin insistierte beim Vorgesetzten der Gruppe, aber dieser beschränkte sich darauf, mit dem Kopf zu verneinen und uns die Uhr zu zeigen. Zahlreiche Neugierige traten zwischen uns und die Dolmetscherin. Plötzlich hörten wir deren wütende, kaum wiederzuerkennende Stimme in einem lauten russischen Wortschwall, in dem systematisch wie Hammerschläge ein und dasselbe Wort wiederkehrte: *»Burokratz.«* Die Neugierigen zerstreuten sich. Dann sahen wir die Dolmetscherin, immer noch schreiend, in der Haltung eines Kampfhahns. Der Vorgesetzte der Beamten antwortete ihr mit derselben Heftigkeit. Als es uns gelungen war, das Mädchen zum Auto zu schaffen, brach es in Tränen aus. Wir konnten nie erreichen, daß es uns den Streit übersetzte.

Zwei Tage bevor wir Moskau verließen, opferten wir das Mittagessen, um einen letzten Versuch zu wagen. Wir stellten uns in die Schlange, ohne irgend etwas zu sagen, und der kontrollierende Beamte grüßte uns freundlich. Er verlangte nicht einmal unsere Ausweise. Eine halbe Stunde später betraten wir den schweren roten Granitblock des Mausoleums durch die Haupttür am Roten Platz. Es ist eine schmale niedrige Tür mit gepanzerten Türflügeln, die von zwei Soldaten in strammer Haltung und mit aufgepflanztem Bajonett bewacht wird. Irgend jemand hatte mir gesagt, im Vorraum befinde sich ein Soldat, der eine geheimnisvolle Waffe in der Hand verborgen halte. Er war

dort. Die geheimnisvolle Waffe war ein automatisches Gerät, um die Besucher zu zählen.
Das ganz mit rotem Marmor ausgekleidete Innere war durch einen verschwommenen, geisterhaften Lichtschein erhellt. Wir stiegen eine Treppe bis zu einem Punkt hinunter, der offensichtlich niedriger lag als der Rote Platz. Zwei Soldaten bewachten eine Art Telefonzentrale: ein rotes Brett mit einem halben Dutzend Telefone. Wir gingen durch noch eine gepanzerte Tür und weiter die glatte, glänzende Treppe hinunter, die aus demselben Material und von derselben Farbe wie die nackten Wände war. Schließlich – bei einer letzten gepanzerten Tür – gingen wir zwischen zwei strammstehenden, unbeweglichen Posten hindurch und tauchten in eine eisige Atmosphäre. Dort standen die beiden Schreine.
Es war ein kleiner quadratischer Raum mit Wänden aus schwarzem Marmor und Inkrustationen aus rotem Marmor in der Form von Flammen. Im oberen Teil ein mächtiges Lüftungssystem. In der Mitte auf einer erhöhten Plattform wurden die beiden gläsernen Särge durch einen kräftigen roten Lichtschein von unten erhellt. Wir traten von rechts ein. Am Kopfende jedes Sargs standen zwei weitere Posten in strammer Haltung und mit aufgepflanztem Bajonett. Sie standen nicht auf der erhöhten Plattform, so daß ihre Köpfe nicht so hoch waren wie die Särge, und es kam mir deshalb so vor, als klebten ihre Nasen daran. Ich glaube, zu Füßen der Posten lagen zwei Kränze aus echten Blumen. Aber ich bin nicht sicher. In dem Augenblick war ich völlig gefesselt von der Intensität des ersten Eindrucks: In jenem eiskalten Raum gab es überhaupt keinen Geruch.
Die Schlange ging von rechts nach links um die Särge herum und versuchte, in jener flüchtigen Minute auch noch die letzten Nuancen des Erschauten festzuhalten. Es ist unmöglich. Man erinnert sich an jene Minute und stellt fest, daß nichts klar ist. Wenige Stunden, nachdem ich das Mausoleum be-

sucht hatte, nahm ich an einer Diskussion in einer Gruppe polnischer Delegierter teil. Die einen behaupteten, Stalins Jacke sei weiß. Die anderen behaupteten, sie sei blau. Unter denen, die behaupteten, sie sei weiß, war einer, der zweimal im Mausoleum gewesen war. Ich glaube, sie war blau.

Lenin liegt im ersten Sarg. Er trägt einen schlichten tiefblauen Anzug. Die linke – in den letzten Jahren gelähmte – Hand ruht auf der Körperseite. Ich erlebte eine Enttäuschung: Er sieht aus wie eine Wachsfigur. Nach dreißig Jahren treten die ersten Anzeichen von Mumifizierung auf. Aber die Hand wirkt noch gelähmt. Die Schuhe sieht man nicht. Die untere Körperhälfte verschwindet unter einer Decke aus dem gleichen blauen Tuch wie der Anzug und hat weder Form noch Umfang. Bei Stalins Leiche ist es ebenso. Man kann sich der makabren Vorstellung nicht entziehen, daß nur der obere Teil der Leichen erhalten ist. Bei natürlichem Licht müssen sie von einer überwältigenden Blässe sein, denn selbst im roten Licht der Särge wirken sie übernatürlich fahl.

Stalin ist in einen Schlaf ohne Gewissensbisse versunken. Er hat drei einfache Ordensspangen auf der linken Seite, seine Arme sind in natürlicher Haltung ausgestreckt. Da die Orden kleine blaue Streifen haben, die sich nicht von der Jacke abheben, glaubt man auf den ersten Blick, es seien keine Spangen, sondern eine Reihe Ehrenzeichen. Ich mußte mich anstrengen, um sie zu sehen. Deshalb weiß ich, daß die Jacke von demselben tiefen Blau ist wie der Anzug Lenins. Das – völlig weiße – Haar wirkt im Widerschein der Särge rot. Das Gesicht hat einen menschlichen, lebendigen Ausdruck und eine Verzerrung, die nicht eine reine Muskelzusammenziehung, sondern der Reflex eines Gefühls zu sein scheint. Eine Spur von Spott liegt in jenem Ausdruck. Abgesehen vom Doppelkinn, paßt er nicht zur Gestalt. Stalin sieht nicht aus wie ein Bär. Das ist ein Mann von ruhiger Intelligenz, ein guter Freund, mit einem gewissen Sinn für Humor. Der Körper ist kräftig, aber leicht, mit feinem Flaum und einem kaum stalinistischen Schnurrbart. Nichts beeindruckte mich so wie die Feinheit seiner Hände, mit schmalen und durchsichtigen Nägeln. Es sind Frauenhände.

21-9-59

Der russische Mensch wird allmählich der Gegensätze überdrüssig

In einer Moskauer Bank fiel mir auf, daß die Angestellten, anstatt die Kunden zu bedienen, hingerissen die farbigen Kugeln in einem Rahmen zu zählen schienen. Später beobachtete ich, wie die Geschäftsführer der Restaurants, die Beamten der öffentlichen Büros, die Kassierer der Kaufhäuser und sogar die Kinokartenverkäufer sich derselben Beschäftigung hingaben. Mir war dieses Detail aufgefallen, und ich wollte den Namen, die Herkunft und die Merkmale dessen, was ich für das populärste Spiel Moskaus hielt, herausfinden, als der Geschäftsführer des Hotels, in dem wir wohnten, uns die Erklärung gab: Jene farbigen Kügelchen, die genauso aussahen wie die von den Rechenbrettern, die in der Schule benutzt werden, damit die Kinder zählen lernen, sind die Rechenmaschinen der Russen. Das war um so überraschender, als es in einigen offiziellen, auf dem Festival verteilten Broschüren hieß, die Sowjetunion verfüge über siebzehn verschiedene Arten von elektronischen Rechenmaschinen. Sie haben sie, stellen sie aber nicht industriell her. Jene Erklärung öffnete mir die Augen über die Gegensätze des Landes, wo die Arbeiter zusammengedrängt in einem Zimmer leben und nur zwei Anzüge im Jahr kaufen dürfen, während sie von der Genugtuung zehren, daß eine sowjetische Rakete auf dem Mond gelandet ist.

Die Erklärung scheint darin zu liegen, daß die Sowjetunion in vierzigjähriger Revolution beschlossen hat, alle ihre Anstrengungen, ihre ganze Arbeitskraft auf die Entwicklung der Schwerindustrie zu verwenden, ohne den Konsumgütern größere Aufmerksamkeit zu schenken. Nur so begreift man, daß sie die ersten waren, die das größte Flugzeug der Welt ins Geschäft der internationalen Luftfahrt gebracht haben, während die Bevölkerung Schuhprobleme hat. Die Russen, die sich bemühten, uns diese Dinge begreiflich zu machen, hoben ganz besonders die Tatsache hervor, daß jenes umfassende Industrialisierungsprogramm einen gewaltigen Rückfall erlitten habe: durch den Krieg. Als die Deutschen in die Sowjetunion einfielen, stand der Industrialisierungsprozeß in der Ukraine kurz vor dem Höhepunkt. Dort drangen die Nazis ein. Während die Soldaten es übernahmen, die Invasion aufzuhalten, trug die Zivilbevölkerung in einer der größten Mobilisierungen der Geschichte Stück für Stück die Industrieanlagen der Ukraine ab. Ganze Fabriken wurden nach Sibirien transportiert, dem großen Hinterhof der Welt, wo man sie eilig wiederaufbaute und auf höchsten Touren produzieren ließ. Die Sowjetbürger meinen, daß jener spektakuläre Umzug die Industrialisierung um zwanzig Jahre zurückgeworfen habe.
Ohne Zweifel hatte eine einzige Generation die nationale Anstrengung, die jenes gewaltige Abenteuer den Menschen abverlangte, zu tragen, zuerst in den Feldzügen der Revolution, dann im Krieg und zuletzt beim Wiederaufbau. Das ist einer der schwersten Vorwürfe gegen Stalin, den man als einen schonungslosen Herrscher ohne menschliches Gefühl ansieht, der eine ganze Generation dem beschleunigten Aufbau des Sozialismus opferte. Um zu verhindern, daß seinen Landsleuten die westliche Propaganda zu Gehör kam, schloß er die Tore des Landes von innen, trieb den Prozeß gewaltsam voran und verwirklichte einen historischen Sprung, der vielleicht ohne Beispiel ist. Die neuen Generationen, die zweifellos mit einem Gefühl des Aufbegehrens heranwachsen, kön-

nen sich jetzt den Luxus leisten, wegen ihrer Schuhe zu protestieren.

Die unerbittliche Isolation, in der Stalin die Nation hielt, ist der häufigste Grund dafür, daß die Russen sich, ohne es zu wissen, vor den Menschen aus dem Westen lächerlich machen. Während unseres Besuches auf einer Kolchose erlebten wir eine peinliche Situation, an der der sowjetische Nationalstolz schuld war. Man beförderte uns auf einer holperigen Straße durch beflaggte Dörfer, wo die Kinder singend dem Autobus entgegenkamen und uns Postkarten durchs Fenster warfen, auf denen ihre Adressen in allen westlichen Sprachen geschrieben waren. Diese Kolchose war 120 Kilometer von Moskau entfernt, ein gewaltiges Staatsgut, umgeben von traurigen Dörfern, schlammigen Straßen und Häusern in leuchtenden Farben. Der Gutsverwalter, eine Art sozialistischer Feudalherr, kahlköpfig und mit einer Augenklappe auf einem Auge wie die Piraten in den Filmen, sprach zwei Stunden lang über die Massenproduktion der Ländereien. Der Dolmetscher beschränkte sich fast ausschließlich darauf, uns astronomische Ziffern zu übersetzen. Nach einem Mittagessen im Freien, dessen Speisen uns ein Schülerchor mit alten Liedern würzte, sollten wir die automatische Melkanlage kennenlernen. Eine sehr dicke, vor Gesundheit strotzende Frau schien darauf vorbereitet zu sein, uns die hydraulische Melkmaschine vorzuführen, die auf dem Gut für den größten Fortschritt im Technisierungsprozeß der Milchindustrie gehalten wurde. Es war nicht mehr und nicht weniger als ein Einlaufschlauch, der an eine Wasserquelle angeschlossen war. Am Ende des Schlauches eine Saugvorrichtung, die funktionierte, wenn man sie einerseits an die Zitze der Kuh und andererseits an den Wasserhahn anschloß. Man brauchte nur den Hahn zu öffnen, und die Kraft des Wassers übernahm das Geschäft, das im Mittelalter die Melker erledigt hatten. Das alles natürlich in der Theorie. In der Praxis war es einer der peinlichsten Augenblicke unseres Besuches. Der stämmigen

Expertin für Melkmaschinen gelang es nicht, die Vorrichtung an der Zitze zu befestigen, obwohl sie es eine Viertelstunde lang versuchte und obwohl sie die Stellung der Melkmaschine und der Kuh veränderte, schließlich sogar die Kuh wechselte. Als sie endlich ihr Ziel erreicht hatte, waren wir alle bereit, aufrichtig zu applaudieren, weil wir uns freuten, siegreich aus der Bedrängnis hervorgegangen zu sein.

Ein nordamerikanischer Delegierter erzählte dem Gutsverwalter mit einer gewissen Übertreibung, aber nicht ganz unberechtigt, daß man in den Vereinigten Staaten die Kuh an die eine Seite stelle und an der anderen Seite die pasteurisierte Milch und sogar die verpackte Butter herauskomme. Sehr höflich brachte der Verwalter seine Bewunderung zum Ausdruck, aber seinem Gesicht war anzusehen, daß er die Geschichte nicht geschluckt hatte. Später gestand er uns, tatsächlich davon überzeugt zu sein, daß die Menschheit vor der hydraulischen Melkmaschine der Russen kein mechanisches System erfunden habe, um die Milch aus den Kühen abzuziehen.

Ein Professor der Moskauer Universität, der mehrmals in Frankreich gewesen war, erläuterte uns, daß die sowjetischen Arbeiter im allgemeinen davon überzeugt seien, viele Dinge erfunden zu haben, die seit vielen Jahren im Westen benutzt werden. Der alte nordamerikanische Witz, daß die Russen sich die Erfindung der einfachsten Dinge, von der Gabel bis zum Telefon, zuschreiben, erklärt sich aus den Gegebenheiten. Während die westliche Zivilisation sich mit spektakulären technischen Fortschritten ihren Weg durch das zwanzigste Jahrhundert bahnte, versuchten die Russen allein, hinter verschlossenen Türen, ihre elementaren Probleme zu lösen. Wenn irgendwann ein westlicher Tourist in Moskau einem nervösen und zerzausten jungen Mann begegnet, der ihm sagt, er sei der Erfinder des elektrischen Kühlschranks, darf er ihn nicht für einen Aufschneider oder einen Verrückten halten: Sehr wahrscheinlich stimmt es, daß jener Bursche bei

sich zu Hause den elektrischen Kühlschrank erfand, als er im Westen schon längst allgemein ein Gebrauchsartikel war.
Man versteht die Wirklichkeit der Sowjetunion besser, wenn man sich klargemacht hat, daß der Fortschritt sich in entgegengesetzter Richtung entwickelte. Die Hauptsorge der revolutionären Führung war es, das Volk zu ernähren. Mit derselben Überzeugung, mit der wir die negativen Dinge geglaubt haben, müssen wir glauben, daß es in der Sowjetunion keinen Hunger und keine Arbeitslosigkeit gibt. Im Gegenteil, der Mangel an Arbeitskräften ist eine Art nationaler Zwangsvorstellung. Das kürzlich geschaffene Büro für Arbeitsforschung hat die Aufgabe, wissenschaftlich festzustellen, wieviel die Arbeit eines Menschen kostet. In einer Pressekonferenz von Vertretern dieser Abteilung des Arbeitsministeriums wurde uns gesagt, daß einige Fabrikleiter weniger verdienen als bestimmte Facharbeiter, nicht nur, weil sie weniger Arbeitskraft aufwenden, sondern weil sie weniger Verantwortung haben. Ich fragte, warum die Frauen in der Sowjetunion mit Hacke und Schaufel auf den Straßen und Bahngleisen Schulter an Schulter mit ihren Männern arbeiteten und ob das vom sozialistischen Standpunkt aus gut sei. Die Antwort war eindeutig: Die Frauen leisten Schwerarbeit, weil ein dramatischer Arbeitskräftemangel herrscht und das Land sich seit dem Kriege in einer Art Ausnahmezustand befindet. Der Leiter jener Abteilung betonte nachdrücklich, daß man zumindest in der körperlichen Arbeit einen gewaltigen Unterschied zwischen dem Mann und der Frau gelten lassen müsse; er sagte, daß die Frauen nach seinen Untersuchungen eine bessere Leistungsfähigkeit bei Arbeiten aufweisen, die Geduld und Aufmerksamkeit erfordern, und er behauptete, daß es jeden Tag weniger Frauen gebe, die in der Sowjetunion mit Hacke und Schaufel arbeiteten. Er versicherte sehr ernsthaft, daß es eines der größten Anliegen seines Büros sei, dieses Problem zu lösen.
So entwickelte sich, während die Frauen an den Straßen ar-

beiteten, eine bedeutende Industrie, die in vierzig Jahren aus der Sowjetunion eine der beiden großen Weltmächte machte, die Produktion von Gebrauchsgütern wurde jedoch vernachlässigt. Als die Russen enthüllten, daß sie über Atomwaffen verfügten, hätte jemand, der die leeren Schaufenster in Moskau gesehen hatte, es nicht glauben können. Aber man mußte es gerade deswegen glauben: Die sowjetischen Atomwaffen, ihre Weltraumraketen, ihre mechanisierte Landwirtschaft, ihre unwahrscheinlichen Umwandlungsanlagen und die titanische Möglichkeit, die Wüsten in nutzbares Land zu verwandeln, sind das Resultat von vierzig Jahren grober Schuhe und schlechtsitzender Kleidung; fast ein halbes Jahrhundert eisernster Enthaltsamkeit. Der umgekehrte Entwicklungsprozeß hat manches Mißverhältnis zur Folge gehabt, über das die Amerikaner sich totlachen. Zum Beispiel die mächtige TU-104, die als ein Meisterwerk des Flugzeugbaus angesehen wird, der man keine Landeerlaubnis auf dem Londoner Flughafen erteilte, weil die englischen Psychiater befanden, sie könne bei den Anwohnern seelische Störungen auslösen, und die einen Telefondienst zwischen den verschiedenen Stockwerken hat, ist andererseits mit den primitivsten Toiletten mit Ziehkette ausgestattet. Auch benutzte beispielsweise ein schwedischer Delegierter, der wegen eines hartnäckigen Ekzems bei den angesehensten Spezialisten seines Landes in Behandlung gewesen war, die Reise nach Moskau, um seinen Fall dem für seine Delegation zuständigen Arzt zu unterbreiten. Der Arzt verschrieb ihm eine Salbe, die in vier Tagen selbst die letzte Spur des Ekzems beseitigte, aber der Apotheker, der sie ihm verkaufte, holte sie mit dem Finger aus dem Tiegel und wickelte sie in ein Stück Zeitungspapier ein. Das Äußerste auf hygienischem Gebiet war vielleicht das, was wir auf der Rückfahrt von der Kolchose erlebten, als wir in einem Moskauer Vorort anhielten, um in einem Gartenlokal eine Erfrischung zu uns zu nehmen. Der Instinkt führte uns zu den Toiletten. Sie waren eine lange hölzerne Plattform mit einem halben Dutzend Löchern, auf denen ein halbes Dutzend respektabler Bürger erledigten, was sie zu erledigen hatten, in der Hocke, sich angeregt unterhaltend, in einer Kollektivierung der Physiologie, die in der Doktrin nicht vorgesehen ist.

Die Jugend, die in einem Lande heranwuchs, wo der Grund schon gelegt war, lehnt sich gegen die Widersprüche auf. In der Universität finden öffentliche Debatten statt und wird der Regierung die Notwendigkeit dargelegt, daß die Sowjetunion sich in den Rhythmus des westlichen Komforts eingliedern müsse. Vor kurzem verursachten die Studentinnen des Moskauer Spracheninstituts einen Skandal, als sie nach der Pariser Mode gekleidet, mit Pferdeschwanz und hohen Absätzen, auf die Straße gingen. Etwas war passiert: Irgendein unvorsichtiger Funktionär hatte dem Spracheninstitut erlaubt, westliche Zeitschriften zu beziehen, wo die Dolmetscheraspiranten sich mit der Alltagssprache und den Gewohnheiten des Westens vertraut machen konnten. Die Maßnahme hatte Erfolg. Aber die Mädchen nutzten die Zeitschriften, um sich ihre eigenen Kleider zuzuschneiden und ihre Frisur zu modernisieren. Als sie sie auf der Straße sahen, schlugen die dikken sowjetischen Matronen wie in aller Welt und zu allen Zeiten entsetzt die Hände über dem Kopf zusammen und riefen: »Die Jugend ist verdorben.« Aber der systematische Druck dieser Jugend hat viel mit den Veränderungen der sowjetischen Politik zu tun. Als der Modeschöpfer Christian Dior in Paris starb, hatte er soeben von der sowjetischen Regierung das Angebot erhalten, seine Kollektion in Moskau zu lancieren.

Mein letzter Abend in der Stadt sollte mit einer Episode abschließen, die den Geist dieser Jugend ziemlich genau widerspiegelt. In der Gorkiallee hielt mich ein junger Mann von nicht mehr als fünfundzwanzig Jahren an, um mich nach meiner Nationalität zu fragen. Wie er mir sagte, war er dabei, eine Dissertation über die Kinderdichtung der Welt vorzubereiten. Er wollte Informationen über Kolumbien. Ich erzählte ihm von Rafael Pombo, und er unterbrach mich, vor Ärger errötend: »Natürlich habe ich alles über Rafael Pombo.« Bei einem Bier rezitierte er bis Mitternacht mit starkem Akzent, aber erstaunlich fließend, eine Anthologie lateinamerikanischer Kinderreime.

Achtundvierzig Stunden später war Moskau zu seinem normalen Leben zurückgekehrt. Dieselben dichten Menschenmengen, dieselben verstaubten Schaufenster und dieselbe zwei Kilometer lange Schlange vor dem Mausoleum am Roten Platz glitten wie eine Vision aus anderer Zeit am Fenster des Autobusses vorbei, der uns zum Bahnhof brachte. An der Grenze stieg ein dickleibiger Dolmetscher, der wie ein Zwillingsbruder von Charles Laughton aussah, mühsam in den Waggon. »Ich bin gekommen, um bei Ihnen um Entschuldigung zu bitten«, sagte er. »Warum?« fragten wir. »Weil niemand gekommen ist, um Ihnen Blumen zu bringen«, antwortete er. Den Tränen nahe, erklärte er uns, er sei damit beauftragt, die Verabschiedung der Delegierten an der Grenze zu organisieren. Am Morgen hatte er in dem Glauben, daß schon alle durchgekommen seien, telefonisch die Anweisung gegeben, keine Blumen mehr zum Bahnhof zu schicken, und verfügt, daß die Kinder, die bei der Einfahrt der Züge Hymnen gesungen hatten, wieder in die Schule gehen sollten.

28-9-59

Gabriel García Márquez
Der Beobachter aus Bogotá

Journalistische Arbeiten 1954 - 1955
KiWi 71

In der ersten Hälfte der 50er Jahre arbeitet Gabriel García Márquez als Journalist in der kolumbianischen Hauptstadt Bogotá, schreibt er für die Tageszeitung »El Espectador«. Wie in der ersten Reportagen-Sammlung *Die Giraffe aus Barranquilla* finden sich auch in diesem Band literarische Texte und Themen, die er variiert, die im späteren Werk, in den Romanen und Erzählungen, fortgeschrieben werden. Er verfaßt in dieser Zeit regelmäßig Filmkritiken, die aus heutiger Sicht reizvoll durch ihre Unvoreingenommenheit sind. Fernab der heimatlichen, tropischen Küstenregion Kolumbiens ist die Welt der Hauptstadt eine neue, aufregende Erfahrung. Er geht in seinen Reportagen und regelmäßigen Glossen auf die neuen Eindrücke ein, auf die Eigenarten und Bräuche des Landes, dessen Religiosität und Aberglauben. Er berichtet als Lokalredakteur über Ereignisse, die das Alltagsleben der »kleinen Leute« bestimmen, zeigt sich als scharfer und engagierter Beobachter von Armut und Not, setzt sich für hoffnungslose Fälle ein. Er schreibt eine erste – kürzere – Reportage über den *Schiffbrüchigen.* Zugleich hat er einen Blick für das Groteske, beweist er darin wie in allen anderen Texten seine sprachliche Treffsicherheit und seinen Lakonismus.

KiWi Paperbackreihe bei Kiepenheuer&Witsch

GABRIEL GARCÍA MÁRQUEZ
CHRONIK EINES ANGEKÜNDIGTEN TODES
Roman
KiWi 39

Ein Dorf an der kolumbianischen Karibikküste feiert ein rauschendes Hochzeitsfest, doch noch in der Hochzeitsnacht wird die Braut ins Elternhaus zurückgeschickt; sie war nicht mehr unberührt. Der mutmaßliche »Täter« muß sterben.

»Der geradlinige Verlauf verleiht dem Roman einen derartigen *drive*, daß kein Umstand, kein Wort überflüssig wirkt. Jedes Detail steht mit einer solchen Notwendigkeit an seinem Platz, daß ich nur ein Wort finde, diesen Roman zu kennzeichnen: ›klassisch‹ – die *Chronik eines angekündigten Todes* erscheint mir eine klassische Erzählung der Weltliteratur, in der Kategorie etwa von Kleists *Michael Kohlhaas*, Kafkas *Verwandlung* oder Hemingways *Der alte Mann und das Meer.*«

Dieter E. Zimmer, Die Zeit

GABRIEL GARCÍA MÁRQUEZ
DER GERUCH DER GUAYAVE
GESPRÄCHE MIT
PLINIO APULEYO MENDOZA

KiWi 38

In den Gesprächen zwischen Gabriel García Márquez und Plinio Apuleyo Mendoza, einem kolumbianischen Schriftsteller und Jugendfreund von García Márquez, entsteht ein bewegendes und authentisches Dokument über Leben und Werk des Nobelpreisträgers – die Kindheit in Aracataca, die Ausbildung und die Zeit als Reporter, das Warten auf den literarischen Erfolg und schließlich der Fluch und die Einsamkeit des Ruhms. García Márquez spricht ausführlich und informativ über sein Werk, vor allem über *Hundert Jahre Einsamkeit* und *Der Herbst des Patriarchen.* Er erzählt, wie er schreibt und denkt, äußert sich sprachlich treffsicher zu Literatur und Politik und über sein Verständnis zur Revolution und zum Sozialismus.

KiWi Paperbackreihe bei Kiepenheuer&Witsch

Gabriel García Márquez
Die Giraffe aus Barranquilla

Journalistische Arbeiten 1948 - 1952
KiWi 45

1948 beginnt der junge Gabriel García Márquez regelmäßig für verschiedene Zeitungen und Zeitschriften der kolumbianischen Atlantikküste zu schreiben. Der französische Literaturkritiker Jaques Gilard hat von diesem Zeitpunkt an sämtliche journalistischen Texte gesammelt und bringt sie in einer mehrbändigen Edtion »Obra periodistica« heraus. Aus dem ersten Band »Textis costeños« (»Texte von der Küste«) stellten die beiden spanischen Journalisten Ricardo Bada und Felipe Moral eine Auswahl zusammen.
In seinen Kolumnen greift Gabriel García Márquez Ereignisse des Alltags auf, spielt er mit Episoden und Figuren, schreibt er über Autoren und Bücher, veröffentlicht er literarische Skizzen.
Schon diese frühen Texte zeigen die Fähigkeiten, die Treffsicherheit des brillanten Journalisten, der Gabriel García Márquez heute ist; die literarischen Texte sind Wegweiser nach Macondo.

KiWi Paperbackreihe bei Kiepenheuer&Witsch